21世纪普通高校计算机公共课程规划教材

Visual FoxPro程序设计实训与应用教程

李 恬　何 进　主编

韩 芳　金 艳　邱小平　编著

清华大学出版社

北京

内 容 简 介

本书介绍 Visual FoxPro 基础知识、数据库和表的操作、SQL 语言及其查询与视图、结构化程序设计方法、面向对象的程序设计方法，在体系结构安排上，尽可能地将概念、知识点、实训实例相结合，重点突出，前后知识点融会贯通。通过实战演练、完整案例重点分析和进阶测试等方法为读者提供知识和技能的模仿、练习与提高。

此外，本书每部分配有丰富的实训项目、典型例题分析和两级测试题。两级测试题由基础测试题和综合测试题组成，基础测试题主要涉及本部分知识点，而综合测试题则强调多种方案解决问题，增强灵活运用知识的能力，从而达到理想的学习效果。

本书适合作为三年制和两年制高职高专教材，适合作为高等院校相关专业教材，适合作为参加计算机二级等级考试的强化训练教材。同时也可作广大计算机爱好者学习编程的自学参考书。

图书在版编目(CIP)数据

Visual FoxPro 程序设计实训与应用教程/李恬，何进主编；韩芳，金艳，邱小平编著. —北京：清华大学出版社，2009.7

(21 世纪普通高校计算机公共课程规划教材)

ISBN 978-7-302-20194-6

Ⅰ. V…　Ⅱ. ①李… ②何… ③韩… ④金… ⑤邱…　Ⅲ. 关系数据库－数据库管理系统，Visual FoxPro－程序设计－高等学校－教材　Ⅳ. TP311.138

中国版本图书馆 CIP 数据核字(2009)第 077863 号

责任编辑：梁　颖　顾　冰
责任校对：时翠兰
责任印制：何　芊

出版发行：清华大学出版社　　　　　　　地　　　址：北京清华大学学研大厦 A 座
　　　　　http://www.tup.com.cn　　　　邮　　　编：100084
　　　社　总　机：010-62770175　　　　邮　　　购：010-62786544
　　　投稿与读者服务：010-62776969，c-service@tup.tsinghua.edu.cn
　　　质　量　反　馈：010-62772015，zhiliang@tup.tsinghua.edu.cn
印　刷　者：北京市人民文学印刷厂
装　订　者：北京市密云县京文制本装订厂
经　　　销：全国新华书店
开　　　本：185×260　印　张：13.75　字　数：344 千字
版　　　次：2009 年 7 月第 1 版　　　印　　　次：2009 年 7 月第 1 次印刷
印　　　数：1～4000
定　　　价：21.00 元

出 版 说 明

　　随着我国改革开放的进一步深化,高等教育也得到了快速发展,各地高校紧密结合地方经济建设发展需要,科学运用市场调节机制,加大了使用信息科学等现代科学技术提升、改造传统学科专业的投入力度,通过教育改革合理调整和配置了教育资源,优化了传统学科专业,积极为地方经济建设输送人才,为我国经济社会的快速、健康和可持续发展以及高等教育自身的改革发展做出了巨大贡献。但是,高等教育质量还需要进一步提高以适应经济社会发展的需要,不少高校的专业设置和结构不尽合理,教师队伍整体素质亟待提高,人才培养模式、教学内容和方法需要进一步转变,学生的实践能力和创新精神亟待加强。

　　教育部一直十分重视高等教育质量工作。2007年1月,教育部下发了《关于实施高等学校本科教学质量与教学改革工程的意见》,计划实施"高等学校本科教学质量与教学改革工程(简称'质量工程')",通过专业结构调整、课程教材建设、实践教学改革、教学团队建设等多项内容,进一步深化高等学校教学改革,提高人才培养的能力和水平,更好地满足经济社会发展对高素质人才的需要。在贯彻和落实教育部"质量工程"的过程中,各地高校发挥师资力量强、办学经验丰富、教学资源充裕等优势,对其特色专业及特色课程(群)加以规划、整理和总结,更新教学内容、改革课程体系,建设了一大批内容新、体系新、方法新、手段新的特色课程。在此基础上,经教育部相关教学指导委员会专家的指导和建议,清华大学出版社在多个领域精选各高校的特色课程,分别规划出版系列教材,以配合"质量工程"的实施,满足各高校教学质量和教学改革的需要。

　　本系列教材立足于计算机公共课程领域,以公共基础课为主、专业基础课为辅,横向满足高校多层次教学的需要。在规划过程中体现了如下一些基本原则和特点。

　　(1) 面向多层次、多学科专业,强调计算机在各专业中的应用。教材内容坚持基本理论适度,反映各层次对基本理论和原理的需求,同时加强实践和应用环节。

　　(2) 反映教学需要,促进教学发展。教材要适应多样化的教学需要,正确把握教学内容和课程体系的改革方向,在选择教材内容和编写体系时注意体现素质教育、创新能力与实践能力的培养,为学生知识、能力、素质协调发展创造条件。

　　(3) 实施精品战略,突出重点,保证质量。规划教材把重点放在公共基础课和专业基础课的教材建设上;特别注意选择并安排一部分原来基础比较好的优秀教材或讲义修订再版,逐步形成精品教材;提倡并鼓励编写体现教学质量和教学改革成果的教材。

　　(4) 主张一纲多本,合理配套。基础课和专业基础课教材配套,同一门课程有针对不同层次、面向不同专业的多本具有各自内容特点的教材。处理好教材统一性与多样化,基本教材与辅助教材、教学参考书,文字教材与软件教材的关系,实现教材系列资源配套。

　　(5) 依靠专家,择优选用。在制定教材规划时要依靠各课程专家在调查研究本课程教材建设现状的基础上提出规划选题。在落实主编人选时，要引入竞争机制，通过申报、评审确定主题。书稿完成后要认真实行审稿程序，确保出书质量。

　　繁荣教材出版事业，提高教材质量的关键是教师。建立一支高水平教材编写梯队才能保证教材的编写质量和建设力度，希望有志于教材建设的教师能够加入到我们的编写队伍中来。

21 世纪普通高校计算机公共课程规划教材编委会

联系人：梁颖 liangying@tup. tsinghua. edu. cn

前　言

　　目前高等学校和其他各级各类学校的非计算机专业计算机知识教育中,都普遍采用 Visual FoxPro 程序设计课程作为学生计算机知识的基础教学,全国计算机等级考试和区域性的计算机等级考试,也以此为主要的考试对象,所以,Visual FoxPro 有广泛的学习和应用人群。本教程的编写目的,就是让读者在具有一定理论知识后,怎么让应用能力得到相应提高,怎样真正让知识变成有用的知识,改变传统教育中注重理论而忽略实际操作能力的培养模式。同时在研究型学习方法的指导下,提高读者的自主学习能力;提高读者通过多种途径寻求知识的能力;提高读者综合应用和创新能力,摆脱应试教育的束缚,达到知识的协调发展。

　　本书的特色和价值:

- 结构严谨,突出能力培养,充分体现教、学、做一体化的思想。
- 实用性强,大量的经典真实案例,实训内容具体详细,与就业市场紧密结合。
- 突出网络教学,精品课程教学网站 http://kc.jpkc.cqit.edu.cn/06/index.asp、实训教学网站 http://jsjzx.cqit.edu.cn/vfp/index.htm 积聚大量教师多年丰富的教学经验,网站内容丰富。另外,研究型教学网站 http://webquest.cqit.edu.cn/web/main.htm 为学生提供探究式学习网络平台。
- 强调知识的渐进性、兼顾知识的系统性,结构逻辑性强,针对高职高专学生的知识结构特点安排教学内容。
- 书中配套形式多样的思考题,网上提供完备的电子教案,提供相应的素材、程序代码、习题参考答案等教学资源,完全适合教学需要。
- 本教材内容翔实,图文并茂,语言浅显易懂,使读者可以轻松学习、快速记忆。

　　全书共分为 6 章,内容包括:Visual FoxPro 基础知识;Visual FoxPro 数据库及其操作;SQL 语言、查询和视图;结构化程序设计;设计器的应用;学生成绩管理系统的建立和应用。共计 24 个实训,一个系统项目的规划和实现。

　　本教材由重庆理工大学计算机中心和计算机学院的多位教学一线骨干教师共同编写,其中第 1 章 Visual FoxPro 基础知识由李恬完成,第 2 章 Visual FoxPro 数据库及其操作由韩芳完成,第 3 章 SQL 语言、查询和视图由金艳、何进完成,第 4 章结构化程序设计由金艳完成,第 5 章设计器的应用由何进完成,第 6 章学生成绩管理系统的建立和应用由李恬、邱小平完成。

教材配套网站：http://kc.jpkc.cqit.edu.cn/06/index.asp 和 http://webquest.cqit.edu.cn。

由于作者的水平有限，书中难免存在疏漏之处，恳请各位读者批评指正。读者也可以通过教材配套网站"留言板"与我们联系。

编　者

2009 年 3 月

目　　录

第1章 Visual FoxPro 基础知识

1.1 知 识 要 点

1.1.1 基本内容

学习 Visual FoxPro 程序设计,首先要了解数据库系统的一些基本概念,如数据库管理系统、数据库基本特点、数据库系统的三级模式及二级映射、E-R 模型、关系模型和关系代数等。在了解数据库系统的基本概念后,再掌握 Visual FoxPro 系统特点、工作方式和基本数据元素。本章知识要点如下:

1. 基本概念

数据库、数据模型、数据库管理系统、类和对象、事件、方法。

2. 关系数据库

(1) 关系数据库:关系模型、关系模式、关系、元组、属性、域、主关键字和外部关键字。

(2) 关系运算:选择、投影、连接。

(3) 数据的一致性和完整性:实体完整性、域完整性、参照完整性。

3. Visual FoxPro 系统特点与工作方式

(1) Windows 版本数据库的特点。

(2) 数据类型和主要文件类型。

(3) 各种设计器和向导。

(4) 工作方式为交互方式(命令方式、可视化操作)和程序运行方式。

4. Visual FoxPro 的基本数据元素

(1) 常量、变量、表达式。

(2) 常用函数:字符处理函数、数值计算函数、日期时间函数、数据类型转换函数、测试函数。

1.1.2 重点与难点

1. 数据库系统的基本概念

1) 数据、数据库、数据库管理系统

数据是数据库中存储的基本对象,描述事物的符号记录。

数据库是长期储存在计算机内、有组织的、可共享的大量数据的集合,它具有统一的结构形式并存放于统一的存储介质内,是多种应用数据的集成,并可被各个应用程序所共享。

数据库管理系统(Database Management System，DBMS)是数据库的机构，它是一种系统软件，负责数据库中的数据组织、数据操作、数据维护、控制及保护和数据服务等。数据库管理系统是数据系统的核心，主要有如下功能：数据模式定义、数据存取的物理构建、数据操纵、数据的完整性、安全性定义和检查、数据库的并发控制与故障恢复、数据的服务。

为完成数据库管理系统的功能，数据库管理系统提供相应的数据语言：数据定义语言、数据操纵语言、数据控制语言。

数据库管理员的主要工作为设计数据库、维护数据库、改善系统性能、提高系统效率。

2）数据库系统的发展

数据管理技术的发展经历了 3 个阶段，即人工管理阶段、文件系统阶段和数据库系统阶段。

3）数据库系统的基本特点

数据独立性是数据与程序间的互不依赖性，即数据库中的数据独立于应用程序而不依赖于应用程序。

数据的独立性一般分为物理独立性与逻辑独立性两种。

（1）物理独立性：指用户的应用程序与存储在磁盘上的数据库中的数据是相互独立的。当数据的物理结构（包括存储结构、存取方式等）改变时，如存储设备的更换、物理存储的更换、存取方式改变等，应用程序都不用改变。

（2）逻辑独立性：指用户的应用程序与数据库的逻辑结构是相互独立的。数据的逻辑结构改变了，如修改数据模式、增加新的数据类型、改变数据间联系等，用户程序都可以不变。

数据统一管理与控制主要包括以下 3 个方面：数据的完整性检查、数据的安全性保护和并发控制。

4）数据库系统的内部结构体系

（1）数据库系统的三级模式。

- 概念模式，也称逻辑模式，是对数据库系统中全局数据逻辑结构的描述，是全体用户（应用）公共数据视图。一个数据库只有一个概念模式。

- 外模式，外模式也称子模式，它是数据库用户能够看见和使用的局部数据的逻辑结构和特征的描述，它是由概念模式推导出来的，是数据库用户的数据视图，是与某一应用有关的数据的逻辑表示。一个概念模式可以有若干个外模式。

- 内模式，又称物理模式，它给出了数据库物理存储结构与物理存取方法。

内模式处于最底层，它反映了数据在计算机物理结构中的实际存储形式，概念模式处于中间层，它反映了设计者的数据全局逻辑要求，而外模式处于最外层，它反映了用户对数据的要求。

误区警示：一个数据库只有一个概念模式。一个概念模式可以有若干个外模式。三级模式都有几种名称，读者应该熟记每个模式的另一些名称。

（2）数据库系统的两级映射。

两级映射保证了数据库系统中数据的独立性。

① 概念模式到内模式的映射。该映射给出了概念模式中数据的全局逻辑结构到数据的物理存储结构间的对应关系；

② 外模式到概念模式的映射。概念模式是一个全局模式而外模式是用户的局部模式。一个概念模式中可以定义多个外模式，而每个外模式是概念模式的一个基本视图。

☺ **疑难解答**：数据库应用系统的结构是什么样的？

数据库应用系统的 7 个部分以一定的逻辑层次结构方式组成一个有机的整体，它们的结构关系是：数据库用户、应用系统、应用开发工具软件、数据库管理系统、数据库集合、操作系统、硬件。

2. 数据模型的基本概念

数据模型用来抽象、表示和处理现实世界中的数据和信息。分为两个阶段：把现实世界中的客观对象抽象为概念模型；把概念模型转换为某一 DBMS 支持的数据模型。

数据模型所描述的内容有 3 个部分，它们是数据结构、数据操作与数据约束。

常见的数据模型有：E-R 模型、层次模型和关系模型。

1）E-R 模型

（1）E-R 模型基本概念：

- 实体：现实世界中的事物可以抽象成为实体，实体是概念世界中的基本单位，它们是客观存在的且又能相互区别的事物。
- 属性：现实世界中事物均有一些特性，这些特性可以用属性来表示。
- 码：唯一标识实体的属性集称为码。
- 域：属性的取值范围称为该属性的域。
- 联系：在现实世界中事物间的关联称为联系。

两个实体集间的联系实际上是实体集间的函数关系，这种函数关系可以有：一对一的联系、一对多或多对一的联系、多对多的联系。

（2）E-R 模型用 E-R 图来表示。

- 实体表示法：在 E-R 图中用矩形表示实体集，在矩形内写上该实体集的名字。
- 属性表示法：在 E-R 图中用椭圆形表示属性，在椭圆形内写上该属性的名称。
- 联系表示法：在 E-R 图中用菱形表示联系，菱形内写上联系名。

2）层次模型

满足下面两个条件的基本层次联系的集合称为层次模型。

① 有且只有一个结点而没有双亲结点，这个结点称为根结点；

② 除根结点以外的其他结点有且仅有一个双亲结点。

3）关系模型

关系模型采用二维表来表示，二维表一般满足下面 7 个性质：

① 二维表中元组个数是有限的——元组个数有限性；

② 二维表中元组均不相同——元组的唯一性；

③ 二维表中元组的次序可以任意交换——元组的次序无关性；

④ 二维表中元组的分量是不可分割的基本数据项——元组分量的原子性；

⑤ 二维表中属性名各不相同——属性名唯一性；

⑥ 二维表中属性与次序无关,可任意交换——属性的次序无关性;

⑦ 二维表属性的分量具有与该属性相同的值域——分量值域的统一性。

在二维表中唯一标识元组的最小属性值称为该表的键或码。二维表中可能有若干个键,它们称为表的候选码或候选键。从二维表的所有候选键选取一个作为用户使用的键称为主键或主码。表 A 中的某属性集是某表 B 的键,则称该属性值为 A 的外键或外码。

关系操纵包括数据查询、数据删除、数据插入、数据修改。

关系模型允许定义三类数据约束,它们是实体完整性约束、参照完整性约束以及用户定义的完整性约束。

提示:关系模式采用二维表来表示,一个关系对应一张二维表。可以这么说,一个关系就是一个二维表,但是一个二维表不一定是一个关系。

疑难解答:E-R 图是如何向关系模式转换的?

从 E-R 图到关系模式的转换是比较直接的,实体与联系都可以表示成关系,E-R 图中属性也可以转换成关系的属性。实体集也可以转换成关系。

3. 关系代数

1) 关系模型的基本操作

关系模型的基本操作:插入、删除、修改和查询。

其中查询包含如下运算。

(1) 投影运算:从 R 中选择出若干属性列组成新的关系。

(2) 选择运算:选择运算是一个一元运算,关系 R 通过选择运算(并由该运算给出所选择的逻辑条件)后仍为一个关系。设关系的逻辑条件为 F,则 R 满足 F 的选择运算可写成:$\sigma F(R)$。

(3) 笛卡儿积运算:设有 n 元关系 R 及 m 元关系 S,它们分别有 p、q 个元组,则关系 R 与 S 经笛卡儿积记为 $R \times S$,该关系是一个 $n+m$ 元关系,元组个数是 $p \times q$,由 R 与 S 的有序组组合而成。

提示:当关系模式进行笛卡儿积运算时,读者应该注意运算后的结果是 $n+m$ 元关系,元组个数是 $p \times q$,这是经常混淆的。

2) 关系代数中的扩充运算

(1) 交运算:关系 R 与 S 经交运算后所得到的关系是由那些既在 R 内又在 S 内的有序组所组成,记为 $R \cap S$。

(2) 除运算:如果将笛卡儿积运算看作乘运算的话,除运算就是它的逆运算。当关系 $T=R \times S$ 时,则可将除运算写成:$T \div R=S$ 或 $T/R=S$。

S 称为 T 除以 R 的商。除法运算不是基本运算,它可以由基本运算推导而出。

(3) 连接与自然连接运算:连接运算又可称为 θ 运算,这是一种二元运算,通过它可以将两个关系合并成一个大关系。设有关系 R、S 以及比较式 $i\theta j$,其中 i 为 R 中的域,j 为 S 中的域。则可以将 R、S 在域 i、j 上的 θ 连接记为:

$$R \mid \times \mid S, i\theta j$$

在 θ 连接中如果 θ 为"$=$",就称此连接为等值连接,否则称为不等值连接;如 θ 为"$<$"

时称为小于连接；如 θ 为"＞"时称为大于连接。

自然连接(natural join)是一种特殊的等值连接，它满足下面的条件：

① 两关系间有公共域；

② 通过公共域的等值进行连接。

设有关系 R、S，R 有域 $A_1, A_2, \cdots, A_n$，S 有域 $B_1, B_2, \cdots, B_m$，并且，$A_{i1}, A_{i2}, \cdots, A_{ij}$，与 $B_1, B_2, \cdots, B_j$ 分别为相同域，此时它们自然连接可记为：

$$R \mid \times \mid S$$

自然连接的含义可用下式表示：

$$R \mid \times \mid S = \pi_{A_1, A_2, \cdots, A_n, B_{j+1}, \cdots, B_m}(\sigma_{A_{i1} = B_1 \wedge A_{i2} = B_2 \wedge \cdots \wedge A_{ij} = , B_j}(R \times S))$$

☺ **疑难解答**：连接与自然连接的不同之处在什么？

一般的连接操作是从行的角度进行运算，但自然连接还需要取消重复列，所以是同时从行和列的角度进行运算。

💣 **误区警示**：当对关系模型进行查询运算，涉及多种运算时，应当注意它们之间的先后顺序，因为有可能进行投影运算时，把符合条件的记录过滤，产生错误的结果。

4. Visual FoxPro 的基本数据元素

1) 常量与变量

常用的数据类型有 6 种：字符型(C)、数值型(N)、货币型(Y)、逻辑型(L)、日期型(D)和日期时间型(T)。

常量：在操作过程中或程序运行过程中其值保持不变的一种数据称为常量。

💣 **提示**：注意不同数据类型常量的书写格式、占用字节数。尤其是字符型常量和逻辑型常量书写格式，日期格式设置是最容易混淆和出错的地方，应重点关注。

变量：在命令执行过程中，其值可以变化的量称为变量。

Visual FoxPro 的变量有：字段变量、内存变量、数组变量和系统变量。

字段变量与数据库中的表有关，字段变量的值是当前所打开的表的当前记录的该字段的值。

(1) 内存变量是一种独立于数据库之外的变量，即内存变量与数据库无关，是用来存放数据的内存区域。

内存变量的数据类型：字符型、数值型、货币型、逻辑型、日期型和日期时间型。内存变量的数据类型由赋值给它的数据决定，是可以改变的。

① 内存变量赋值命令。

格式 1：

＜内存变量名＞ = ＜表达式＞

格式 2：

STORE＜表达式＞ TO ＜内存变量名表＞

② 内存变量的显示命令。

格式 1：

? [＜表达式表＞]

格式 2：

?? [＜表达式表＞]

格式 3：

LIST MEMORY [LIKE ＜通配符＞][TO PRINT]

格式 4：

DISPLAY MEMORY [LIKE ＜通配符＞][TO PRINT]

提示：? 表示结果值显示在下一行；?? 表示结果值显示在同一行。

③ 内存变量的清除命令。

格式 1：

CLEAR MEMORY

格式 2：

RELEASE＜内存变量名表＞

格式 3：

RELEASE ALL [EXTENDED]

格式 4：

RELEASE ALL [LIKE＜通配符＞|EXCEPT＜通配符＞] =

提示：以上四种格式的功能都是清除内存变量，区别在于清除的范围不同，格式 1 和格式 3 清除所有的内存变量，格式 3 用在程序中需要加 EXTENDED 短语；格式 2 和格式 4 清除指定的内存变量。

（2）数组变量是一组内存变量，在内存中连续存放。数组中的每个变量称为数组元素。每个数组元素的数据类型可以不相同。

① 数组的定义。

DIMENSION 数组名 1(＜下标上限 1＞[,下标上限 2]) = ,数组名 2(＜下标上限 1＞[,下标上限 2]) = …
DECLARE 数组名 1(＜下标上限 1＞[,下标上限 2]) = ,数组名 2(＜下标上限 1＞[,下标上限 2]) = …

② 数组的赋值。

数组被定义以后，系统为每个数组元素赋值逻辑假.F.。

赋值语句使用数组名，整个数组的每个元素将得到同一个值。

赋值语句使用数组元素名时，下标的下限是 1，上限是定义语句指定的值。

③ 将表中的当前记录复制到数组。

在 Visual FoxPro 中，可以将当前表中当前记录的内容存放到一个数组中。因为数组的数据类型不受限制，所以不论字段是什么类型，都可以复制，这对于编程处理当前记录是非常有利的。

格式 1：

SCATTER[FIELDS<字段名表 >]＝[MEMO] TO <数组名>[BLANK]

格式 2：

SCATTER[FIELDS LIKE<通配符>|FIELDS EXCEPT<通配符>]＝[MEMO] TO 数组名> [BLANK]

😀 **两种格式的区别在于**：指定复制字段的方法不同,格式 1 在<字段名表>处直接指定要复制的字段,如果不指定字段,意味着复制除备注型和通用型以外的所有字段;格式 2 则用通配符指定要复制的字段(LIKE 后面)和不需要复制的字段(EXCEPT 后面)。MEMO 短语表示复制备注型字段,BLANK 短语表示生成一个空数组。

④ 将数组中的数据赋值到表的当前记录。

GATHER 语句的功能与 SCATTER 的相反,是从数组中将数据复制到当前表中的当前记录中。

格式 1：

GATHER FROM <数组名> [FIELDS <字段名表>]＝[MEMO]

格式 2：

GATHER FROM <数组名> [FIELDS LIKE <通配符>| FIELDS EXCEPT<通配符>]＝[MEMO]

从以上格式可以看出,除了是从数组往表中复制数据外,其他用法与 SCATTER 基本相同。

2）表达式

表达式是由常量、变量和函数通过特定的运算符连接起来的式子。

表达式的分类：数值表达式、字符表达式、日期和时间表达式、关系表达式和逻辑表达式等。

（1）数值表达式的优先级。

按优先级从高到低的顺序排列如下：

（）；	** 或 ^；	*；	/；	%；	＋；	—
（括号）	（乘方）	（乘）	（除）	（求余数）	（加）	（减）

高————————————————————————→ 低

（2）逻辑运算的优先级。

顺序是： NOT→AND→OR （依次降低）

💣 **提示**：表达式运算结果的数据类型是最容易混淆概念的。数值表达式和字符表达式的运算结果分别是数值型数据和字符型数据,关系表达式和逻辑表达式的运算结果是逻辑型数据,而日期和时间表达式的运算结果由表达式格式决定,通常是日期型、数值型和日期时间型。

3）常用函数

常用函数包括数值计算函数、字符处理函数、日期和时间函数、数据类型转换函数、测试函数。

(1) 数值计算函数。

① 求余数函数

格式：

MOD(<数值表达式 1>,<数值表达式 2>)

功能：返回<数值表达式 1>除以<数值表达式 2>所得的余数。

② 求最大值函数和最小值函数

格式：

MAX(<表达式 1>,<表达式 2>,…,<表达式 n>)
MIN(<表达式 1>,<表达式 2>,…,<表达式 n>)

功能：MAX 求 n 个表达式中的最大值。MIN 求 n 个表达式中的最小值。

(2) 字符处理函数。

① 求字符串长度函数。

格式：

LEN(<字符表达式>)

功能：返回<字符表达式>的长度,长度的单位是半角字符个数,一个全角字符为 2 个半角字符,若是空串,则长度为 0。

② 大小写字母转换函数。

格式：

UPPER(<字符表达式>)

功能：将<字符表达式>中的小写字母转换成大写字母。

格式：

LOWER(<字符表达式>)

功能：将<字符表达式>中的大写字母转换成小写字母。

③ 产生空格函数。

格式：

SPACE(<数值表达式>)

功能：生成若干个空格。空格数由<数值表达式>的值确定。

④ 删除字符串前后空格函数。

格式 1：

LTRIM(<字符表达式>)

功能：去除<字符表达式>的前导空格。

格式 2：

RTRIM(<字符表达式>)

功能：去除<字符表达式>的尾部空格。

格式 3：

ALLTRIM(＜字符表达式＞)

功能：去除＜字符表达式＞的前、后所有的空格。

⑤ 取子字符串函数。

格式：

LEFT(＜字符表达式＞,＜数值表达式＞)
RIGHT(＜字符表达式＞,＜数值表达式＞)
SUBSTR(＜字符表达式＞,＜数值表达式 1＞[,＜数值表达式 2＞])

功能：LEFT( )在指定＜字符表达式＞中，从左端开始截取＜数值表达式＞个字符组成新字符串。

RIGHT( )在指定＜字符表达式＞中，从右端开始截取＜数值表达式＞个字符组成新的字符串。

SUBSTR( )在指定字符表达式＜字符表达式＞的第＜数值表达式 1＞个字符开始，取＜数值表达式 2＞个字符，组成新字符串。

⑥ 求子字符串位置函数。

格式：

AT(＜字符表达式 1＞,＜字符表达式 2＞)
ATC(＜字符表达式 1＞,＜字符表达式 2＞)

功能：查找＜字符表达式 1＞在＜字符表达式 2＞中的起始位置，如果没有找到，返回数值 0。

⑦ 字符串替换函数。

格式：

STUFF(＜字符表达式 1＞,＜起始位置＞,＜长度＞,＜字符表达式 2＞)

功能：用＜字符表达式 2＞的值去替换＜字符表达式 1＞中由＜起始位置＞和＜长度＞指明的一个子串。

⑧ 字符串匹配函数。

格式：

LIKE(＜字符串表达式 1＞,＜字符串表达式 2＞)

功能：比较一个字符串表达式是否与另一个字符串表达式相匹配。返回一个逻辑值。

⑨ 字符串出现次数函数。

格式：

OCCURS(＜字符表达式 1＞,＜字符表达式 2＞)

功能：返回第一个字符串在第二个字符串中出现的次数。

(3) 日期和时间函数。

① 求系统日期和时间函数：

DATE()

TIME( )

DATETIME( )

② 求年份、月份和天数函数：

YEAR(＜日期型表达式＞|＜日期时间型表达式＞)

MONTH(＜日期型表达式＞|＜日期时间型表达式＞)

DAY(＜日期型表达式＞|＜日期时间型表达式＞)

③ 求时、分和秒函数：

HOUR(＜日期时间型表达式＞)

MINUTE(＜日期时间型表达式＞)

SEC(＜日期时间型表达式＞)

提示：注意无参函数与返回值的数据类型、函数自变量与返回值的数据类型。

（4）数据类型转换函数。

① 将字符转换成 ASCII 码的函数：ASC(＜字符型表达式＞)

② 将 ASCII 值转换成相应字符函数：CHR(＜数值型表达式＞)

③ 将字符串转换成日期或日期时间函数

格式：

CTOD(＜字符型表达式＞)

CTOT(＜字符型表达式＞)

④ 将日期或日期时间转换成字符串函数

格式：

DTOC(＜日期表达式＞|＜日期时间表达式＞[,1])

TTOC(＜日期时间表达式＞[,1])

⑤ 将数值转换成字符串函数

格式：

STR(＜数值式 1＞[,＜数值式 2＞[,＜数值式 3＞]])

⑥ 将字符串转换成数值函数

格式：

VAL(＜字符型表达式＞)

⑦ 宏替换函数 &

格式：

&＜字符型内存变量＞[.＜字符表达式＞]

功能：将字符型内存变量或字符型数组变量的值替换出来。

（5）测试函数。

① 数据类型测试函数：VARTYPE(＜表达式＞,[＜逻辑表达式＞])

② 表头测试函数：BOF([＜工作区号＞|＜别名＞])

③ 表尾测试函数：EOF([＜工作区号＞|＜别名＞])

④ 记录号测试函数：RECNO([＜工作区号＞|＜别名＞])

⑤ 记录个数测试函数：RECCOUNT([＜工作区号|别名＞])

⑥ 条件函数：IIF(＜逻辑型表达式＞,＜表达式1＞,＜表达式2＞)

⑦ 空值(NULL值)测试函数：ISNULL(＜表达式＞)

⑧ "空"值测试函数：EMPTY(＜表达式＞)

误区警示：空值测试函数与"空"值测试函数的区别是什么？

首先要注意,这里所指的"空"值与NULL值是两个不同的概念。"空"值测试函数的返回值为逻辑假。其次该函数自变量表达式的类型除了可以是数值型外,还可以是字符型、逻辑型、日期型等类型。不同类型数据的"空"值有不同的规定。

1.2 实训项目一：Visual FoxPro 系统环境设置

1.2.1 实训目的与要求

- 熟悉 Visual FoxPro 6.0 的工作界面；
- 熟悉 Visual FoxPro 6.0 的菜单系统；
- 熟悉 Visual FoxPro 6.0 工具栏中常用的工具；
- 熟练设置 Visual FoxPro 6.0 环境。

1.2.2 实训操作步骤

1. 启动和退出 Visual FoxPro 6.0

启动 Visual FoxPro 6.0,熟悉其工作界面,退出 Visual FoxPro 6.0。

首先在"开始"菜单的"程序"组中找到 Visual FoxPro 6.0 的图标用鼠标单击即可启动进入。退出 Visual FoxPro 6.0 可选择"文件"|"退出"命令,或按 Visual FoxPro 6.0 窗口右上角的关闭按钮即可退出。工作界面如图 1-1 所示。

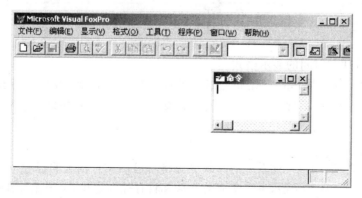

图 1-1 Visual FoxPro 6.0 工作界面

2. 选择菜单项目的方法

选择菜单项目的方法可直接用鼠标单击该菜单下拉箭头,再选择其中的菜单项目,也可以用 Alt 键加上该菜单名后面用小圆括号括起来的那个字母,例如打开"文件"菜单可用 Alt+F 组合键即可,然后再用鼠标或用光标移动选择所需要执行的那一个菜单项目。

3. 工具栏中常用工具的使用

工具栏中常用工具直接用鼠标单击即可执行。工具栏中常用工具可选择"显示"|"工具栏",在"工具栏"选项里选择哪些工具出现在工具栏中。

4. 命令操作,命令窗口的使用

在命令窗口中直接输入命令,按 Enter 键即可执行该命令。

5. Visual FoxPro 系统环境设置

1)"选项"对话框的设置

选择"工具"|"选项"命令,在"选项"对话框中包含一系列环境设置的选项卡,如图 1-2 所示。

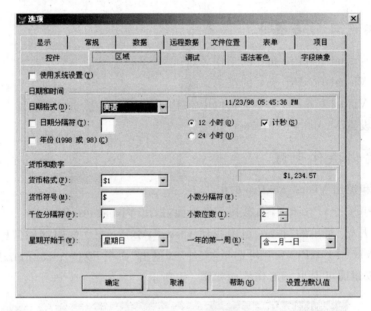

图 1-2 "工具"菜单下的"选项"对话框

2)设置日期和时间的显示格式

选择"选项"|"区域"命令,在此可以设置日期和时间的显示方式。系统默认的格式为"美语",即 mm/dd/yy。现将日期和时间格式设置为"年月日",如果把年份复选框选中将显示世纪,如图 1-3 所示。

3)设置默认目录

为了方便管理,用户开发系统的时候尽量将自己的文件放在自己建立的工作目录。将此文件夹设置为默认目录后,系统生成的文件都将存储在这里,系统在打开或运行文件时也将在此寻找文件。

操作步骤:

① 在 C 盘上建立一个文件夹 myfile。

② 选择"选项"|"文件位置"|"默认目录"命令,如图 1-4 所示。

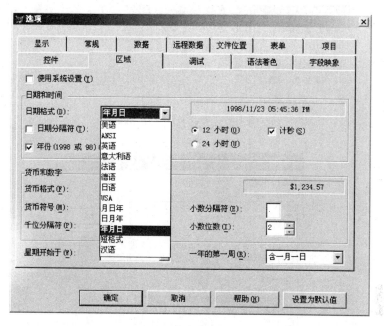

图1-3 设置日期和时间格式

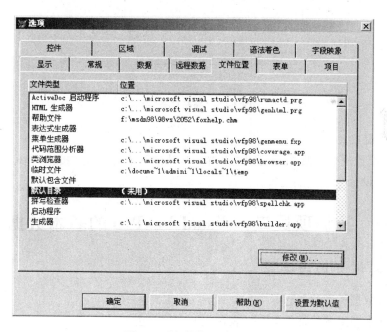

图1-4 "文件位置"选项卡

③ 单击"修改"按钮,打开"更改文件位置"对话框(见图1-5),选中"使用默认目录"复选框,在文本框中输入默认路径(或者单击文本框右边...按钮,弹出"选择目录"对话框,见图1-6),单击"选定"按钮。

④ 单击"确定"按钮,退出"更改文件位置"对话框。

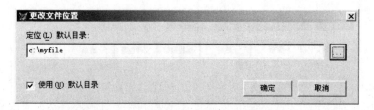

图 1-5 "更改文件位置"对话框

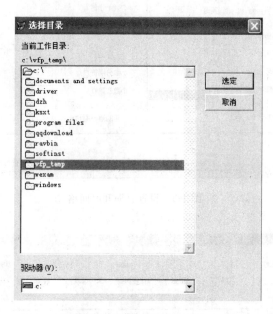

图 1-6 "选择目录"对话框

4）保存设置

对当前设置进行修改之后，选中"设置为默认值"，单击"确定"按钮，即可保存和退出"选项"对话框的设置。

1.3 实训项目二：Visual FoxPro 的基本数据元素

1.3.1 实训目的与要求

- 理解数据类型的概念。
- 认识不同类型的常量、变量、表达式的表示方法。
- 熟练掌握各类运算符的功能、运算规则和运算的优先顺序。
- 掌握表达式的计算方法。
- 掌握数组的定义及赋值，了解变量与数组及数组元素的区别。
- 熟练掌握内存变量的赋值操作。
- 熟练掌握部分常用函数的功能和用法。

1.3.2 实训操作步骤

1. 常量、变量、数组和数据类型

1) 常量、变量的表示

在 Visual FoxPro 6.0 的命令窗口中输入以下命令,观察屏幕显示结果(&& 为注释说明信息,用来解释相应命令的功能,不必输入;同时,命令窗口中的标点符号必须使用**英文标点符号**)。

```
? 123                       && 输出数值型常量
?'123abc'                   && 输出字符型常量
? {^2003 - 5 - 4}           && 输出日期型常量
? {^2003 - 5 - 4,10:30:30}  && 输出日期时间型常量
?.T.                        && 输出逻辑型常量
x = 12.56                   && x 为数值型变量
y = 'hello'                 && y 为字符型变量
? x,y                       && 输出变量 x 和 y 的值
x = .F.                     && 改变变量 x 的值为逻辑值,变量 x 由此为逻辑型变量
```

2) 数组元素的引用

在命令窗口中输入以下命令建立数组 ARRA 和 ARRB,并观察不同情况下数组中各个元素的类型和值。

```
DIMENSION ARRA(10),ARRB(3,4)    && 建立数组 ARRA 和 ARRB
DISP MEMO   LIKE ARR *          && 显示内存变量 ARRA 和 ARRB 的情况
ARRA = 0                        && 将数组 ARRA 重新赋值为 0
DISP MEMO LIKE ARR *
ARRA(1) = 'ZHANG'               && 将数组元素 ARRA(1)重新赋值为'ZHANG'
DISP MEMO LIKE ARR *
```

3) 内存变量操作

(1) 练习使用"="命令为变量赋值。

在命令窗口中输入以下命令,观察其结果并思考其中缘由。

```
姓名 = '张小平'
性别 = '男'
出生日期 = {^1985 - 12 - 3}
? 姓名,性别,出生日期
SUM = 0
SUM = SUM + 1
? SUM
FLAG = .F.
? FLAG
A = 12/05/88
B = '12/05/88'
C = {^1988/12/5}
? A,B,C
```

(2) 练习使用 STORE 命令为变量赋值。

在命令窗口中输入以下命令,观察其结果并思考其中缘由。

```
STORE '张小平' TO 姓名
```

```
STORE '男' TO 性别
STORE {^1985/5/12} TO 出生日期
?? 姓名,性别,出生日期
STORE 3 TO A,B,C
STORE A * B * C TO D
?? A,B,C
? D
```

2. 表达式的建立及使用

进入 Visual FoxPro 6.0,根据掌握的表达式的知识,先思考各命令的功能,计算出输出结果。在命令窗口中输入以下命令序列,观察其执行结果看与计算机的结果是否一致,思考其中缘由。注意其类型及运算顺序。

```
A = 3
B = 4
C = 5
X = B * B - 4 * A * C
Y = A/(B + C)
Z = A * B % C + A * B
? X,Y,Z
?'ABC ' + 'DEF'
?'ABC ' - 'DEF'
姓名 = '李小明 '
? 姓名 + '您好!'
? 姓名 - '您好!'
```

3. 建立并输出以下表达式的值,注意其类型及运算顺序

```
? 100 > = 90
?'ABC' > 'BCD'
?'ABCD' = 'ABC'
? 'ABC' = 'ABCD'
SET EXACT ON
? 'ABCD' = 'ABC'
SET EXACT OFF
?'ABCD' == 'ABC'
?'学生' $ '好学生'
?'王老师' < '李老师'
? {^1988/12/3} > {^1989/12/3}
? {^1988/12/3} + 30
? {^1989/12/3} - {^1988/12/3}
A = 100
B = 98
C = 97
? A > = B AND B < = C
? A > = 90 AND B > = 90 AND C > = 90
? A = 100 OR B = 100 OR C = 100
姓名 = '王小波'
性别 = '男'
出生日期 = {^1986/10/10}
? (姓名 = '王'OR 姓名 = '李') AND 性别 = '女'
```

```
?'王' $ 姓名 AND！性别 = '女'
? 出生日期＞= {^1986/10/11}
```

4. 函数的使用

进入 Visual FoxPro 6.0,练习函数的使用并验证其功能。注意函数名的书写、函数参数的选用及对应的数据类型以及函数值的数据类型。先根据掌握的函数相应的知识,先思考各函数的功能和用法,写出输出结果,然后在命令窗口中输入以下命令序列,观察其执行结果,看与计算机的结果是否一致,思考其中缘由。

1) 常用数值型函数的使用

```
NUM1 = 90
NUM2 = 84
? ABS(- 12.35), ABS(30 - 10), ABS(NUM1 - NUM2)          && 求绝对值
? INT(34.76), INT(- 34.76)                              && 取整
? MAX('飞机', '轮船'),MAX(20,NUM1,NUM2)                  && 求最大值
? MIN({^2003 - 5 - 4},{^2002 - 5 - 4}),MIN(20,NUM1,NUM2) && 求最小值
? MOD(13,4), MOD(13, - 4), MOD(- 13, - 4),MOD(- 13,4)   && 求余数(取模)
? ROUND(1567.456,2), ROUND(1567.456,0), ROUND(1567.456, - 2) && 四舍五入
? RAND()                                                && 产生 0～1 之间的随机小数
```

2) 常用字符函数的使用

```
? LEN('中文 Visual FoxPro 6.0')                         && 求字符串长度
? LOWER('TEST'),UPPER('Test')                           && 大小写转换
TEST = SPACE(2) + '欢迎' + SPACE(2)                     && 欢迎前后产生两个空格
? TRIM(TEST) + LTRIM(TEST) + ALLTRIM(TEST)             && 删除字符串前后的空格
? LEN(TEST), LEN(TRIM(TEST)), LEN(LTRIM(TEST)),LEN(ALLTRIM(TEST))
? LEFT('张三', 2),RIGHT('重庆理工大学',4)               && 取子串
? SUBSTR('CQIT - 重庆理工大学', 6,4), SUBSTR('CQIT - 重庆理工大学',6)
STORE 'This is Visual FoxPro test'  TO x                && 给变量 x 赋值
? AT('fox',x),ATC('fox',x),AT('is',x,3),AT('xo',x)      && 求子串出现的位置
? STUFF('GOOD BYE',6,3, 'MORNING')                     && 字串替换函数
? CHRTRAN('ABACAD', 'ACD', 'X12')                       && 字符替换函数
? CHRTRAN('计算机世界', '计算机', '电脑')
```

3) 常用日期和时间函数

```
? DATE(),TIME(),DATETIME()                              && 系统日期和时间函数
STORE {^2003 - 5 - 6} TO D
? YEAR(D),MONTH(D),DAY(D)                               && 取年月日
```

4) 常用数据类型转换函数

```
STORE - 2003.456 TO N
? STR(N,9,2),STR(N,7,2),STR(N,6),STR(N)                 && 数值转换成字符串
? VAL('123.45AB67'),VAL('TEST3')                        && 字符串转换为数值
? CTOD('12/31/99') + 30                                 && 字符串转换为日期
?'今天的日期是: ' + DTOC(DATE())                        && 日期转换为字符串
```

5) 常用测试函数

```
? IIF(LEN(SPACE(2))>3,"FOX","PRO")                      && LEN(SPACE(2))>3 条件测试
```

17

第 1 章

Visual FoxPro 基础知识

```
STORE .NULL. TO X
? ISNULL(X) = .T.                    && 空值(NULL值)测试
```

1.4　典型试题剖析

(1) 一个关系相当于一张二维表,二维表中的各栏目相当于该关系的(　　)。

A. 数据项　　　　B. 元组　　　　C. 结构　　　　D. 属性

【答案】D

【解析】二维表格中的每一栏(列)称为关系的属性,数据库系统则称为字段。二维表格中的每一行称为关系的元组,数据库系统中则称为记录。所以答案应为 D。

(2) 关系数据库管理系统能够实现的 3 种基本关系运算为(　　)。

A. 排序、查找、索引　　　　　　　B. 选择、投影、连接

C. 建库、录入、复制　　　　　　　D. 显示、统计、排序

【答案】B

【解析】关系数据库的基本关系运算有选择、投影与连接 3 种,投影运算是从表中取出满足条件的属性成分的操作;选择运算是从表中选出满足条件的元组的操作;连接运算是将两个关系中具有共同属性值的元组连接起来,以便构成新表。所以本题答案为 B。

(3) 在数据库系统的 3 级模式结构中,由(　　)完成对数据的物理结构和存储方式的描述。

A. 子模式　　　　B. 内模式　　　　C. 逻辑模式　　　　D. 外模式

【答案】B

【解析】数据库系统的 3 级模式结构由外模式、模式和内模式组成。其中外模式亦称子模式或用户模式,是数据库用户看到的数据视图;模式亦称逻辑模式,是数据库中全体数据的逻辑结构和特性的描述,是所有用户的公共数据视图;内模式亦称存储模式,是数据在数据库系统内部的表示,即对数据的物理结构和存储方式的描述。据此本题答案应选 B。

(4) 数据库系统在 3 级模式中提供的(　　)映像定义了数据逻辑结构和存储结构之间的关系。

A. 外模式/模式　　　　　　　　B. 外模式/内模式

C. 模式/内模式　　　　　　　　D. 用户模式/存储模式

【答案】C

【解析】数据库系统在 3 级模式中提供了两层映像:其一是外模式/模式映像,它定义了外模式和模式之间的对应关系;其二是模式/内模式映像,它定义了数据逻辑结构和存储结构之间的对应关系。也正是由于这 2 级映像功能,才使得数据库系统中数据具有较高的逻辑独立性和物理独立性。据此本题答案应选 C。

(5) 在下列数据模型中,(　　)的数据操作是集合操作。

A. 层次模型　　　B. 网状模型　　　C. 关系模型　　　D. 概念模型

【答案】C

【解析】当前,实际数据库系统中所支持的主要数据模型有层次模型、网状模型和关系模型。其中关系模型是最重要的一种模型,它具有概念单一、关系规范化、所有数据操作是

集合操作的特点。而非关系模型的操作对象和结果是单记录的操作方式。据此可知本题答案应选 C。

（6）数据库(DB)、数据库系统(DBS)、数据库管理系统(DBMS) 3 者之间的关系是（　　）。

A. DB 包括 DBS 和 DBMS　　　　　B. DBMS 包括 DB 和 DBS

C. DBS 包括 DB 和 DBMS　　　　　D. 以上 3 者都不对

【答案】C

【解析】数据库系统是指引进数据库技术后的计算机系统,它主要由 5 部分构成：硬件系统、数据库集合、数据库管理系统及相关软件、数据库管理员和用户。所以据此本题答案应选 C。

（7）下列关系运算中,（　　）的功能是从关系中找出满足给定条件的元组以便形成新的关系,但其关系模式不变。

A. 选择　　　　B. 投影　　　　C. 联接　　　　D. 自然连接

【答案】A

【解析】在对数据库进行查询时,其专门的关系运算有选择、投影和连接。其中选择是从关系中找出满足给定条件的元组的操作；投影是从关系模式中指定若干个属性组成新的关系；连接是关系的横向结合,它将两个关系模式拼接成一个更宽的关系模式。所以据此本题答案应选 A。

（8）在 Visual FoxPro 中,（　　）代表了一个实际的关系模型。

A. 元组　　　　B. 二维表　　　　C. 数据库文件　　D. 关系模式

【答案】C

【解析】一个具体的关系模型由若干个关系模式组成,在 Visual FoxPro 中,一个数据库中包含相互之间存在联系的多个表。一个数据库文件就代表着一个实际的关系模型。据此可知本题答案应选 C。

（9）在一张订单中可以包含多项商品。同样,每项商品也可以出现在许多订单中,则订单与商品之间的联系应属于（　　）。

A. 一对一联系　　　　　　　　B. 一对多联系

C. 多对多联系　　　　　　　　D. 以上选项都不对

【答案】C

【解析】实体之间的对应关系称为联系,两个实体之间的联系可以归结为 3 种类型：一对一联系、一对多联系和多对多联系。其中,一对多联系是最普遍的联系。但在本例中,根据题干的描述很容易判断订单与商品之间的联系应属于多对多联系。所以答案应选 C。

（10）在数据库系统中,用户对数据的操作只需按其（　　）来进行操作。

A. 物理结构　　　B. 逻辑结构　　　C. 顺序结构　　　D. 索引结构

【答案】B

【解析】在数据库系统中,由于数据库管理系统提供的映像功能,实现了应用程序对数据的总体逻辑结构、物理存储结构之间较高的独立性。用户在操作数据时无需考虑数据在存储器上的物理位置与结构,而只需以简单的逻辑结构来操作数据。所以本题答案应选 B。

（11）数据库应用系统应属于（　　）。

A. 教学软件　　　　　　　　　B. 计算机辅助软件

    C. 系统软件   D. 应用软件

【答案】D

【解析】整个软件系统应分为系统软件和应用软件。而数据库应用系统是指系统开发人员利用数据库系统资源开发出来的,面向某一类实际应用的应用软件系统,如人事管理系统、图书管理系统等。所以据此本题答案应选 D。

(12) 数据库管理系统一般提供下列(　　)来定义外模式、模式和内模式。

    A. DML   B. DDL   C. DCL   D. SDL

【答案】B

【解析】DML 是数据操纵语言的英文缩写,DDL 是数据定义语言的英文缩写,DCL 是数据控制语言的缩写,SDL 是数据存储描述语言的英文缩写。其中 DML 是数据库管理系统用于实现对数据库数据的基本操作,如检索、插入、修改和删除等,DDL 是数据库管理系统用于定义外模式、模式和内模式。据此可知本题答案应选 B。

(13) 数据的物理独立性是指(　　)。

    A. 数据的物理结构改变时,数据的逻辑结构可以不变,应用程序也不必改变

    B. 数据的物理结构改变时,数据的逻辑结构跟着改变,但应用程序不必改变

    C. 数据的逻辑结构改变时,数据的物理结构可以不变,应用程序也不必改变

    D. 数据的逻辑结构改变时,数据的物理结构跟着改变,但应用程序不必改变

【答案】A

【解析】数据库系统提供了数据的存储结构与逻辑结构之间的转换功能,这种功能使得当数据的存储结构(或物理结构)改变时,数据的逻辑结构可以不变,从而应用程序也不必改变。所以本题答案应选 A。

(14) 要改变一个关系中属性的排列顺序,应使用的关系运算是(　　)。

    A. 重建   B. 选择   C. 投影   D. 连接

【答案】C

【解析】选择是从关系模式中找出满足给定条件的元组,它是从行的角度进行的运算;投影是从关系模式中指定若干个属性组成新的关系,它是从列的角度进行的运算;连接是将两个关系模式拼接成一个更宽的关系模式。要改变一个关系中属性的排列顺序,就是从列的角度进行的运算,所以本题答案应选 C。

(15) 数据库是系统中各用户的共享资源,下面(　　)不是系统必须提供的数据控制功能。

    A. 数据的安全性控制   B. 数据的完整性控制

    C. 并发控制   D. 实时控制

【答案】D

【解析】由于有许多用户同时使用数据库,所以系统必须考虑:防止不合法的使用所造成数据的泄密和破坏即安全性问题;保证数据的正确性、有效性和相容性;防止当多个用户的并发进程同时存取、修改数据库时可能会发生相互干扰而得到错误的结果。据此可知 A,B 和 C 是必需的。D 则是指反应时间的控制,所以本题答案应选 D。

(16) 下面选项可以作为变量名使用的有(　　)。

    A. 财政支出   B. 6NAME   C. 数学 ** 成绩   D. ［学生］

【答案】A

【解析】按规定变量名应是由以汉字、字母或下划线打头的,由汉字、字母、数字、下划线组成的字符串构成。而备选答案 B、C 和 D 易知均不符合此要求,所以只有答案 A 符合变量命名要求。

(17) 根据条件列出逻辑表达式:

A. 数学成绩不低于 90 分且小于 98 分

B. 身高 170 厘米以上或体重 65 公斤以上

C. 年龄大于 40 岁且职称不是助教

【解析】由逻辑符号的运用得下列答案:

A. 数学成绩>=90. AND. 数学成绩<98

B. 身高>=170. OR. 体重>=65

C. 年龄>40. AND. 职称<>'助教'

(18) 已打开数据表中有一日期型字段"出生日期",下列表达式中结果不是日期型的是( )。

A. CTOD("09/18/97")　　　　B. 出生日期+2

C. DTOC(出生日期)　　　　　D. DATE()-2

【答案】C

【解析】备选答案 A 中函数 CTOD() 的功能是将符合规定的字符串转换为日期型值,B 和 D 均是将一个日期型值和一个数值型值相加或减,结果还是日期型值。只有 C 中 DTOC() 函数是用于将日期型值转换为字符型值,故本题应选 C。

(19) 假定 STUDENT. DBF 表文件共有 8 条记录,则当 EOF() 函数的返回值为逻辑真时,执行命令? RECCOUNT() 的输出是( )。

A. 1　　　　　B. 7　　　　　C. 8　　　　　D. 9

【答案】C

【解析】RECCOUNT() 函数的返回值表示当前表文件中所包含的记录总数,本题中记录数为 8,故应选 C。

(20) 在已打开的表文件中有"姓名"字段,此外又定义了一个内存变量"姓名",要把内存变量"姓名"的值传送给当前记录的姓名字段,应使用命令( )。

A. 姓名=M->姓名　　　　　B. REPLACE 姓名 WITH M->姓名

C. STORE M->姓名 TO 姓名　　D. GATHER FROM M->姓名 FIELDS 姓名

【答案】B

【解析】当内存变量与字段变量同名时,为加以区别应在内存变量名前加上 M-> 或 M·,同时只有 REPLACE 命令可以替换字段变量的值。依此可知本题应选 B。

(21) 使用 DIMENSION 命令定义数组后,各数组元素在没有赋值之前的数据类型是( )。

A. 字符型　　　B. 数值型　　　C. 逻辑型　　　D. 未定义

【答案】C

【解析】在 Visual FoxPro 中规定,数组定义后,在未对其数组元素赋值之前各元素的值默认为.F.,故数据类型应为逻辑型,应选 C。

(22) 用 DIMENSION Q(2,3)命令定义数组 Q 后,再对各数组元素赋值:Q(1,1)=1, Q(1,2)=2,Q(1,3)=3,Q(2,1)=4,Q(2,2)=5,Q(2,3)=6,然后再执行命令? Q(2),则显示结果是( )。

    A. 变量未定义的提示   B. 4   C. 2   D. .F.

【答案】C

【解析】在 Visual FoxPro 中规定,数组是按行存取的,也就是本题中 Q(2)相当于 Q(1,2)=2,所以本题应选 C。

(23) 假定系统日期是 1998 年 12 月 20 日,有如下命令 NJ=MOD(YEAR(DATE())−1900,100),执行该命令后,NJ 的值是( )。

    A. 1998   B. 98   C. 981220   D. 1220

【答案】B

【解析】YEAR()函数的返回值是 1998,可知 MOD()函数得到的余数是 98。故易知本题应选答案 B。

(24) 执行命令? AT("中心","国家教委考试中心")的显示值是( )。

    A. 0   B. 12   C. 13   D. 16

【答案】C

【解析】AT()函数的使用格式是 AT(C1,C2),其功能为求 C1 在 C2 中的起始位置。由于每个汉字是占 2 个字符宽度,可知函数值一定是奇数,故应选 C。

(25) 字符串长度函数 LEN(SPACE(3)-SPACE(2))的值是( )。

    A. 3   B. 4   C. 5   D. 6

【答案】C

【解析】SPACE()函数用于生成字符型的空格串,"-"是将其连接起来,只是将前 3 个空格移到后两个空格之后,但长度不变。所以答案为 C。

(26) 在 Visual FoxPro 中,要使用数组就应( )。

    A. 必须先定义   B. 必须先赋值

    C. 赋值前必须定义   D. 有时可以不必先定义

【答案】D

【解析】如果还没有忘记 SCATTER 命令,就应知道该命令中所使用的数组可以不必先定义而直接使用,据此就应选答案 D。

(27) 假定已经执行了正确命令 M=[28+2],再执行命令? M,屏幕显示结果为( )。

    A. 30   B. 28+2   C. [28+2]   D. 30.00

【答案】B

【解析】"[ ]"是一对字符型常量数据的定界符,本题中的"M=[28+2]"是将字符串赋值给变量 M,由于是字符型数据赋值,所以不能进行计算,从而 A 和 D 错,显示字符型表达式的值时,定界符也是不显示的,所以 C 也不正确。答案只能是 B。

(28) 在 Visual FoxPro 中,函数 ROUND(123456.789,−2)的返回值是( )。

    A. 123456   B. 123500.000   C. 123456.700   D. −123456.79

【答案】B

【解析】ROUND()函数的使用格式为 ROUND(N1,N2),如果 N2 是小于 0 的负数,则

四舍五入到小数点前的|N2|+1位,ROUND()函数并不改变N1数值的原数值长度。所以本题应选答案B。

(29) 下列Visual FoxPro表达式中运算结果为日期型的是( )。

A. 04/05/97+2　　　　　　　　　B. CTOD("04/05/97")-DATE()

C. CTOD("04/05/97")-3　　　　　D. DATE()+"04/05/97"

【答案】C

【解析】备选答案A是数值的除法和加法运算;B是两个日期相减,结果是数值型数据;D是一个日期与一个字符串相加,属于表达式错误,一个日期与一个数值相减后,结果仍然是日期。所以应选C。

(30) 在下列表达式中,运算结果为数值型数据的是( )。

A. CTOD("04/05/97")-28　　　　B. "1234"+"4567"

C. 120+30'=150　　　　　　　　D. LEN("ABCD")-1

【答案】D

【解析】备选答案A的结果为日期型;B的结果为字符型;C的结果为逻辑型。而D的结果刚好为数值型就是正确答案。

(31) 函数TYPE([12]+[34])的返回值是( )。

A. N　　　　　　B. C　　　　　　C. 1234　　　　　D. 出错信息

【答案】A

【解析】TYPE()函数中的自变量[12]+[34]相当于"12"+"34"([]也是字符串的定界符),易知TYPE([12]+[34])计算自变量后的格式应该是TYPE("1234"),应为数值型。故选A。

(32) 假定X=2,Y=5。则执行下列运算后,能够得到数值型结果的是( )。

A. ? X=Y-3　　　　　　　　　　B. ? Y-3=X

C. X=Y　　　　　　　　　　　　D. X+3=Y

【答案】C

【解析】A,B中的?是操作符,"="是关系运算符中的等号,所以最终运算结果应该是显示一个逻辑值。D选项则属于命令语法错误。C选项中的"="是赋值命令,Y的值为数值型,当赋值给X后,仍是数值型。所以C是正确答案。

(33) 下列表达式中不符合Visual FoxPro语法规则的是( )。

A. 04/05/97　　　　　　　　　　B. T+t

C. VAL('1234')　　　　　　　　　D. 2X>15

【答案】D

【解析】备选答案A可以认为是3个数值型常量相除;B可以认为是T变量的相加或相连(若T是数值型变量,则是加法运算;若T是字符型变量,则是连接运算);C项是函数计算,而且表达完全符合VAL()函数的要求。D的错误出在2X上,这是由于既不能把它看成常量,也不能把它看成变量来使用(因变量名必须以下划线、字母或汉字开头)。故此题应选D。

(34) 在执行命令DIMENSION K(2,3)后,数组K所包含的数组元素的个数为( )。

A. 2　　　　　　B. 3　　　　　　C. 6　　　　　　D. 12

【答案】C

【解析】二维数组的元素个数应等于两个下标的上限的乘积,如该例中数组 K 所包含的数组元素的个数就应等于 2×3 而为 6 个。所以答案应选 C。

(35) 如果当前表中的一个字段名与一个内存变量名都是 NAME,执行命令? NAME 后,显示的结果是(　　)。

　　A. 内存变量的值　　　　　　　　B. 字段变量的值

　　C. 随机显示变量值　　　　　　　D. 出错

【答案】B

【解析】当一个字段变量与内存变量同名且表所处的工作区为当前工作区时,系统将优先使用字段变量。所以本题答案应选 B。

(36) 已知 D= "10/12/99",问表达式 23+&D 的计算结果是(　　)。

　　A. 数值型　　　　　　　　　　　B. 字符型

　　C. 日期型　　　　　　　　　　　D. 数据类型不匹配

【答案】A

【解析】宏替换函数 & 的功能就是每使用一次就去掉一层字符串变量的定界符,故与表达式 23+&D 等价的表达式就是 23+10/12/99,易知此表达式的运算结果为数值型。所以答案应选 A。

(37) 要求一个表中的数值型字段具有 5 位小数,那么该字段的宽度最少应当定义成(　　)。

　　A. 5　　　　　　B. 6　　　　　　C. 7　　　　　　D. 8

【答案】C

【解析】在定义数据表文件中的数值型字段宽度时,用户应考虑数值是否为小数,是否带符号,其中小数点"."和负号"-"各占一个字符的宽度。所以要求数据表某数值型字段具有 5 位小数,则此字段宽度最少应该定义为 7 位。所以本题答案为 C。

(38) 若内存变量 G= "FIRST",则显示其内容应使用的命令是(　　)。

　　A. DISPLAY G　　　　　　　　　B. ? G

　　C. ? &G　　　　　　　　　　　　D. SAY　G

【答案】B

【解析】备选答案 A 错,DISPLAY 用来显示当前记录,不能用于显示内存变量。B 正确,? 为显示表达式的值,这里内存变量 G 是最简单的表达式,用法正确。C 错在使用了宏替换函数,因为 &G 的结果是 FIRST,即等价于命令:? FIRST,而变量 FIRST 不一定存在。D 错在格式化输出命令的正确形式为:@<行,列> SAY <表达式>。所以本题答案应选 B。

(39) 在下面的函数中,(　　)返回的函数值是 C 型的。

　　A. FOUND()　　　　　　　　　　B. RECNO()

　　C. ASC()　　　　　　　　　　　　D. SUBSTR()

【答案】D

【解析】根据定义可知 C 型表达式是指字符型的,观察上述 4 种函数只有 SUBSTR() 适合,其函数值是 C 型的。所以正确答案应该是 D。

(40) 表达式"ABV">"AB">.f. 的值是(　　)。

A. .T.   B. .F.

C. 难以确定   D. 非法表达式

【答案】A

【解析】表面上看起来,该表达式在没有逻辑运算符的情况下同时包含有两个关系运算符且数据类型不统一,应属于非法表达式。但仔细分析一下,可以把"ABV">"AB"看成是第二个">"左边的表达式,且它的结果为逻辑真.T.,然后再看表达式.T.>.F.,在 Visual FoxPro 中规定.T.大于.F.,所以该表达式的最终结果为逻辑真.T.。本题的正确答案应选 A 而不是 D。

(41) 表达式.F.>10>1 的值是(　　)。

A. .T.   B. .F.

C. 难以确定   D. 非法表达式

【答案】D

【解析】如果本题按照上一题的情况分析,有可能会作出选 B 的结论。但这里不能忽略的一点就是关系运算符的优先级是相等的,在没有括号改变优先级的情况下,就必须从左到右依次计算,据此首先计算的就是.F.>10 而不是 10>1,易知此表达式的数据类型不匹配。所以本题答案应选 D。

(42) 表达式 100>10>1 的值是(　　)。

A. .T.   B. .F.

C. 难以确定   D. 非法表达式

【答案】D

【解析】在本题中,类似于上题的分析,由于表达式 100>10>1 中 100>10 的结果为逻辑真.T.,故表达式进一步简化为.T.>1,很明显该表达式中参加运算的数据类型不匹配,所以属于非法表达式。故答案应选 D 而不是其他。

(43) 在执行命令 A="A"和 B=A="C"之后,A 和 B 的值分别是(　　)。

A. "C"和"C"   B. "A"和.F.

C. "C"和"A"   D. "A"和"C"

【答案】B

【解析】在本题中,易知在执行命令 A="A"后,变量 A 的值为字符型数据"A",但在执行 B=A="C"时,其中有两个"=",易知第一个"="只能作赋值操作符使用,否则其前面必须应有一个操作符,如若不然它就不能成其为一个命令。第二个"="就只能是关系运算符而不能是赋值操作符,否则其左边就只能是变量,据此可知 B=A="C"的功能就相当于是先计算关系表达式 A="C"的值.F.,再将其赋值给变量 B,所以 B 的值为.F.,A 的不变。本题答案应选 B。

(44) 执行命令 DECLARE DG(9,11)后,与数组元素 DG(7,9)等价的一维数组元素是(　　)。

A. DG(75)   B. DG(86)

C. DG(72)   D. DG(88)

【答案】A

【解析】在 Visual FoxPro 中,二维数组元素是按行优先的顺序存取的,一个二维数组可以从逻辑上把它看成是一个表格,所以与数组元素 DG(7,9)等价的一维数组元素的计算方法就可以按公式(7−1)＊11＋9 计算而得 DG(75)。故本题答案应选 A。

(45) 表达式−36％7 的值应等于(   )。

A. −1   B. 1   C. 6   D. −6

【答案】C

【解析】在 Visual FoxPro 中,模运算(即求余数)的规则是运算结果余数必须与除数的符号一致,且商与除数的乘积再加上余数的值必须等于被除数。而备选答案中满足这一要求的就只有答案 C。

(46) 在下列说法中,正确的有(   )。

A. 空串和空格串是两个相同的概念

B. 不同数据类型的变量的"空"值都是相同的

C. 若当前表文件不包含任何记录时,函数 BOF( )和 EOF( )的返回值是相同的

D. 若当前表文件共有 10 条记录,则当函数 BOF( )和 EOF( )的返回值分别为.T.时,
   函数 RECNO( )的返回值分别为 0 和 11

【答案】C

【解析】首先空串是指不包含任何字符的串,空格串是指由空格字符组成的串,所以答案 A 是错的;B 也是错的,因为不同数据类型的变量的"空"值是不同的,如数值型和逻辑型"空"值就分别为 0 和.F.;答案 D 中当函数 BOF( )的返回值为.T.即记录指针指向表文件的文件首时,记录号应为 1,所以 D 也错。只有答案 C 是正确的,因为此时 BOF( )和 EOF( )的返回值都为.T.。

(47) 在 Visual FoxPro 中,表文件中的字段是一种(   )。

A. 常量   B. 变量   C. 运算符   D. 函数

【答案】B

【解析】由于表文件中的字段的值会随着记录指针的移动而发生变化,所以根据定义它不可能是常量,而只能是变量。而答案 C 和 D 当然就更不正确了。故本题答案只能选 B。

(48) 设 A=5,则执行命令?A=A+1 后,变量 A 的值为(   )。

A. 5   B. 6   C. .T.   D. .F.

【答案】A

【解析】在本题中,命令?A=A+1 仅是一个输出命令,其中的 A=A+1 仅是一个关系表达式而不是赋值命令,所以执行整个命令后,将会在屏幕上输出关系表达式的值.F.,而变量 A 的值将保持不变。所以答案应选 A 而不是其他。

(49) 下列表达式中,结果为逻辑真的是(   )。

A. "ABCDEFG"="ABCD"

B. "100">"76"

C. CTOD("03/21/2002")>CTOD("03/12/2002")

D. ［张三］<［张三］

【答案】C

【解析】在备选答案 A 中,由于字符串比较运算符"="要受到 SET EXACT 设置的影

响,所以不能确定其结果是否为逻辑真,B中由于"100"和"76"均为字符型,所以其比较结果为逻辑假,D中由于[张三]是字符型,它不可能小于其自身,故易知本题答案应选C。

(50) 在字符比较运算中,当分别执行命令 SET EXACT OFF 和?"计算机"="计算机公司","计算机" \$ "计算机'公司'" 后,屏幕上的显示结果为(   )。

　　A. .T..T.　　　　　B. .T..F.　　　　C. .F..T.　　　　D. .F..F.

【答案】C

【解析】在 Visual FoxPro 中,由于字符串比较运算符"="要受到 SET EXACT 设置的影响,当其设置为 OFF 状态时,只要字符串比较运算符"="右边的字符串与左边字符串的前面部分内容相匹配,即可得到逻辑真.T. 的结果;当其设置为 ON 状态时,只有字符串比较运算符"="右边的字符串与左边的字符串完全匹配才能得到逻辑真的结果。而运算符"\$"的功能是测试其左边的字符串是否是右边字符串的字串。据此易知本题答案应选 C。

1.5　两级测试题

1.5.1　基础测试题

(1) DBMS 的意思是(   )。

　　A. 数据库管理系统　　　　　　　B. 关系型数据库系统

　　C. 对象-关系型数据库系统　　　　D. 结构化查询语言

(2) 在下面选项中能直接实现对数据库中数据进行操作的软件是(   )。

　　A. 字表处理软件　　　　　　　　B. 操作系统

　　C. 数据库管理系统　　　　　　　D. 编译系统

(3) 在关系数据库中,为了简明地表达数据间的关系,采用的是(   )。

　　A. 数组形式　　　　　　　　　　B. 层次形式

　　C. 二维表格形式　　　　　　　　D. 矩阵形式

(4) 数据库系统与文件系统的主要区别是(   )。

　　A. 文件系统管理的数据量较少,而数据库系统可以管理庞大的数据量

　　B. 数据库系统复杂,而文件系统简单

　　C. 文件系统不能解决数据冗余和数据独立性问题,而数据库系统可以解决

　　D. 文件系统只能管理程序文件,而数据库系统能够管理各种类型的文件

(5) 用二维表数据来表示实体及实体之间关系的数据模型称为(   )。

　　A. 实体-联系模型　　　　　　　　B. 层次模型

　　C. 网状模型　　　　　　　　　　D. 关系模型

(6) 数据库(DB)、数据库系统(DBS)、数据库管理系统(DBMS)3 者之间的关系是(   )。

　　A. DBS 包括 DB 和 DBMS　　　　B. DBMS 包括 DB 和 DBS

　　C. DB 包括 DBS 和 DBMS　　　　D. DBS 就是 DB,也就是 DBMS

(7) 在一个关系中,能唯一确定一个元组的属性或属性组合叫做(   )。

　　A. 索引码　　　B. 关键字　　　C. 域　　　　　D. 排序码

(8) "项目管理器"的"数据"选项卡用于显示和管理(   )。

A. 数据库、自由表和查询　　　　　B. 数据库、视图和查询

C. 数据库、自由表、查询和视图　　D. 数据库、表单和查询

(9) 下列关于数据库系统的叙述中正确的是(　　)。

A. 实现数据共享,减少数据冗余

B. 数据库系统中,数据的一致性是指数据类型一致

C. 数据库系统中,避免了一切数据冗余

D. 数据库系统中,数据不能共享

(10) Visual FoxPro 数据库管理系统所支持的数据模型是(　　)。

A. 关系型　　　　B. 网状型　　　　C. 层次型　　　　D. 共享型

(11) 关系中的元组对应于数据库中的(　　)。

A. 记录　　　　　B. 字段　　　　　C. 结构　　　　　D. 文件

(12) 对于关系数据库,从表中取出满足某种条件的属性成分的操作称为(　　)。

A. 选择　　　　　B. 扫描　　　　　C. 连接　　　　　D. 投影

(13) 数据库系统的数据独立性是指(　　)。

A. 不会因数据变化而影响程序

B. 不会因数据存储策略变化而影响程序

C. 不会因数据存储结构变化而影响程序

D. 不会因数据存储结构变化而影响程序中的其他数据

(14) 数据库系统由硬件系统、操作系统、数据库管理系统、数据库、(　　)和用户几个部分构成。

A. 操作人员　　　　　　　　　　　B. 程序员

C. 系统维护人员　　　　　　　　　D. 数据库管理员

(15) 对于关系数据库,若将两个关系中具有共同属性值的元组连接到一起,构成新表,这种操作称为(　　)。

A. 选择　　　　　B. 投影　　　　　C. 连接　　　　　D. 扫描

(16) 数据的逻辑独立性是指(　　)。

A. 当数据的总体逻辑结构改变时,通过对映像的相应改变而保持局部逻辑结构不变

B. 当数据的物理结构改变时,数据的逻辑结构可以不变,应用程序也不必改变

C. 数据的总体逻辑结构改变时,数据的物理结构可以不变,应用程序也不必改变

D. 数据的物理结构改变时,数据的逻辑结构跟着改变,应用程序也跟着改变

(17) 下列叙述中正确的是(　　)。

A. 数据库的库结构包括数据库中各个记录的数据

B. 数据库中的数据不仅仅是数值型数据

C. 数据库管理系统的主要功能是建立数据库

D. 数据库文件的结构不能由系统自动生成

(18) 数据库的最小存取单位是(　　)。

A. 字符　　　　　B. 数据项　　　　C. 记录　　　　　D. 文件

(19) 关系数据库的任何检索操作都是由 3 种基本运算组合而成的,这 3 种基本运算不包括(　　)。

A. 联接　　　　　　B. 比较　　　　　C. 选择　　　　　D. 投影

(20) 关系模型的一个关系可用一张二维数据表来表示，它对应于 Visual FoxPro 中的一个(　　　)。

A. 数据库文件　　B. 记录　　　　　C. 表文件　　　　D. 字段

(21) DBMS 提供对数据库中的数据进行追加、插入、修改、删除、检索等功能的操作语言称为(　　　)。

A. 数据定义语言　　　　　　　　　B. 数据操纵语言

C. 数据控制语言　　　　　　　　　D. 数据应用语言

(22) 所谓自然连接是指(　　　)。

A. 按照字段值对应相等为条件进行的连接

B. 选择和投影的综合

C. 去掉重复属性的等值连接

D. 无需条件的任意连接

(23) 数据库系统的 3 级模式结构由(　　　)组成。

A. 子模式、用户模式和内模式

B. 外模式、用户模式和内模式

C. 外模式、模式和内模式

D. 外模式、存储模式和内模式

(24) 所谓属性的取值范围就是指(　　　)。

A. 域　　　　　　B. 实体集　　　　C. 分量　　　　　D. 属性值

(25) 实体型之间的联系类别有(　　　)。

A. 一对一联系　　　　　　　　　　B. 一对多联系

C. 多对多联系　　　　　　　　　　D. 以上 3 种都是

(26) 数据模型是数据库系统中用于提供信息表示和操作手段的形式构架，它的 3 要素是(　　　)。

A. 数据结构、数据定义和数据操作

B. 数据结构、数据操作和完整性约束

C. 数据结构、数据定义和完整性约束

D. 数据定义、数据操作和完整性约束

(27) 关系模型是目前绝大多数数据库系统所支持的数据模型，它的 3 个组成部分是(　　　)。

A. 数据结构、关系操作集合和关系的完整性

B. 数据结构、关系定义集合和关系的完整性

C. 关系定义、关系操作集合和关系的完整性

D. 数据结构、关系定义集合和关系操作集合

(28) 关系模型的完整性有 3 类，它们是(　　　)。

A. 结构完整性、参照完整性和用户定义的完整性

B. 实体完整性、参照完整性和用户定义的完整性

C. 结构完整性、实体完整性和参照完整性

D. 记录完整性、字段完整性和结构完整性

(29) 概念模型是现实世界到机器世界的一个中间层次,它最常用的表示方法是( )。

A. 二维表格　　　　　　　　　B. 层次模型

C. 网状模型　　　　　　　　　D. 实体-联系方法

(30) 显示与隐藏命令窗口的操作是( )。

A. 单击"常用"工具栏上的"命令窗口"按钮

B. 通过"窗口"菜单下的"命令窗口"选项来切换

C. 直接按 Ctrl+F2 或 Ctrl+F4 组合键

D. 以上方法都可以

(31) 下面关于工具栏的叙述中,错误的是( )。

A. 可以创建用户自己的工具栏

B. 可以修改系统提供的工具栏

C. 可以删除用户创建的工具栏

D. 可以删除系统提供的工具栏

(32) 在"选项"对话框的"文件位置"选项卡中可以设置( )。

A. 表单的默认大小　　　　　　B. 默认目录

C. 日期和时间的显示格式　　　D. 程序代码的颜色

(33) 要启动 Visual FoxPro 的向导可以( )。

A. 打开新建对话框　　　　　　B. 单击工具栏上的"向导"图标按钮

C. 从"工具"菜单中选择"向导"　D. 以上方法均可以

(34) Visual FoxPro 中,数据库文件的扩展名为( )。

A. prg　　　　　B. dbf　　　　　C. txt　　　　　D. dbc

(35) 在 Visual FoxPro 中出现的各类文件的扩展名( )。

A. 由系统默认　　　　　　　　B. 必须由用户定义

C. 由系统默认或由用户定义　　D. 由用户使用 SET 命令预先定义

(36) 按数据模型分类,Visual FoxPro 属于( )。

A. 层次型数据库管理系统　　　B. 混合型数据库管理系统

C. 表格型数据库管理系统　　　D. 关系型数据库管理系统

(37) 一个学生可以选修多门课程,一门课程可由多个学生选修,则学生和课程之间的联系为( )。

A. $m:n$　　　　B. $1:m$　　　　C. $m:1$　　　　D. $1:1$

(38) 下列关于候选键的说法中,错误的是( )。

A. 候选键是唯一标识实体的属性或属性集

B. 候选键能唯一决定一个元组

C. 能唯一决定一个元组的属性集是候选键

D. 候选键中的属性均为主属性

(39) 对表进行水平方向和垂直方向的分割,分别对应的关系运算是( )。

A. 选择和投影　　　　　　　　B. 投影和选择

C. 选择和连接　　　　　　　　D. 投影和连接

（40）对关系 S 和 R 进行集合运算，产生的元组属于 S 中的元组，但不属于 R 中的元组，这种集合运算称为（　　）运算。

A. 并　　　　　　　B. 交　　　　　C. 差　　　　　　D. 笛卡儿积

（41）常量的类型包括：字符型（C）、数值型（L）、货币型（Y）、日期型（D）、日期时间型（T）和（　　）。

A. 通用型（M）　　　　　　　　B. 备注型（G）

C. 对象型（O）　　　　　　　　D. 逻辑型（L）

（42）在 Visual FoxPro 中，下面 4 个关于日期或日期时间的表达式中，错误的是（　　）。

A. ｛^2002.09.01 11:10:10:AM｝－｛^2001.09.01 11:10:10AM｝

B. ｛^01/01/2002｝＋20

C. ｛^2002.02.01｝＋｛^2001.02.01｝

D. ｛^2002/02/01｝－｛^2001/02/01｝

（43）下列不能用作字符串常量的定界符的是（　　）。

A. 单引号　　　　B. （）　　　　　C. ［］　　　　D. 双引号

（44）把逻辑假值赋给内存变量 LA 的正确方法是（　　）。

A. STORE .F. TO LA　　　　　　B. LA=".F."

C. STORE "F" TO LA　　　　　　D. LA=False

（45）下面能够作为变量名使用的是（　　）。

A. 37　　　　　B. "变量"　　　C. 日期＋时间　　D. 预测结果值

（46）在执行命令 A=6 和 B=A=4 之后，A 和 B 的值分别是（　　）。

A. 4 和 4　　　　B. 6 和.F.　　C. 4 和 6　　　D. 6 和 4

（47）在 Visual FoxPro 中，二维数组的存储顺序是按（　　）优先顺序进行存储的。

A. 列　　　　　B. 行　　　　　C. 下标　　　D. 不确定

（48）执行命令"DIMENSION DG(5,8)"后，与数组元素 DG(3,2)等价的一维数组元素是（　　）。

A. DG(6)　　　B. DG(18)　　C. DG(23)　　D. DG(5)

（49）执行命令"DECLARE DG(7,5)"后，与数组元素 DG(27)等价的二维数组元素是（　　）。

A. DG(3,6)　　B. DG(4,6)　　C. DG(5,2)　　D. DG(6,2)

（50）在 Visual FoxPro 中，数组元素在赋值以后可（　　）。

A. 在内存中长期保存　　　　　B. 在数据库中长期保存

C. 不重新赋值就可以长期保存　　D. 存入内存变量文件中就可以长期保存

（51）在 Visual FoxPro 中，执行 D=01/08/96 命令后，函数 TYPE("D")的返回值是（　　）。

A. D　　　　　B. C　　　　　C. S　　　　D. N

（52）对命令或表达式中直接给出值的两种常量，必须使用定界符的是（　　）。

A. 数值型常量和字符型常量　　B. 字符型常量和逻辑型常量

C. 数值型常量和日期型常量　　D. 数值型常量和逻辑型常量

（53）在 Visual FoxPro 中，逻辑运算(.NOT.,.AND.,.OR.)之间的运算顺序是（　　）。

A. 先进行. AND. 运算,后进行. NOT. 运算,最后进行. OR. 运算

B. 先进行. AND. 运算,后进行. OR. 运算,最后进行. NOT. 运算

C. 先进行. NOT 运算,后进行. AND. 运算,最后进行. OR. 运算

D. 先进行. NOT. 运算,后进行. OR. 运算,最后进行. AND. 运算

(54) 在 Visual FoxPro 中,表达式的运算顺序是(　　　)。

A. 首先进行逻辑运算,后进行算术运算,最后是关系运算

B. 首先进行算术运算,后进行关系运算,最后是逻辑运算

C. 首先进行逻辑运算,后进行关系运算,最后是算术运算

D. 首先进行关系运算,后进行算术运算,最后是逻辑运算

(55) 可以进行比较大小运算的数据类型包括(　　　)。

A. 数值型、字符型、日期型、逻辑型

B. 数值型、字符型

C. 数值型

D. 数值型、字符型、日期型

(56) 在 Visual FoxPro 中,可以在同类数据之间进行减"－"运算的数据类型是(　　　)。

A. 字符型、数值型、逻辑型　　　　　B. 数值型、日期型、逻辑型

C. 字符型、日期型、逻辑型　　　　　D. 日期型、数值型、字符型

(57) 在 Visual FoxPro 中,对于命令"?"与命令"??",下列叙述中正确的是(　　　)。

A. 命令"??"在当前光标位置输出表达式结果,"?"命令在下一行开始输出

B. 命令"?"在当前光标位置输出表达式结果,"??"命令在下一行开始输出

C. "?"命令在显示器上输出,"??"命令在打印机上输出

D. "?"可以输出一个变量、常量或表达式,而"??"命令可以输出若干个变量、常量、表达式

(58) 设当前数据库有 5 条记录,若当前记录号为 1、EOF()为真、BOF()为真 3 种情况下,命令 RECNO()的结果分别是(　　　)。

A. 1,5,1　　　　　B. 1,6,1　　　　　C. 1,5,0　　　　　D. 1,6,0

(59) RELEASE ALL 命令的功能是(　　　)。

A. 删除指定的内存变量　　　　　B. 删除所有内存变量

C. 删除指定的全局变量　　　　　D. 删除内存变量文件中的内存变量

(60) 打开一空数据表,分别用函数 EOF()和 BOF()测试,其结果一定是(　　　)。

A. . T. 和. T.　　　B. . F. 和. F.　　　C. . T. 和. F.　　　D. . F. 和. T.

(61) 在 Visual FoxPro 中,表达式可从不同角度进行分类,若按表达式的运算结果类型分类,则可分为(　　　)。

A. 数值表达式、字符表达式、日期时间表达式和逻辑表达式

B. 数值表达式、字符表达式、日期时间表达式和条件表达式

C. 数值表达式、字符表达式、日期时间表达式、关系表达式和逻辑表达式

D. 数值表达式、关系表达式和逻辑表达式

(62) 在下面的 Visual FoxPro 表达式中,运算结果是逻辑真的是(　　　)。

A. EMPTY(. NULL.)　　　　　B. LIKE('ACD','AC?')

C. AT('A','123ABC')   D. EMPTY(SPACE(2))

(63) 设 D＝5＞6,命令? VARTYPE(D)的输出值是(　　)。

A. L   B. C   C. N   D. D

(64) 在 Visual FoxPro 中,当字段变量名与内存变量名相同时,系统默认的访问对象是(　　)。

A. 字段变量   B. 内存变量   C. 不可预计   D. 不允许两者同名

(65) 执行了 STORE "123"TO XX 之后,再执行?"22"+"&XX"的结果是(　　)。

A. 145   B. 22123   C. 22&XX   D. 出错信息

(66) 已知 N=886,M=345,K="M+N",则表达式1+&K 的值是(　　)。

A. 1232   B. 数据类型不匹配

C. 1+M+N   D. 346

(67) 表达式 VAL(SUBS("奔腾 586",5,1))+LEN("Visual FoxPro")的结果是(　　)。

A. 17   B. 18   C. 19   D. 21

(68) 下列不允许在表达式中使用的内存变量类型是(　　)。

A. 字符型变量   B. 日期型变量

C. 备注型变量   D. 逻辑型变量

(69) Visual FoxPro 数组变量的维数有(　　)。

A. 一维和二维   B. 一维、二维、三维

C. 只有一维   D. 只有二维

(70) 表达式 SUBSTR(RIGHT("ZIYUANGUANLI",6),3,4)的结果是(　　)。

A. ANLI   B. GUAN   C. YUAN   D. ZIYU

(71) 下列逻辑表达式中结果为. T. 的是(　　)。

A. 20/4－2   B. "重庆市" $ "重庆"

C. "何"="何兵"   D. "01/01/96"<"12/31/95"

(72) 下列类型字段的宽度是由用户自己定义的是(　　)。

A. 逻辑型   B. 日期型   C. 备注型   D. 字符型

(73) 设 X="123",执行下列命令,不属于数值型结果的有(　　)。

A. ? AT("2",X)   B. ? LEN(X)

C. ? X   D. ? &X

(74) 以下常量中,(　　)是合法的数值型常量。

A. .999   B. 01/08/2002

C. 123＋E321   D. 11＊＊2

(75) 数据表中有 30 个记录,如果当前记录号为第 5 条,把记录指针向下移动 5 个记录,则 RECNO()函数的返回值是(　　)。

A. 5   B. 10   C. 30   D. 31

(76) 欲显示内存变量名第 2 个字符为 D 的所有内存变量,应使用的命令为(　　)。

A. DISP ALL LIKE ? D*   B. LIST MEMO LIKE ? D*

C. ?? D*   D. PRINT ? D*

(77) 欲显示内存变量名最后一个字符为 X 的所有内存变量,应使用的命令为(　　)。

A. DISP ALL LIKE ＊D　　　　B. LIST MEMO LIKE ＊D

C. ？＊D　　　　　　　　　　D. 无法实现

(78) 要把当前记录的所有字段的值依次传递到一数组 DG 中去,应使用的命令是( )。

A. GATHER TO DG　　　　　　B. SCATTER TO DG

C. GATHER MEMO TO DG　　　D. SCATTER MEMO TO DG

(79) 已知一表文件中有(姓名,C,10、性别,C,2)等字段,要显示所有姓张的女同学,应使用的逻辑表达式为( )。

A. "姓名"="张＊".and. "性别"="女"

B. 姓名="张＊" .and. 性别="女"

C. LEFT("姓名",2)="张".and. "性别"="女"

D. LEFT(姓名,2)="张".and .性别="女"

(80) 下列表达式中,( )的结果一定为逻辑假。

A. .T.＜.F.　　　　　　　　　B. ABC＜ABB

C. "ABC"= "AB"　　　　　　　D. "AB"= " "

(81) 表达式 3＞2＞.F. 的值是( )。

A. .T.　　　　B. .F.　　　　C. 难以确定　　　D. 非法表达式

(82) 等待用户按键或鼠标输入,并返回由按键而产生的一个整数值的函数是( )。

A. INKEY()　　　B. ONKEY()　　C. CHR()　　　D. ASC()

(83) 货币型数据在存储和计算时,它应采用( )位小数。

A. 2　　　　　　B. 3　　　　　C. 4　　　　　D. 5

(84) 货币型数据的书写格式与数值型常量类似,但要在前面加上一个前置的符号( )。

A. @　　　　　　B. $　　　　　C. &　　　　　D. ♯

(85) 下列说法中,正确的是( )。

A. 在字符串中的空串和空格串是等价的

B. 符号" "只能作字符串定界符而不能作为字符串内容的一部分使用

C. ？ 一次只能显示一个表达式的值,而?? 一次能显示多个表达式的值

D. 表达式"ab"= " "的值在某种条件下可以为逻辑真

(86) 如需设置年份为 4 位数格式,则应使用的命令为( )。

A. SET EXACT ON　　　　　　B. SET EXACT OFF

C. SET CENTURY ON　　　　　D. SET CENTURY OFF

(87) 在 Visual FoxPro 中,其日期型数据的格式是( )。

A. 固定不变的　　　　　　　　B. 难以确定

C. 可以根据需要进行设置　　　D. 由操作系统决定

(88) 数组定义后,在对其数组元素赋值之前,系统将自动给每个数组元素赋值为( )。

A. 0　　　　　　B. .F.　　　　　C. " "　　　　　D. .T.

(89) 在进行求余数％运算或调用 MOD()函数时,余数的正负号( )。

A. 由被除数决定　　　　　　　B. 由除数决定

C. 由被除数和除数共同确定　　　　D. 固定为正号

(90) 当表达式中同时出现运算符 ＊、/和％时,其优先级顺序应为(　　)。

A. ＊和/相同,％最低　　　　　　B. ％最高,＊和/相同

C. ＊、/和％都相同　　　　　　　D. ＊最高,/次之,％最低

1.5.2　综合测试题

(1) 对于数据库系统,负责定义数据库内容,决定存储结构和存取策略及安全授权等工作的是(　　)。

A. 应用程序员　　　　　　　　　B. 用户

C. 数据库管理员　　　　　　　　D. 数据库管理系统的软件设计员

(2) 在数据库管理技术的发展过程中,经历了人工管理阶段、文件系统阶段和数据库系统阶段。在这几个阶段中,数据独立性最高的是(　　)。

A. 数据库系统　　　　　　　　　B. 文件系统

C. 人工管理　　　　　　　　　　D. 数据项管理

(3) 在数据库系统中,当总体逻辑结构改变时,通过改变(　　),使局部逻辑结构不变,从而使建立在局部逻辑结构之上的应用程序也保持不变,称之为数据和程序的逻辑独立性。

A. 应用程序　　　　　　　　　　B. 逻辑结构和物理结构之间的映射

C. 存储结构　　　　　　　　　　D. 局部逻辑结构到总体逻辑结构的映射

【提示】模式描述的是数据的全局逻辑结构,外模式描述的是数据的局部逻辑结构。当模式改变时,由数据库管理员对外模式/模式映射做相应改变,可以使外模式保持不变。应用程序是依据数据的外模式编写的,从而应用程序也不必改变。保证了数据与程序的逻辑独立性,即数据的逻辑独立性。

(4) 数据库系统依靠(　　)支持数据的独立性。

A. 具有封装机制

B. 定义完整性约束条件

C. 模式分级,各级模式之间的映射

D. DDL 语言和 DML 语言互相独立

【提示】数据库的三级模式结构指数据库系统由外模式、模式和内模式 3 级构成。数据库管理系统在这 3 级模式之间提供了两层映射:外模式/模式映射,模式/内模式映射。这两层映射保证了数据库系统中的数据能够具有较高的逻辑独立性和物理独立性。

(5) 将 E-R 图转换到关系模式时,实体与联系都可以表示成(　　)。

A. 属性　　　　B. 关系　　　　C. 键　　　　D. 域

【提示】E-R 图由实体、实体的属性和实体之间的联系 3 个要素组成,关系模型的逻辑结构是一组关系模式的集合,将 E-R 图转换为关系模型:将实体、实体的属性和实体之间的联系转化为关系模式。

(6) 用树形结构来表示实体之间联系的模型称为(　　)。

A. 关系模型　　　　B. 层次模型　　　　C. 网状模型　　　　D. 数据模型

【提示】满足下面两个条件的基本层次联系的集合为层次模型:

① 有且只有一个结点且没有双亲结点,这个结点称为根结点;

② 根以外的其他结点有且仅有一个双亲结点。

层次模型的特点：

① 结点的双亲是唯一的；

② 只能直接处理一对多的实体联系；

③ 每个记录类型定义一个排序字段，也称为码字段；

④ 任何记录值只有按其路径查看时，才能显出它的全部意义；

⑤ 没有一个子女记录值能够脱离双亲记录值而独立存在。

(7) 对数据库中的数据可以进行查询、插入、删除、修改（更新），这是因为数据库管理系统提供了（　　）。

    A. 数据定义功能   B. 数据操纵功能

    C. 数据维护功能   D. 数据控制功能

【提示】数据库管理系统包括如下功能：

① 数据定义功能：DBMS 提供数据定义语言（DDL），用户可以通过它方便地对数据库中的数据对象进行定义；

② 数据操纵功能：DBMS 还提供数据操作语言（DML），用户可以通过它操纵数据，实现对数据库的基本操作，如查询、插入、删除和修改；

③ 数据库的运行管理：数据库在建立、运用和维护时由数据库管理系统统一管理、统一控制，以保证数据的安全性、完整性、多用户对数据的并发使用及发生故障后的系统恢复；

④ 数据库的建立和维护功能：它包括数据库初始数据的输入、转换功能，数据库的转储、恢复功能，数据库的重组功能和性能监视等。

(8) 设关系 R 和关系 S 的属性元数分别是 3 和 4，关系 T 是 R 与 S 的笛卡儿积，即 $T=R \times S$，则关系 T 的属性元数是（　　）。

    A. 7   B. 9   C. 12   D. 16

【提示】笛卡儿积的定义是设关系 R 和 S 的元数分别是 r 和 s，R 和 S 的笛卡儿积是一个 $(r+s)$ 元属性的集合，每一个元组的前 r 个分量来自 R 的一个元组，后 s 个分量来自 s 的一个元组。

(9) 下述（　　）不属于数据库设计的内容。

    A. 数据库管理系统   B. 数据库概念结构

    C. 数据库逻辑结构   D. 数据库物理结构

【提示】数据库设计是确定系统所需要的数据库结构。数据库设计包括概念设计、逻辑设计和建立数据库（又称物理设计）。

(10) 一个数据库的数据模型至少应该包括以下 3 个组成部分，（　　）、数据操作和数据的完整性约束条件。

    A. 完整性约束   B. 数据操作

    C. 数据结构   D. 物理结构

【提示】数据模型是严格定义的一组概念的集合。这些概念精确地描述了系统的静态特性、动态特性和完整性约束条件。因此，数据模型通常由数据结构、数据操作和完整性约束 3 部分组成。其中，数据结构是对系统静态特性的描述，数据操作是对系统动态特性的描述，数据的完整性约束用以限定符合数据模型的数据库状态以及状态的变化，以保证数据的正确性、有效性和相容性。

(11) 假设文件 pen.dbf 已经存在,以下命令(　　)输出 'GOOD'。

A. ？IIF(FILE(PEN.DBF),'GOOD','BAD')

B. ？IIF(FILE('PEN.DBF'),'GOOD','BAD')

C. ？IIF(FILE('&PEN.DBF'),'GOOD','BAD')

D. ？IIF(PEN.DBF,'GOOD','BAD')

【提示】函数 FILE( )的功能是测试指定文件名的文件是否存在,IIF( )的功能是根据第一个关系表达式的逻辑值去决定是返回第一个表达式的值还是返回第二个表达式的值。

(12) 在执行命令 STORE .NULL. TO X 后,命令？X,ISNULL(X),EMPTY(X)的输出结果是(　　)。

A. .NULL.,.T.,.T.　　　　　　B. .NULL.,.F.,.T.

C. .NULL.,.T.,.F.　　　　　　D. .NULL.,.F.,.F.

【提示】在本题中,函数 ISNULL( )的功能是判断一个表达式的运算结果是否为 NULL 值,EMPTY( )的功能是判断指定表达式的运算结果是否为“空”值。这里要注意“空”值和 NULL 值是两个不同的概念,不同类型数据的“空”值有不同的规定。

(13) 假设 X=.NULL.,Y=100,则命令？BETWEEN(150,Y,Y+100),BETWEEN(90,X,Y)的显示结果是(　　)。

A. .T..F.　　　　B. .T..T.　　　　C. 运行出错　　D. .T..NULL.

【提示】函数 BETWEEN()的功能就是判断第一个表达式的值是否介于第二个和第三个表达式之间,它要求 3 个表达式的数据类型必须一致。

(14) 设数据库文件在当前工作区已经打开,命令 COPY TO TEMP FOR ＜条件＞ 完成的工作相当于关系运算(　　)。

A. 连接　　　　　B. 选择　　　　C. 自然连接　　　D. 投影

(15) Visual FoxPro 系统所用的术语与关系术语存在的对应关系是(　　)。

A. 表结构对应关系,表文件对应元组,记录对应属性,字段对应属性值

B. 表结构对应关系模式,表文件对应关系模型,记录对应元组,字段对应属性

C. 表结构对应关系模式,表文件对应关系,记录对应属性,字段对应属性值

D. 表结构对应关系模式,表文件对应关系,记录对应元组,字段对应属性

第2章　Visual FoxPro 数据库及其操作

2.1　知 识 要 点

2.1.1　基本内容

(1) 与数据库相关的各种文件的扩展名、建立和使用数据库的命令；

(2) 对数据表结构的操作：包括建立表结构、修改表结构、显示结构；

(3) 对数据表记录的操作：包括表记录指针的定位，表记录的浏览、修改、删除与恢复、添加与插入；

(4) 数据的查询、统计与运算（记录个数的统计、数值求和、计算平均值、汇总分类等）；

(5) 索引、排序的概念和使用；

(6) 数据完整性的内容和实现方法以及多表的操作。

2.1.2　重点与难点

数据库是表的集合。从 Visual FoxPro 3.0 开始引入了真正意义上的数据库概念。把一个二维表定义为表，把若干个关系比较固定的表集中起来放在一个数据库中管理，在表间建立关系，设置属性和数据有效性规则使相关联的表协同工作。数据库文件具有 dbc 扩展名，其中可以包含一个或多个表、关系、视图和存储过程等。

建立 Visual FoxPro 数据库时，数据库文件的扩展名是.dbc，与之相关自动建立了扩展名为.dbt 的备注文件和扩展名为.dcx 的数据库索引文件。

一个 Visual FoxPro 表或.dbf 文件，能够存在以下两种状态之一：与数据库相关联的数据库表，与数据库不关联的自由表。二者的绝大多数操作相同且可以相互转换。相比之下，数据库表的优点要多一些。

1. 建立和使用数据库及数据库表

1) 建立数据库的常用方法

建立数据库的常用方法有以下三种：

- 在项目管理器中建立数据库；

- 通过"新建"对话框建立数据库；

- 使用命令交互建立数据库。

2) 使用数据库

在数据库中建立表或使用数据库中的表时，都必须先打开数据库。与建立数据库类似，常用的打开数据库的方式也有 3 种：

- 在项目管理器中打开数据库；
- 通过"打开"对话框打开数据库；
- 使用命令打开数据库。

3）修改数据库

可以用以下三种方法打开数据库设计器：

- 从项目管理器中打开数据库设计器；
- 通过"打开"对话框打开数据库设计器；
- 使用命令打开数据库设计器。

4）删除数据库

Visual FoxPro 的数据库文件并不真正含有数据库表或其他数据库对象，只是在数据库文件中记录了相关的条目信息，表、视图或其他数据库对象是独立存放在磁盘上的。所以不管是"移去"还是"删除"操作，都没有删除数据库中的表等对象，要在删除数据库的同时删除表等对象，需要使用命令方式删除数据库。删除数据库的命令是 DELETE DATABASE，具体命令格式如下：

DELETE DATABASE DatabaseName|？［DELETETABLES］［RECYCLE］

其中各参数和选项的含义如下：

DatabaseName：给出要从磁盘上删除的数据库文件名，此时要删除的数据库必须处于关闭状态；如果使用问号"？"，则会打开删除对话框请用户选择要删除的数据库文件。

DELETETABLES：选择该选项则在删除数据库文件的同时从磁盘上删除该数据库所含的表（DBF 文件）等。

RECYCLE：选择该选项则将删除的数据库文件和表文件等放入 Windows 的回收站中，如果需要的话，还可以还原它们。

提示：如果 SET SAFETY 设置值为 ON，则 Visual FoxPro 会提示是否要删除数据库，否则不出现提示，直接进行删除操作。

5）在数据库中建立表

（1）字段名。字段名即关系的属性名或表的更名。一个表由若干列（字段）构成，每个列都必须有一个唯一的名字——字段名，将来可以通过字段名直接引用表中的数据。在中文 Visual FoxPro 中，字段名可以是汉字或合法的西文标识符。

（2）字段类型和宽度。字段的数据类型决定存储在字段中的值的数据类型，通过宽度限制可以决定存储数据的数量或精度，表 2-1 列出了字段的数据类型与宽度。

表 2-1　VFP 6.0 表中字段的数据类型

字 段 类 型	代号	说　　明	字 段 宽 度	使 用 示 例
字符型	C	字母、汉字和数字型文本	每个字符为 1 个字节，最多可有 254 个字符	学生的学号或姓名："8199101"或 '李立'
货币型	Y	货币单位	8 个字节	工资：＄1246.89
日期型	D	包含有年、月和日的数据	8 个字节	出 生 日 期：｛02/25/2000｝
日期时间型	T	包含有年、月、日、时、分、秒的数据	8 个字节	上 班 时 间：｛02/25/2000 9：15：15 AM｝

续表

字段类型	代号	说　明	字段宽度	使用示例
逻辑型	L	"真"或"假"的布尔值	1 个字节	课程是否为必修课：.T. 或 .F.
数值型	N	整数或小数	在内存中占 8 个字节；在表中占 1～20 个字节	考试成绩：83.5
双精度型	B	双精度浮点数	8 个字节	实验要求的高精度数据
浮点型	F	与数值型一样		
整型	I	不带小数点的数值	4 个字节	学生的数量
通用型	G	OLE 对象	在表中占 4 个字节	图片或声音
备注型	M	不定长度的一段文字	在表中占 4 个字节	学生简历
字符型（二进制）	C	任意不经过代码页修改而维护的字符数据	每个字符用 1 个字节，最多可有 254 个字符	
备注型（二进制）	M	任意不经过代码页修改而维护的备注数据	在表中占 4 个字节	

（3）空值。字段有"NULL"选项，它表示是否允许字段为空值。

一个字段是否允许为空值与实际应用有关，比如作为关键字的字段是不允许为空值的，而那些在插入记录时允许暂缺的字段值往往允许为空值。

😊 **疑难解答**：如何理解空值？

空值也是关系数据库中的一个重要概念，在数据库中可能会遇到尚未存储数据的字段，这时的空值与空（或空白）字符串、数值 0 等具有不同的含义，空值就是缺值或还没有确定值，不能把它理解为任何意义的数据。比如表示价格的一个字段值，空值表示没有定价，而数值 0 可能表示免费。

（4）字段有效性组框。在字段有效性组框中可以定义字段的有效性规则、违反规则时的提示信息和字段的默认值。

（5）显示组框。在显示组框下可以定义字段显示的格式、输入的掩码和字段的标题。

（6）字段注释。可以为每个字段添加注释，便于日后或其他人对数据库进行维护。

6）修改表结构

（1）修改已有的字段。用户可以直接修改字段的名称、类型和宽度。

（2）增加新字段。如果要在原有的字段后增加新的字段，则直接将光标移动到最后，然后输入新的字段名、定义类型和宽度。

如果要在原有的字段中间插入新字段，则首先将光标定位在要插入新字段的位置，然后用鼠标单击"插入"命令按钮，这时会插入一个新字段，随后输入新的字段名、定义类型和宽度。

（3）删除不用的字段。如果要删除某个字段，首先将光标定位在要删除的字段上，然后用鼠标单击"删除"命令按钮。

2. 表的基本操作

1）浏览操作

（1）常用的浏览操作如下：

- 下一记录：下箭头键；
- 前一记录：上箭头键；
- 下一页：PageDown 键；
- 前一页：PageUp 键；
- 下一字段：Tab 键；
- 前一字段：Shift＋Tab 键。

（2）用命令浏览表记录。BROWSE 命令可以打开需要浏览表的记录内容。

2）增加记录的命令

（1）APPEND命令是在表的尾部增加记录，它有两种格式：

APPEND

或

APPEND BLANK。

（2）INSERT 命令可以在表的任意位置插入新的记录，它的命令格式是：

INSERT［BEFORE］［BLANK］

3）删除记录的命令

在 Visual FoxPro 中删除记录有逻辑删除和物理删除两种，所谓逻辑删除只是在记录旁作删除标记，必要时还可以去掉删除标记恢复记录；而物理删除才是真正从表中删除记录。物理删除是在逻辑删除的基础上进行的，即物理删除是将那些有删除标记的记录真正删除。

（1）置删除标记的命令。

逻辑删除或置删除标记的命令是 DELETE，常用格式如下：

DELETE［FOR lExpression1］

如果不用 FOR 短语指定逻辑条件，则只逻辑删除当前一条记录；如果用 FOR 短语指定了逻辑表达式 lExpression1，则逻辑删除使该逻辑表达式为真的所有记录。

（2）恢复记录的命令。

被逻辑删除的记录可以恢复，恢复记录的命令是 RECALL，常用格式如下：

RECALL［FOR lExpression1］

如果不用 FOR 短语指定逻辑条件，则只恢复当前一条记录，如果当前记录没有删除标记，则该命令什么都不做。如果用 FOR 短语指定了逻辑表达式 lExpression1，则恢复使该逻辑表达式为真的所有记录。

（3）物理删除有删除标记的记录。

物理删除有删除标记记录的命令是 PACK，执行该命令后所有有删除标记的记录将从表中删除，并且不可能再恢复。

（4）物理删除表中的全部记录。

使用 ZAP 命令可以物理删除表中的全部记录，不管是否有删除标记。该命令只是删除全部记录,并没有删除表,执行完该命令后表结构依然存在。

4) 修改记录的命令

(1) 用 EDIT 或 CHANGE 命令交互式修改。

(2) 用 REPLACE 命令直接修改替换。

可以使用 REPLACE 命令直接用指定表达式或值修改记录,REPLACE 命令的常用格式是:

```
REPLACE FieldName1 WITH eExpression1 [,FieldName2 WITH eExpression2]…
[FOR lExpression1]
```

该命令的功能是直接利用表达式 eExpression 的值替换字段 FieldName 的值,从而达到修改记录的目的。一次可以修改多个字段(eExpression1,eExpression2,…)的值,如果不使用 FOR 短语,则默认修改的是当前记录;如果使用了 FOR 短语,则修改使逻辑表达式 lExpression1 为真的所有记录。

5) 显示记录的命令

显示记录的命令是 LIST 和 DISPLAY,它们的区别仅在于不使用条件时,LIST 默认显示全部记录,而 DISPLAY 则默认显示当前记录。它们的常用命令格式是:

```
LIST/DISPLAY [[FIELDS]FieldList][FOR lExpression1][OFF]
[TO PRINTER [PROMPT]|TO FILE FileName]
```

 提示:

(1) 必须先打开所需的数据表才可进行以上操作;

(2) 当带有命令子句时,只对指定的记录进行操作;

(3) LIST 命令的默认范围是所有记录,DISPLAY 命令的默认范围是当前记录。

3. 查询定位命令

1) 用 GOTO 命令直接定位

GOTO 和 GO 命令是等价的,命令格式如下:

```
GO nRecordNumber |TOP|BOTTOM
```

2) SKIP 命令

确定了当前记录位置之后,可以用 SKIP 命令向前或向后移动若干条记录位置。SKIP 命令的格式如下:

```
SKIP [nRecords]
```

3) 用 LOCATE 命令定位

LOCATE 是按条件定位记录位置的命令,常用命令格式如下:

```
LOCATE FOR lExpression1
```

疑难解答:为什么要用到查询定位命令?

在数据库应用中,有时需要记录定位在某条记录上,然后对其进行处理。例如,要用 REPLACE 命令修改记录等。所以有些情况下得用查询定位命令。

4. 排序

1) 基本概念

物理顺序:即表中记录的存储顺序。用记录号表示。

逻辑顺序：表打开后被使用时记录的处理顺序。

排序：是从物理上对表进行重新整理，按照指定的关键字段来重新排列表中数据记录的顺序，并产生一个新的表文件。由于新表的产生既费时间也浪费空间，实际中很少用。

2）物理排序的命令是 SORT，常用格式如下：

```
SORT TO TableName ON FieldName1 [/A|/D][/C][,FieldName2[/A|/D][/C]…]
[ASCENDING|DESCENDING][FOR lExpression1]
[FIELDS FieldNameList]
```

5. 索引

1）基本概念

索引：指按表文件中某个关键字段或表达式建立记录的逻辑顺序。它是由一系列记录号组成的一个列表，提供对数据的快速访问。索引不改变表中记录的物理顺序。表文件中的记录被修改或删除时，索引文件可自动更新。

索引关键字（索引表达式）：用来建立索引的一个字段或字段表达式。

 提示：

（1）用多个字段建立索引表达式时，表达式的计算结果将影响索引的结果；

（2）不同类型字段构成一个表达式时，必须转换数据类型。

索引标识（索引名）：即索引关键字的名称。必须以下划线、字母或汉字开头，且不可超过 10 个字。

2）索引种类

可以在表设计器中定义索引，Visual FoxPro 中的索引分为主索引、候选索引、唯一索引和普通索引 4 种。

（1）主索引：组成主索引关键字的字段或表达式，在表的所有记录中不能有重复的值。主索引只适用于数据库表的结构复合索引中。自由表中不可以建立主索引；数据库中的每个表可以且只能建立一个主索引。

（2）候选索引：在指定的关键字段或表达式中不允许有重复值的索引。在数据库表和自由表中均可为每个表建立多个候选索引。

（3）唯一索引：参加索引的关键字段或表达式在表中可以有重复值，但在索引对照表中，具有重复值的记录仅存储其中的第一个。

（4）普通索引：也可以决定记录的处理顺序，但是允许字段中出现重复值。在一个表中可以加入多个普通索引。

3）在表设计器中建立索引

索引提高了查询数据的速度，但是维护索引是要付出代价的，当对表进行插入、删除和修改等操作时，系统会自动维护索引，也就是说索引会降低插入、删除和修改等操作的速度，因此，并不能因为索引可以提高查询速度，就在每个字段上都建立一个索引，而应根据需要来建立索引。索引文件有以下两种类型。

（1）单索引文件：是根据一个索引关键字表达式（或关键字）建立的索引文件，文件扩展名为 IDX，它可以用 INDEX 命令的各种形式建立。

（2）复合字段索引：是指索引文件中可以包含多个索引，文件的扩展名为 cdx。一个复合索引可以包含多个索引，每个索引与单索引文件类似，也可以根据一个索引关键字表达式（或关键字）建立。每个索引均有一个特殊的标识名 TAG。

💣 **提示**：用表设计器建立的索引都是结构复合索引文件。

4）用命令建立索引

建立索引的命令是 INDEX，具体格式如下：

```
INDEX ON eExpression TO IDXFileName|TAG TagName [OF CDXFileName]
[FOR lExpression][COMPACT]
[ASCENDING|DESCENDING]
[UNIQUE|CANDIDATE]
[ADDITIVE]
```

5）使用索引

（1）打开索引文件。与表名相同的结构索引在打开表时都能够自动打开，但是对于非结构索引必须在使用之前打开索引文件。打开索引文件的命令格式为：

```
SET INDEX TO IndexFileList
```

（2）设置当前索引。尽管结构索引在打开表时都能够自动打开，或者打开了非结构复合索引文件作为主控索引文件，在使用某个特定索引项进行查询或需要记录按某个特定索引项的顺序显示时，则必须用 SET ORDER 命令指定当前索引项，SET ORDER 命令的常用格式是：

```
SET ORDER TO [nIndexNumber|[TAG]TagName]
[ASCENDING|DESCENDING]
```

（3）使用索引快速定位。

用 SEEK 命令定位。SEEK 是利用索引快速定位的命令，常用格式是：

```
SEEK eExpression [ORDER nIndexNumber|[TAG]TagName]
[ASCENDING|DESCENDING]
```

（4）删除索引。

如果某个索引不再使用了，则可以删除它，删除索引的办法是在表设计器中使用"索引"选项卡选择并删除索引。使用命令删除结构索引的格式是：

```
DELETE TAG TagName1
```

其中 TagName1 指出了要删除的索引名。如果要删除全部索引可以使用命令：

```
DELETE TAG ALL
```

😊 **疑难解答**：主索引与唯一索引的区别是什么？

主索引是在指定字段或表达式中不允许重复值索引，这样的索引可以起到关键字的作用。一个表只能创建一个主索引。而唯一索引是为了保持早期版本的兼容性，它的"唯一性"是指索引项的唯一，而不是字段值的唯一。一个表中可建立多个唯一索引。

6. 统计与计算

1) 统计记录数

用 COUNT 命令统计当前表中指定范围内满足条件的记录个数。其命令格式是：

COUNT [<范围>] [FOR <逻辑表达式 1>] [WHILE <逻辑表达式 2>] [TO <内存变量>]

- 除非指定了<范围>或 FOR/WHILE <条件>，否则将计算所有记录个数，如选择了 TO <内存变量>，则可将计算结果保存在<内存变量>中，否则统计结果只在屏幕上显示。
- 若选择了 SET TALK OFF 将不显示统计结果。
- 若 SET DELETE OFF，则加删除标志的记录将被计算。

2) 求和

SUM 命令对指定范围内、满足条件的记录按指定的各个表达式分别求和。其命令格式是：

SUM [<表达式表>] [<范围>] [FOR <条件>] [WHILE <条件>] [TO <内存变量表> | TO ARRAY <数组>] [NOOPTIMIZE]

3) 求平均值

用 AVERAGE 命令对当前表文件中指定范围内满足条件的记录，按指定的数值型字段计算平均值。其命令格式是：

AVERAGE [<表达式表>] [<范围>] [FOR <逻辑表达式 1>] [WHILE <逻辑表达式 2>] [TO <内存变量表> | TO ARRAY <数组>] [NOOPTIMIZE]

4) 综合计算

对当前表文件中指定范围内满足条件的记录进行指定的计算工作。

CALCULATE <表达式表> [<范围>] [FOR <逻辑表达式 1>] [WHILE <逻辑表达式 2>] [TO <内存变量表> | TO ARRAY <数组>]

5) 分类汇总

TOTAL TO 命令是按关键字段对当前表文件的数值型字段进行分类汇总，形成一个新的表文件。其命令格式是：

TOTAL TO <汇总文件名> ON <关键字段> [FIELDS <字段名表>] [<范围>] [FOR <逻辑表达式 1>] [WHILE <逻辑表达式 2>] [NOOPTIMIZE]

提示：

- 当前表必须在关键字上排序或索引，否则仅将关键字段值相同的紧挨的记录值汇总。
- 汇总命令执行后，将生成一个新的数据库文件（并没有被打开）。
- 对非数值型字段，则把关键字相同的连续记录的第一条记录的字段内容送入新库。
- 缺省待汇总字段名表，则将所有数值型字段的值进行汇总。
- 若数值型字段的汇总值超过了原数据库该字段的宽度，系统会自动修改汇总库中该字段的宽度。
- 汇总文件的结构与当前表的结构完全相同，汇总记录个数由<关键字段>的值确定。

7. 数据完整性

在数据库中,数据完整性是指保证数据正确的特性。

1) 实体完整性与主关键字

实体完整性是保证表中记录唯一的特性,即在一个表中不允许有重复的记录。在 Visual FoxPro 中利用主关键字或候选关键字来保证表中的记录唯一,即保证实体唯一性。

如果一个字段的值或几个字段的值能够唯一的标识表中的一条记录,则这样的字段称为候选关键字。在一个表上可能会有几个具有这种特性的字段或字段的组合,这时从中选择一个作为主关键字。

2) 域完整性与约束规则

通过定义字段数据类型、字段宽度和字段有效性规则等来实现数据的域完整性,限定取值类型和取值范围。

建立字段有效性规则比较简单直接的方法仍然是在表设计器中建立,在表设计器的"字段"选项卡中有一组定义字段有效性规则的项目,它们是"规则"(字段有效性规则)、"信息"(违背字段有效性规则时的提示信息)、"默认值"(字段的默认值)三项。具体操作步骤如下:

① 首先单击选择要定义字段有效性规则的字段;

② 然后分别输入和编辑规则、信息及默认值等项目。

字段有效性规则的项目可以直接输入,也可以单击输入框旁的按钮打开表达式生成器对话框编辑、生成相应的表达式。

💣 提示:"规则"是逻辑表达式,"信息"是字符串表达式,而"默认值"的类型以字段的类型确定。

3) 参照完整性与表之间的关联

参照完整性建立在父表与子表之间联系的基础上,它的大概含义是:在插入、删除或修改一个表中的数据时,通过参照引用相互关联的另一个表中的数据来检查对表的数据操作是否正确。参照完整性包括更新规则、删除规则和插入规则。

参照完整性是关系数据库管理系统的一个很重要的功能。在 Visual FoxPro 中为了建立参照完整性,必须首先建立父表与子表之间的联系(在中文版 Visual FoxPro 中称为关系),然后设置参照完整性约束,然后再在菜单中选择"编辑参照完整性"。

💣 提示:在建立两个表之间的连接之前,必须要在两表建立索引,才能进行两表的连接。

😀 疑难解答:清理数据库是什么?

在建立参照完整性之前必须先清理数据库,所谓清理数据库就是物理删除数据库各个表中所有带删除标记的记录。只要数据库设计器为当前窗口,主菜单栏上就会出现"数据库"菜单,这时可以在此菜单上选择"清理数据库",该操作与命令 PACK DATABASE 功能相同。

8. 自由表

1) 数据库表与自由表

当没有数据库打开时,建立的表就是自由表。建立自由表的方法有:

(1) 在项目管理器中,从"数据"选项卡选择"自由表",然后选择"新建"命令按钮打开"表设计器"建立自由表。

（2）确认当前没有打开的数据库，选择"文件"菜单下的"新建"，从"新建"对话框中的"文件类型"组框中选择"表"，然后单击"新建文件"按钮，打开"表设计器"建立自由表。

（3）确认当前没有打开的数据库，使用 CREATE 命令打开"表设计器"建立自由表。

2）将自由表添加到数据库

在数据库设计器中可以从"数据库"菜单中选择"添加表"，然后从"打开"对话框中选择要添加到当前数据库的自由表。

另外，还可以用 ADD TABLE 命令添加一个自由表到当前数据库中，具体命令格式如下：

ADD TABLE TableName|? [NAME LongTableName]

3）从数据库中移出表

一旦某个表从数据库中移出，那么与这个表联系的所有主索引、默认值及有关的规则都随之消失。

用 REMOVE TABLE 命令将一个表从数据库中移出，具体命令格式如下：

REMOVE TABLE TableName|? [DELETE][RECYCLE]

提示：一个表只能属于一个数据库，当一个自由表添加到某个数据库后就不再是自由表了，所以不能把已经属于某个数据库的表添加到当前数据库，否则会有出错提示。

疑难解答：如何理解移去表和删除表？

移去表只是从数据库中移出，使之成为自由表，一旦某个表从数据库中移出，那么与这个表联系的所有主索引、默认值及有关的规则都随之消失；而删除表不仅从数据库中将表移去，并且还从磁盘上删除该表。

9. 多个表的同时使用

1）多工作区的概念

（1）工作区：指用来标识一张打开的表的区域。一个工作区在某一时刻只能打开一张表，但可以同时在多个工作区打开多张表，一张表可以在多个工作区中多次被打开。每个工作区都有一个编号。

（2）表的别名：指在工作区中打开表时为该表所定义的名称。可以自定义别名，否则系统默认就以表名作为别名。若一张表在多个工作区中被打开，系统默认在表名后依次加_a、_b…。自定义别名的格式如下：

USE <表名> ALIAS <别名>

（3）当前工作区：指正在使用的工作区。可以通过"数据工作期窗口"或用 SELECT 命令把任何一个工作区设置为当前工作区。SELECT 命令格式如下：

SELECT <工作区号>|<别名>

2）使用不同工作区的表

除了可以用 SELECT 命令切换工作区使用不同的表外，也允许在一个工作区中使用另外一个工作区中的表，可以把其他工作区选为当前工作区，或在命令中强行指定工作区。命令格式如下：

> IN <工作区号>|<别名>

3）表之间的关联

虽然永久联系在每次使用表时不需要重新建立，但永久联系不能控制不同工作区中记录指针的联动。所以在开发 Visual FoxPro 应用程序时，不仅需用永久联系，有时也需使用能够控制表间记录指针关系的临时联系。这种临时联系称为关联，使用 SET RELATION 命令建立。

SET RELATION 命令的常用格式如下：

SET RELATION TO eExpression1 INTO nWorkArea1|cTableAlias1

😀 **疑难解答**：永久联系与临时联系的区别是什么？

虽然永久联系在每次使用表时不需要重新建立，但永久不能控制不同工作区中记录指针的联动。所以在开发应用程序时，不仅需要永久联系，有时也需要使用能够控制表间记录指针关系的临时联系。

本章重点考查数据库、数据库表和自由表的建立以及对库和表的基本操作，索引的概念和使用，数据完整性的内容和实现方法以及多个表的同时使用。其中索引的使用和概念以及多工作区的使用是难点。

2.2 实训项目一：自由表的创建与数据录入

2.2.1 实训目的与要求

- 学会使用自由表设计器；
- 掌握建立自由表的结构与表记录输入的方法；
- 掌握表结构中备注字段和通用字段的数据录入方法。

提要：

（1）建立自由表分两步：第一步是表结构的建立；第二步是表记录的录入。其中重点是掌握表结构的建立。

（2）表设计器对话框中包含"字段"、"索引"、"表"三个选项卡。

"字段"选项卡：适用于建立表结构，确定表中每个字段的字段名，字段类型，字段宽度，小数位数和字段的升序、降序等。

"索引"选项卡：可设定字段的升序、降序，定义索引名和索引类型。

"表"选项卡：字段选项卡上主要介绍的是字段属性，它控制了字段值的输入，表选项卡则对表的记录属性进行描述，控制记录数据。

（3）这里只给出了一种操作方式，请多思考尝试几种方法。

💣 **提示**：在完成以下所有实训操作之前，操作者首先应该为自己的实训建立一个主目录，如主目录设为"D:\myfile"。

方法一：每次启动 Visual FoxPro 后，首先应该设置该目录为默认的工作目录，可以在命令窗口中输入以下命令：SET DEFA TO D:\myfile，但是这样的操作每次都要进行，很麻烦。

方法二：选择"工具"|"选项"|"文件位置"菜单项，然后设置自己的"默认目录"，这样的操作完成后，不需要每次用命令来设定了，所有的资源会自动存储在默认的目录下，便于管理。

2.2.2　实训内容与操作步骤

（1）使用表设计器新建一个自由表"学生.DBF"，表的结构如表 2-2 所示，表中数据如表 2-3 所示。

表 2-2　学生表结构信息

字　段　名	字　段　类　型	字　段　宽　度	小　数　位　数
学号	字符型	10	—
姓名	字符型	8	—
性别	字符型	2	—
出生年月	日期型	—	—
院系	字符型	20	—
照片	通用型	—	—
备注	备注型	—	—

表 2-3　学生表中的数据

学　　号	姓名	性别	出生日期	院　　系
2008102001	张启	男	05-01-88	电子学院
2008102002	杨乐	女	03-26-88	电子学院
2008231001	李明	男	05-10-89	经济管理学院
2008231002	陈薇薇	女	10-14-89	经济管理学院
2008343001	吴红	女	08-09-87	计算机学院

操作步骤：

① 选择"文件"|"新建"|"表"命令，如图 2-1 所示，选择"新建文件"|"创建"命令，在此填写表文件名"学生.dbf"，如图 2-2 所示，然后单击"保存"按钮。

② 打开"表设计器"，在表设计器中将各字段信息设定好，如图 2-3 所示，单击"确定"按钮，完成表结构的设计。

③ 首次创建数据表完成时，系统会提示是否输入数据，选择"是"，进入数据录入窗口，如图 2-4 所示。通用型字段数据输入时，双击 gen，弹出"学生.照片"窗口，然后在"编辑"|"插入"|"插入对象"|"由文件创建"或"剪贴画"|"浏览"项中，找到要插入的图片，然后单击"确定"按钮，完成图片的插入，最后单击"学生.照片"窗口的"关闭"按钮保存。备注型字段数据输入，双击 memo，弹出"学生.备注"窗口，在此窗口中输入备注信息，单击"学生.备注"窗口上的"关闭"按钮保存。

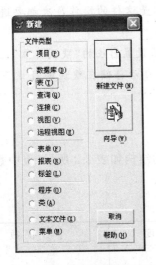

图 2-1 "新建"对话框

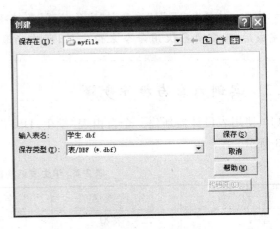

图 2-2 "创建"对话框

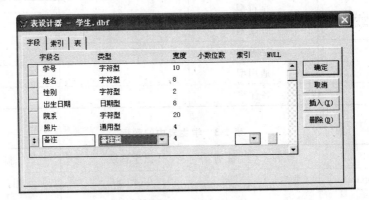

图 2-3 表设计器

图 2-4 数据录入窗口

　　(2) 使用表设计器或命令的方式建立表"课程. DBF"和"成绩. DBF",输入如表 2-4 和表 2-5 中数据。

表 2-4　课程表

课程号(C(4))	课程名(C(30))	任课教师(C(8))
0001	C 语言程序设计	何况
0002	计算机应用基础	金飞燕
0003	Visual FoxPro 程序设计	李静

表 2-5　成绩表

学号(C(10))	课程号(C(4))	上机成绩(N (5,1))	理论成绩(N (5,1))
2008102001	0002	80.0	89.0
2008102002	0002	85.0	88.5
2008231001	0002	55.0	79.0
2008231002	0002	90.0	60.0
2008343002	0002	95.0	80.0
2008102001	0003	89.0	93.0
2008102002	0003	59.0	86.0
2008231001	0001	90.0	78.5
2008231002	0001	94.0	87.0
2008343002	0003	97.0	90.0

 提示：*建立和打开表常用方法有三种：一是通过"新建"对话框建立或打开表；二是使用命令交互建立或打开表；三是在项目管理器中可以建立或打开表。*

2.3　实训项目二：数据表的基本操作

2.3.1　实训目的与要求

- 熟练掌握打开表、关闭表的操作方法；
- 掌握浏览数据表的操作方法；
- 掌握移动记录指针的操作方法；
- 熟练掌握记录的增加、删除和修改的操作方法；
- 掌握数据表结构的复制、记录的复制以及数据表结构的修改。

提示：
- 必须先打开所操作的数据表才可进行相应的操作。
- 不能同时打开两个表，打开一个表的同时将关闭另一个表。

2.3.2　实训内容与操作步骤

(1) 浏览数据表中所有数据，浏览所有女生的学号，姓名，性别，院系信息。

操作命令如下：

```
USE 学生              && 打开学生表
BROWS                && 浏览表中全部信息，也可以使用菜单方式完成
```

```
BROWS FOR 性别 = '女'  FILELDS 学号,姓名,性别,院系          && 注意标点符号必须是英文输入法
&& 状态下的标点符号,其中 for 后指定浏览记录满足的条件,fields 后指定要浏览的字段
```

(2) 打开“学生.DBF”,给学生数据表添加一条记录。

2008343002	文强	男	09-12-88	计算机学院

操作步骤：打开表的命令为“use <数据表名>”,添加一条记录的命令为“append”,在“命令窗口”中输入下列命令来完成第一个任务。

```
USE 学生                  && 打开学生表
APPEND                    && 在表尾部添加一条记录,并弹出录入窗口,在此输入数据
```

(3) 给“学生.DBF”表创建一个备份,取名为“学生 1.DBF”。

操作命令如下：

```
COPY TO 学生 1            && 备份就是将原始数据表原样复制生成一个新表
```

(4) 打开“学生 1.DBF”,显示表中 1985 年出生的同学的学号、姓名、性别及出生日期。

操作命令如下：

```
USE 学生 1                && 打开学生 1.DBF
LIST FIELDS 学号,姓名,性别,出生日期 FOR YEAR(出生日期) = 1985
```

(5) 逻辑删除所有男生的信息。

逻辑删除就是只给记录作上删除标记,在命令窗口中输入下列命令：

```
DELETE FOR 性别 = "男"   && 逻辑删除满足条件的记录
BROWSE                   && 查看效果,记录前面的黑色方块为删除标记,如图 2-5 所示
```

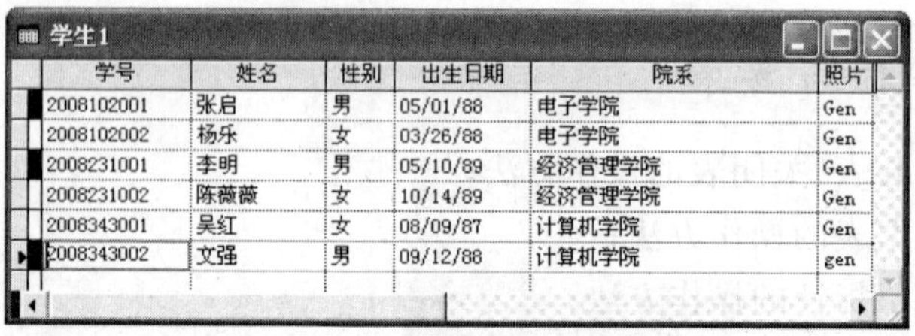

学号	姓名	性别	出生日期	院系	照片
2008102001	张启	男	05/01/88	电子学院	Gen
2008102002	杨乐	女	03/26/88	电子学院	Gen
2008231001	李明	男	05/10/89	经济管理学院	Gen
2008231002	陈薇薇	女	10/14/89	经济管理学院	Gen
2008343001	吴红	女	08/09/87	计算机学院	Gen
2008343002	文强	男	09/12/88	计算机学院	gen

图 2-5 浏览窗口中的删除效果

(6) 取消“计算机学院”被删除的男生记录的删除标记；物理删除“学生 1.DBF”中作了删除标记的记录。

操作命令如下：

```
RECALL FOR 院系 = "计算机学院"
PACK                      && 物理删除作删除标记的记录
```

(7) 打开“成绩.DBF”复制“成绩.DBF”的数据表结构,生成一个新的名为“成绩 1.DBF”的表；将“成绩.DBF”表中的记录添加到“成绩 1.DBF”中。

操作步骤：在命令窗口中打开“成绩.DBF”表,使用 COPY STRU TO <新表名>复制该表的结构信息,在命令窗口中执行下面的命令可完成任务(8)。

```
USE 成绩                &&打开表"成绩.DBF"
COPY STRU TO 成绩1       &&复制表结构
USE 成绩1               &&打开表"成绩1.DBF"
APPEND FROM 成绩        &&把成绩表中的记录添加到表"成绩1"中
```

（8）给"成绩1.DBF"表添加一个字段（字段名：总评成绩，字段类型：数值型，字段宽度：5，小数位数：1）

操作步骤：在命令窗口中输入"MODI STRU"或选择"显示"|"表设计器"命令，启动表设计器修改表结构，然后单击"是"按钮，如图2-6所示。

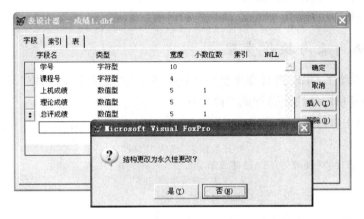

图 2-6 "表设计器"中修改表结构

（9）把总评成绩按照"总评成绩＝上机成绩*0.3＋理论成绩*0.7"这个公式计算出来并添入表中"总评成绩"字段。

操作命令如下：

```
REPLACE ALL 总评成绩 WITH 上机成绩*0.3＋理论成绩*0.7
BROWSE                  &&浏览记录，查看命令执行结果
```

这样将对每一条记录取出上机成绩和理论成绩计算后的结果添入此记录的总评成绩，替换结果如图2-7所示。

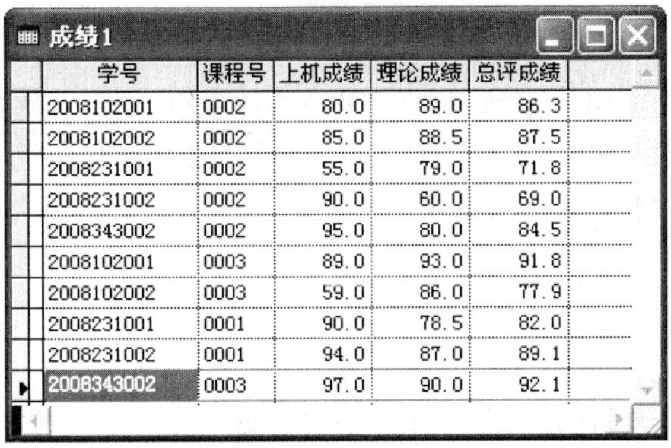

学号	课程号	上机成绩	理论成绩	总评成绩
2008102001	0002	80.0	89.0	86.3
2008102002	0002	85.0	88.5	87.5
2008231001	0002	55.0	79.0	71.8
2008231002	0002	90.0	60.0	69.0
2008343002	0002	95.0	80.0	84.5
2008102001	0003	89.0	93.0	91.8
2008102002	0003	59.0	86.0	77.9
2008231001	0001	90.0	78.5	82.0
2008231002	0001	94.0	87.0	89.1
2008343002	0003	97.0	90.0	92.1

图 2-7 修改总评成绩的值

2.4 实训项目三：数据表的排序与查询统计

2.4.1 实训目的与要求

- 掌握数据表记录的排序操作方法；
- 了解索引的概念，掌握建立索引的操作方法；
- 掌握数据表中记录的查询命令的用法；
- 掌握 VFP 中统计和汇总命令的功能和用法。

2.4.2 实训内容与操作步骤

（1）对表"成绩 1.DBF"进行排序操作生成一新表为"成绩排序.DBF"，首先按照课程号升序排序，课程号相同的按照总评成绩降序排序。

在命令窗口中输入下列命令：

```
USE 成绩 1                      && 打开数据表"成绩 1.DBF"
SORT TO 成绩排序 ON 课程号 /A, 总评成绩 /D        && 排序
USE 成绩排序                    && 打开表"成绩排序.DBF"
BROWSE                          && 浏览表中的记录
```

操作结果在浏览窗口中的效果如图 2-8 所示。

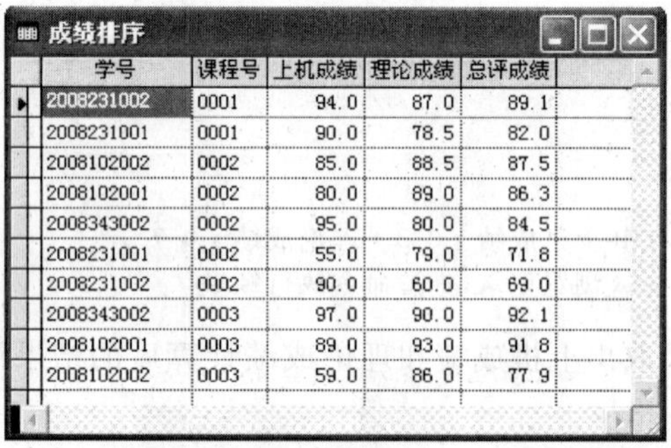

图 2-8　课程号升序总评成绩降序排序结果

（2）在表"成绩.DBF"中，以"学号"字段建立升序索引，其索引类型为普通索引；以"课程号"字段建立降序索引，其类型为普通索引；以表达式"课程号＋学号"建立升序复合索引，其类型为候选索引（自由表中无法设置主索引）。

操作命令如下：

```
USE 成绩                        && 打开成绩表
```

接下来的操作步骤如下：

① 选择"显示"|"表设计器"命令，启动"表设计器"。

② 在"表设计器"的"字段"选项卡中，分别对"学号"，"课程号"字段设置索引顺序，如图 2-9 所示。

③ 单击"索引"选项卡，对"学号"，"课程号"索引选择索引类型为"普通索引"；单击"插

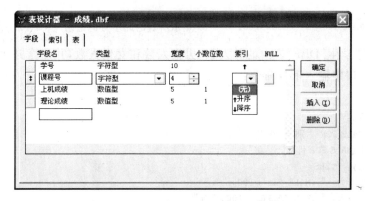

图 2-9　设置字段索引顺序

入"按钮,新建一索引取名为"课程学号",索引类型为"候选索引",表达式为"课程号＋学号",如图 2-10 所示,然后单击"确定"按钮完成索引设置。

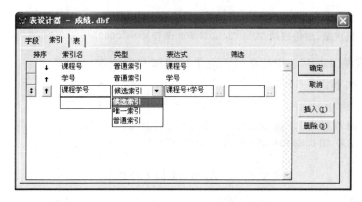

图 2-10　索引属性设置

（3）使用同样的方法对表"学生.DBF"按照学号建立升序索引,类型为普通索引;对表"课程.DBF"按照课程号建立升序索引,类型为普通索引。

（4）在数据表"成绩.DBF"中查找学号为 2008231001 的记录。

操作方法有两种。

① 方法一,在命令窗口中输入如下命令:

```
USE 成绩
LOCATE FOR 学号 = " 2008231001"        && 顺序查找满足条件的第一条记录
? FOUND( )                &&FOUND( )函数值为.T.,表示找到
DISPLAY                   && 显示当前记录
CONTINUE                  && 查找满足条件的下一条记录
DISPLAY
CONTINUE                  && 在状态栏中显示"已到定位范围末尾",查找过程结束
? FOUND( )                && 值为.F.,表示没有找到
```

② 方法二,在命令窗口中输入下列命令:

```
SET ORDER TO 学号         && 将前题创建的学号索引设置为主控索引
SEEK "2008231001"         && 索引查找满足条件的第一条记录
```

```
? FOUND( )
DISPLAY WHILE 学号 = "2008231001"        && 显示所有的此学号的记录
```

（5）统计"学生.DBF"表中的总人数、男生人数和女生人数，并计算男女生的比例。

在命令窗口中输入下列命令：

```
USE 学生
COUNT TO ZRS
COUNT TO MALE FOR 性别 = "男"
COUNT TO FEMALE FOR 性别 = "女"
?"总人数为：", ZRS
? "男生比例为：", MALE/ZRS * 100, " % "
? "女生比例为：", FEMALE/ZRS * 100, " % "
```

（6）打开"成绩.DBF"表，计算课程号为"0002"的课程的上机成绩平均分以及理论成绩平均分。

操作命令如下：

```
USE 成绩
AVERAGE 上机成绩, 理论成绩 TO SJCJ, LLCJ FOR 课程号 = "0002"
```

（7）在"成绩.DBF"表中按学号汇总上机成绩和理论成绩。

操作命令如下：

```
USE 成绩
SET ORDER TO 学号        && 将学号索引设置为主控索引
 TOTAL ON 学号 TO CJHZ FIELDS 上机成绩, 理论成绩
USE CJHZ
 BROWSE                  && 浏览 CJHZ 表, 结果如图 2-11 所示
```

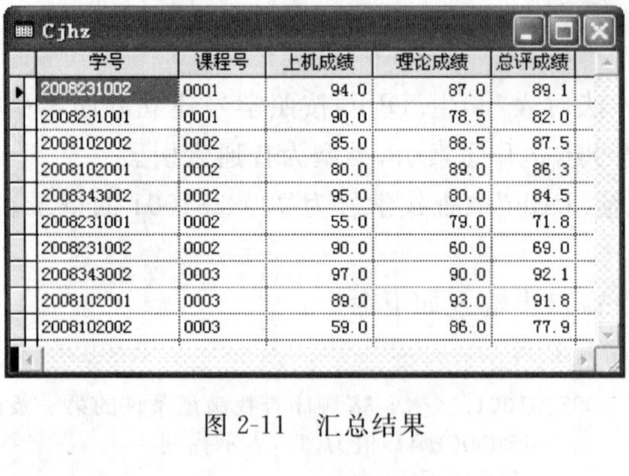

学号	课程号	上机成绩	理论成绩	总评成绩
2008231002	0001	94.0	87.0	89.1
2008231001	0001	90.0	78.5	82.0
2008102002	0002	85.0	88.5	87.5
2008102001	0002	80.0	89.0	86.3
2008343002	0002	95.0	80.0	84.5
2008231001	0002	55.0	79.0	71.8
2008231002	0002	90.0	60.0	69.0
2008343002	0003	97.0	90.0	92.1
2008102001	0003	89.0	93.0	91.8
2008102002	0003	59.0	86.0	77.9

图 2-11　汇总结果

2.5　实训项目四：工作区与多表操作

2.5.1　实训目的与要求

- 理解工作区的概念；
- 掌握选择工作区的命令；

- 掌握数据表之间建立关联（即临时关系）；
- 理解关联前后记录指针移动的原理。

2.5.2 实训内容与操作步骤

（1）使用 SET RALATION 命令建立关联，显示学生的学号，姓名，性别，课程名和上机成绩，理论成绩以及任课教师。

操作命令如下：

```
SELECT 1                 && 选择第 1 工作区
USE 学生                  && 打开子表
SET ORDER TO 学号         && 将学号索引设置为主控索引,如果"学生"表没有建立索引,此时可以使用
                          && 命令 INDEX ON 学号 TAG 学号 建立索引
SELECT 2
USE 课程
SET ORDER TO 课程号
SELECT 3                 && 选择第 3 工作区
USE 成绩                  && 打开父表"成绩"
SET RELATION TO 学号 INTO A      && 通过学号字段和 A 工作区(第 1 工作区)中的子表建立关联
SET RELATION TO 课程号 INTO B ADDITIVE    && 通过课程号字段和 B 工作区(第 2 工作区)中的子表
                          && 建立关联,其中 ADDITIVE 短语保证建立新的关联时不取消前面所建立的关联
BROWS FIELDS A->学号,A->姓名,A->性别,A->院系,B->课程名,上机成绩,理论成绩,;
    B->任课教师
```

操作的结果如图 2-12 所示。

学号	姓名	性别	院系	课程名	上机成绩	理论成绩	任课教师
2008102001	张启	男	电子学院	计算机应用基础	80.0	89.0	金飞燕
2008102002	杨乐	女	电子学院	计算机应用基础	85.0	88.5	金飞燕
2008231001	李明	男	经济管理学院	计算机应用基础	55.0	79.0	金飞燕
2008231002	陈薇薇	女	经济管理学院	计算机应用基础	90.0	60.0	金飞燕
2008343002	文强	男	计算机学院	计算机应用基础	95.0	80.0	金飞燕
2008102001	张启	男	电子学院	Visual FoxPro程序设计	89.0	93.0	李静
2008102002	杨乐	女	电子学院	Visual FoxPro程序设计	59.0	86.0	李静
2008231001	李明	男	经济管理学院	C语言程序设计	90.0	78.5	何况
2008231002	陈薇薇	女	经济管理学院	C语言程序设计	94.0	87.0	何况
2008343002	文强	男	计算机学院	Visual FoxPro程序设计	97.0	90.0	李静

图 2-12　显示结果

（2）观看指针联动效果。

在上一题的基础上，关闭浏览窗口，然后在命令窗口中继续输入下列命令：

```
SELECT 1          && 选择"学生"表所在工作区
BROWSE            && 浏览"学生"表
SELECT 2          && 选择"课程"表所在工作区
BROWSE            && 浏览"课程"表
SELECT 3
BROWSE            && 浏览"成绩"表
```

在屏幕上会出现 3 个浏览窗口，用鼠标选择父表"成绩"表中的一条记录，此时，其子表的当前指针跟着父表当前指针的移动而移动，在"学生"表和"课程"表中会显示当前指针指

向的记录(当前记录),如图 2-13 所示。

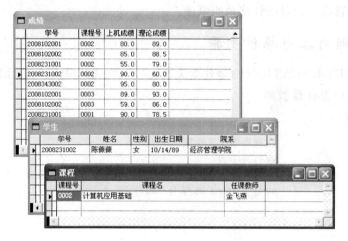

图 2-13　关联后的指针联动效果

(3) 使用"数据工作期"窗口建立关联,显示学生的学号,姓名,性别,课程名和上机成绩,理论成绩以及任课教师。

操作步骤如下:

① 选择"窗口"|"数据工作期"|"打开"命令,打开"学生"表、"课程"表、"成绩"表,如图 2-14 所示。

② 为"学生"表设置主控索引或者建立索引。在"别名"列表中选定"学生"表,选择"属性"|"索引顺序"|"学生.学号",单击"确定"按钮,如图 2-15 所示;如果"学生"表此时还没有建立索引的话,就可单击"修改"按钮,启动"表设计器"来创建索引。

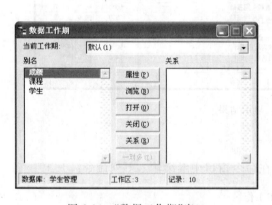

图 2-14　"数据工作期"窗口

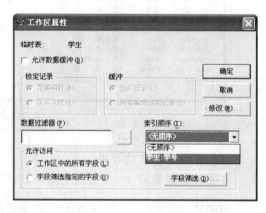

图 2-15　工作区属性

③ 为"课程"表设置主控索引或建立索引。

④ 以"成绩"表为父表建立关联。在"别名"框中选定"成绩"表,在"关系"与"别名"列表框中选定"学生",此时将弹出"表达式生成器"对话框设置父表用来关联的字段名,如图 2-16 所示,单击"确定"按钮,"成绩"表和"学生"表就建立了关联。

⑤ 用同样的方法建立"成绩"表和"课程"表之间的关联,得到如图 2-17 所示的结果。

图 2-16　表达式生成器

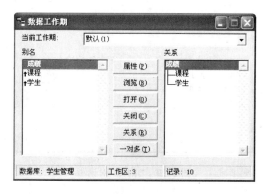

图 2-17　建立关联后的"数据工作期"窗口

⑥ 选定"成绩"表，然后在命令窗口中输入如下浏览命令来查看信息：

BROWS FIELDS 学生.学号,学生.姓名,学生.性别,学生.院系,课程.课程名,上机成绩,;
　　　理论成绩,课程.任课教师

2.6　实训项目五：数据库的基本操作

2.6.1　实训目的与要求

- 掌握创建数据库的方法和步骤。
- 掌握在数据库设计器中创建、添加和删除表的方法和步骤。
- 掌握在数据库表中建立"主索引"的方法和步骤。
- 掌握数据库表之间建立永久关系的方法和步骤。

2.6.2　实训内容与操作步骤

（1）新建一个名为"学生管理.DBC"的数据库。

操作步骤：选择"文件"|"新建"|"数据库"|"新建文件"命令，如图 2-18 所示，在弹出的"创建"对话框中输入数据库名"学生管理.DBC"，再单击"保存"按钮，如图 2-19 所示。

（2）将"学生.DBF"、"课程.DBF"以及"成绩.DBF"添加到数据库中。

操作步骤：在弹出的"数据库设计器"的空白处单击鼠标右键，在弹出的快捷菜单中选择"添加表"选项，如图 2-20 所示，然后选择要添加的表"学生"、"课程"和"成绩"。

（3）在"表设计器中"，将"学生"表中的"学号"索引，"课程"表中的"课程号"索引，以及"成绩"表中的"课程学号"索引设置为"主索引"。

图 2-18　"新建"窗口

Visual FoxPro 数据库及其操作

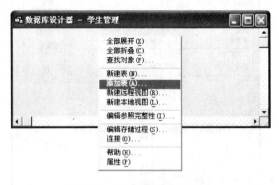

图 2-19 "创建"对话框   图 2-20 "数据库设计器"窗口

操作步骤：在"数据库设计器"中选定一个表对象"学生"，单击鼠标右键，选择"修改"菜单项，如图 2-21 所示，启动"表设计器"，在"索引"选项卡中设置"学号"索引的索引类型为"主索引"，如图 2-22 所示。使用相同的方法设置其他的索引类型。

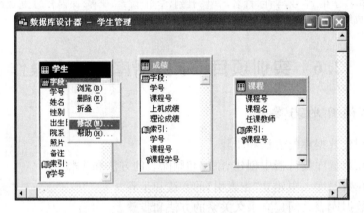

图 2-21 在"数据库设计器"中修改表结构

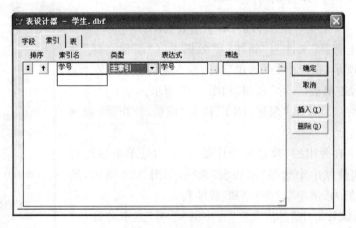

图 2-22 设置主索引

（4）在"学生管理"数据库中，建立"学生"和"成绩"以及"课程"和"成绩"的永久关系。

操作步骤如下：

① 在"数据库设计器"中，将"学生"表的主索引"学号"索引拖到"成绩"表的"学号"索引上放下，在"学生"表和"成绩"表之间出现的一条线为关系线，如图 2-23 所示。

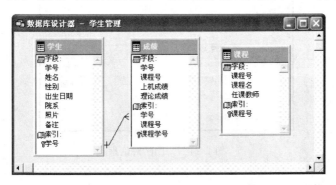

图 2-23　建立数据库表之间的永久关系

② 使用同样的方法，将"课程"的主索引"课程号"索引拖放到"成绩"表的"课程号"上，建立永久关系。

2.7　实训项目六：数据库表的数据完整性设置

2.7.1　实训目的与要求

- 了解数据完整性的概念。
- 熟练掌握数据库表实体完整性（即设置主索引或候选索引）的设置方法和步骤。
- 熟练掌握数据库表域完整性和约束规则（即字段有效性规则）的设置方法和步骤。
- 熟练掌握数据库表参照完整性和约束规则的设置方法和步骤。

2.7.2　实训内容与操作步骤

（1）打开数据库"学生管理.DBC"，设置数据库表"学生.DBF"的"性别"字段的有效性规则为"性别＝'男'OR 性别＝'女'"，错误提示信息为"'性别必须为男或者为女'"，默认值设置为"'男'"。

操作步骤如下：

① 选择"文件"|"打开"命令，弹出"打开"对话框，在文件类型下拉列表中选择"数据库（＊.DBC）"，选定"学生管理.DBC"，再选择"独占"复选框，单击"确定"按钮打开数据库，如图 2-24 所示。

② 在"数据库设计器"中，选定"学生"表，单击鼠标右键，选择"修改"命令，启动"表设计器"，在"表设计器"中选定"性别"字段，在字段有效性中设置"规则"、"信息"和"默认值"（可以单击对应文本框后的 按钮，启动"表达式编辑器"修改和编辑表达式），如图 2-25 所示，然后单击"确定"按钮，保存对表结构的修改。

（2）在"成绩"表中设置记录有效性规则"上机成绩＜＝100 AND 理论成绩＜＝100"，

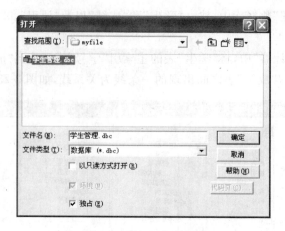

图 2-24　"打开"对话框

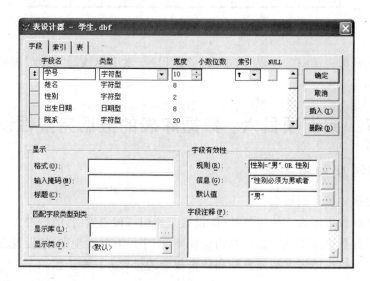

图 2-25　字段有效性设置

设置错误提示信息为"'成绩不能超过 100 分'"。

操作步骤如下：

① 选定"成绩"表，启动"表设计器"，选择"表"选项卡。

② 在"记录有效性"中设置"规则"和"信息"，如图 2-26 所示。

（3）设置两个关系的参照完整性。

操作步骤如下：

① 先以"独占"方式打开数据库，启动"数据库设计器"。

② 选择"数据库"→"清理数据库"命令，将数据库表中作删除标记的记录清除掉。

③ 选择"数据库"→"编辑参照完整性"命令，弹出"参照完整性生成器"对话框，如图 2-27 所示。

④ 此时，在对话框上部分可以看见针对每一个关系设置的规则，下部表格中显示的是当前数据库中的所有关系。首先用鼠标在表格中，单击要设置参照完整的关系"课程-成绩"关

系,然后选择"更新规则"选项卡,用鼠标单击"级联"单选钮,将"更新规则"设置为"级联",如图2-28所示;使用同样的方法将"删除规则"设置为"级联","插入规则"设置为"限制"。

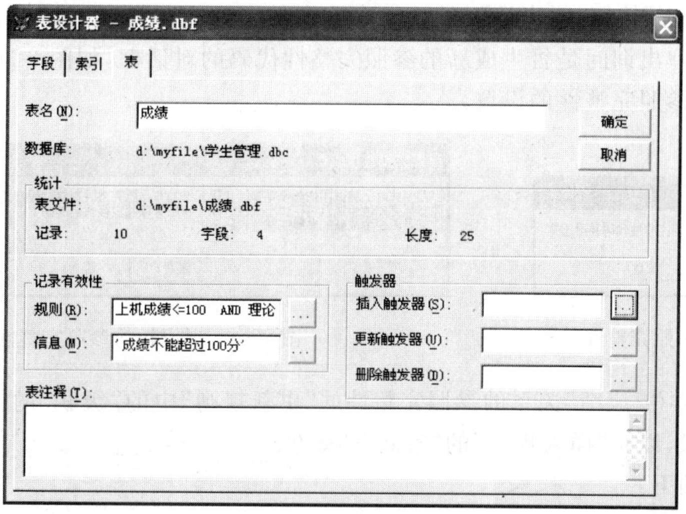

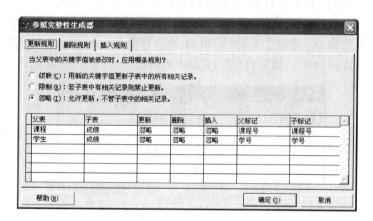

图 2-26 记录有效性设置

图 2-27 "参照完整性生成器"对话框

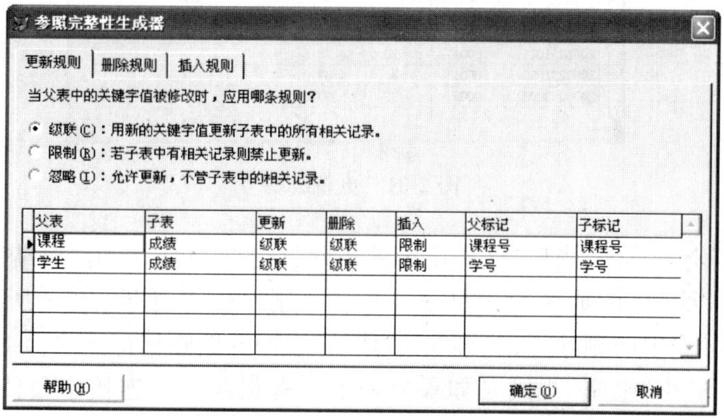

图 2-28 设置参照完整性的规则

Visual FoxPro 数据库及其操作

⑤ 使用同样方法设置"学生-成绩"关系的"更新规则"为"级联","删除规则"为"级联","插入规则"为"限制"。

⑥ 单击"确定"按钮,弹出询问是否保存改变的参照完整性的对话框,如图 2-29 所示,单击"是"按钮,弹出询问是否生成新的参照完整性代码的对话框,如图 2-30 所示,单击"是"按钮,就完成了参照完整性的设置。

图 2-29 保存对参照完整性的修改   图 2-30 生成新的参照完整性代码

（4）观看"学生-成绩"关系的参照完整性的"更新规则"中的"级联"的效果,"删除规则"中的"级联"效果,以及"插入规则"的"限制"的效果。

操作步骤如下:

① 在"数据库设计器"中,选定"学生"表,单击鼠标右键,在弹出的快捷菜单中选择"浏览";选定"成绩"表,单击鼠标右键,在弹出的快捷菜单中选择"浏览"。

② 在"学生"表中,将"张启"的学号由"2008102001"更改为"2008102",然后使用鼠标单击"成绩"表的浏览窗口,此时"成绩"表中原来学号是"2008102001"的记录都被更改为"2008102",如图 2-31 所示。最后将"学生"表中的数据更改回去。

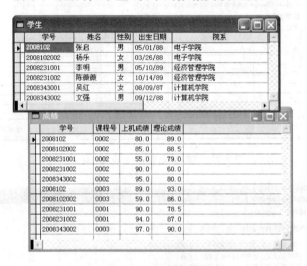

图 2-31 更新级联

③ 在"学生"表中单击"张启"这条记录的删除标记区,然后单击"成绩"表的浏览窗口,此时"成绩"表中"张启"的成绩记录自动被作上了删除标记,如图 2-32 所示;然后恢复删除:先取消"学生"表中的删除标记,再取消"成绩"表中的删除标记。

④ "插入规则"中"限制"规则是如果父表中没有相匹配的连接字段值则插入子记录。现在单击"成绩"表浏览器,选择"显示"菜单下的"追加方式",输入一条记录,如图 2-33 所示,当记录指针离开这条记录时,插入规则就报告"触发器失败",如图 2-34 所示,选择"确

定"按钮进行修改,选择"还原"按钮取消刚才插入的记录。

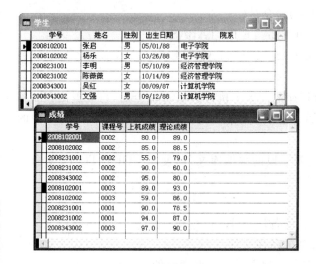

图 2-32　删除级联　　　　　　　　　　　　图 2-33　在子表中插入记录

图 2-34　触发器失败报告

2.8　典型试题剖析

(1) Visual FoxPro 在建立数据库时建立了扩展名分别为(　　)的文件。

A. .dbc　　　　B. .dct　　　　C. .dcx　　　　D. A,B,C

【答案】D

【解析】本题考查的知识点是创建数据库文件时出现的三个不同类型的文件。Visual FoxPro 在建立数据库时建立了扩展名分别为 dbc、dct、dcx 的三个文件,这三个文件是供 Visual FoxPro 数据库管理系统管理数据库使用的,用户一般不能直接修改这些文件。因此正确答案为 D。

(2) 在 Visual FoxPro 中定义一个新数据表时,需要定义(　　)。

A. 字段名称	B. 字段长度	C. 字段名称	D. 字段名称
字段类型	字段类型	字段类型	字段类型
字段宽度	字段大小	字段宽度	字段长度
小数位数		小数长度	小数长度

【答案】A

【解析】在新建 Visual FoxPro 的数据表时,首先应该定义字段名称、类型和宽度。如果字段类型为数值型,还需要定义小数的位数。

（3）在 Visual FoxPro 中,删除数据库的命令是( )。

A. QUIT DATABASE　　　　B. CREATE DATABASE

C. DELETE DATABASE　　　 D. CLEAR DATABASE

【答案】C

【解析】本题考查的知识点是删除数据库的命令。执行选项 A 命令后,将会退出 Visual FoxPro;选项 B 中的命令用于创建数据库;选项 C 中的命令用于删除数据库;选项 D 中的命令错误。

（4）ABC. DBF 是一个具有两个备注型字段的数据库文件,使用 COPY TO PSQ 命令进行复制操作,其结果将( )。

A. 得到一个新的数据库文件

B. 得到一个新的数据库文件和一个新的备注文件

C. 得到一个新的数据库文件和两个新的备注文件

D. 显示错误信息,表明不能复制具有备注型字段的数据库文件

【答案】B

【解析】COPY TO 可以用来生成一个新的数据库表文件,但表中所有备注型的内容也将保存在一个新的备注文件中。

（5）使数据库表变为自由表的命令是( )。

A. DROP TABLE　　　　　B. REMOVE TABLE

C. FREE TABLE　　　　　 D. RELEASE TABLE

【答案】B

【解析】将数据库表从数据库中移出成为自由表的命令是:REMOVE TA－BLE<数据库名>,该命令有[DELETE]和[RECYCLE]两个命令短语,如果加短语则表示删除数据库表。

（6）在 Visual FoxPro 中字段的数据类型不可以指定为( )。

A. 日期型　　　 B. 时间型　　　 C. 通用型　　　 D. 备注型

【答案】B

【解析】Visual FoxPro 中所支持的数据类型有字符型、货币型、浮点型、数值型、日期型、日期时间型、双精度型、整形、逻辑型、备注型、通用型、字符型(二进制)、备注型(二进制)。没有单独的时间型数据,只能是日期时间型数据。

（7）在 Visual FoxPro 中"表"是指( )。

A. 报表　　　 B. 关系　　　 C. 表格　　　 D. 表单

【答案】B

【解析】Visual FoxPro 是一种关系数据库管理系统,一个"表"就是一个关系,一个关系就是一个二维表。

（8）扩展名为 dbf 的文件是( )。

A. 表文件　　 B. 表单文件　　 C. 数据库文件　 D. 项目文件

【答案】A

【解析】在 Visual FoxPro 中,数据库的文件扩展名为 dbc,表单的文件扩展名为 scx,项

目管理器的文件扩展名是 pjx。

（9）在表设计器的"字段"选项卡中可以创建的索引是（　　）。

A. 唯一索引　　　B. 候选索引　　　C. 主索引　　　　D. 普通索引

【答案】D

【解析】在表设计器"字段"选项卡的索引下拉框中，只能为字段建立普通索引（系统默认），要建立主索引、候选索引或唯一索引，必须在"索引"选项卡中设置。

（10）在 Visual FoxPro 中，下列不能用来修改数据表记录的命令是（　　）。

A. EDIT　　　　B. CHANGE　　C. BROWSE　　D. MODIFY STRUCTURE

【答案】D

【解析】在 Visual FoxPro 中用来修改数据表记录的命令可以是 EDIT 或 CHANGE 命令，也可用 BROWSE 命令打开浏览器，在浏览器中直接修改记录。MODIFY STRUCTURE 是修改数据表结构的命令，不能修改表中记录。

（11）设有数据库 FILE.DBF，执行如下命令序列：

```
SET DELETED OFF
USE FILE
LIST
 Record#    商品名      金额
   1       洗衣机      3100.00
   2       电冰箱      2300.00
   3       21 彩电     1800.00
   4       空调机      4100.00
GO 3
DELETE
GO BOTTOM
INSERT BLANK
REPLACE 商品名 WITH"34 寸彩电",金额 WITH 6000
SUM 金额 TO S
```

当前 S 的值应该是（　　）。

A. 11300　　　　B. 17300　　　　C. 11400　　　　D. 15500

【答案】D

【解析】用 SET DELETE OFF 使带有删除标记的记录对任何命令无效，用 SET DELETE ON 恢复状态。

（12）在 Visual FoxPro 中，以共享方式打开数据库文件的命令短语是（　　）。

A. EXCLUSIVE　B. SHARED　　C. NOUPDATE　D. VALIDATE

【答案】B

【解析】在打开数据库时，EXCLUSIVE 短语是以独占方式打开的；SHARED 短语是以共享方式打开的；NOUPDATE 短语是以只读方式打开的；VALIDATE 短语用以指定 Visual FoxPro 检查在数据库中应用的对象是否合法。

（13）物理删除记录可用两步完成，这两步的命令分别是（　　）。

A. PACK 和 ZAP　　　　　　　B. PACK 和 RECALL

C. DELETE 和 PACK　　　　　D. DELETE 和 RECALL

【答案】C

【解析】利用 DELETE ALL 命令逻辑删除表中记录,给表中所有记录打上删除标记,再用 PACK 命令物理删除所有带标记的记录,其功能等同于 ZAP 命令直接物理删除表中所有记录,但都保留数据表结构。

(14) 当前目录下有数据表文件 QL.DBF,要将它转变为文本文件的正确操作是(   )。

A. USE QL

　　COPY FROM QL DELIMITED

B. USE QL

　　COPY TO QL TYPE DELIMITED

C. USE QL

　　COPY STRU TO QL

D. USE QL

　　COPY FILES TO QL TYPE DELIMITED

【答案】B

【解析】利用 COPY TO 复制数据表内容到新文件中,通过 TYPE 短语确定文件的类型。

(15) 当前目录下有两个表文件,MEN.DBF 和 WOM.DBF,分别记录男生成绩档案和女生成绩档案,但男生中部分物理缺考,若要统计物理成绩而将所有参加物理考试的档案合并,正确的操作是(   )。

A. USE WOM IN 0

　　USE MEN IN 0

　　APPEND FROM WOM FOR 性别='男'

B. USE WOM IN 0

　　APPEND FROM MEN FOR 性别='男'

C. COPY FILES TO WOM FOR 性别='男'

D. USE MEN

　　COPY TO WOM FOR 性别='男'

【答案】B

【解析】利用 APPEND FROM 命令可以在当前数据表中追加另一个数据表中记录。

(16) 要为当前表所有职工增加 2 年工龄,应使用的命令是(   )。

A. CHANGE　工龄 WITH 工龄+2

B. REPLACE　工龄 WITH 工龄+2

C. CHANGE ALL　工龄 WITH 工龄+2

D. REPLACE ALL　工龄 WITH 工龄+2

【答案】D

【解析】本题考查的知识点是 Visual FoxPro 中修改记录的命令的使用。在 Visual FoxPro 中,修改记录的命令是 REPLACE。CHANGE 命令和 EDIT 命令等同,均为打开当前表的编辑界面,BROWSE 命令打开当前表的浏览界面。REPLACE 命令才是修改当前表记录的命令,操作范围 ALL 不能省略。

(17) SORT 命令是对当前打开的数据表文件按指定的字段名进行物理排序,排好序的结果放入（　　）。

A. 指定数据表文件 　　　　　　B. 索引文件

C. 辅助文件 　　　　　　　　　D. 原表文件

【答案】A

【解析】SORT 命令是将指定的数据表文件物理排序后,存入到一个指定的新数据表文件中,但新表名称不能与原数据表重名,否则将出现"文件正在使用"的提示框。

(18) 在同一个数据表中可以有主索引数是（　　）。

A. 3 　　　　　B. 2 　　　　　C. 1 　　　　　D. 0

【答案】C

【解析】每个数据表中要求主索引的个数只能有一个,其他索引可以建立多个。

(19) 在 Visual FoxPro 中,使用 LOCATE FOR <expL>命令按条件查找记录,当查找到满足条件的第一条记录后,如果还需要查找下一条满足条件的记录,应使用（　　）。

A. 再次使用 LOCATE FOR <expL>命令

B. SKIP 命令

C. CONTINUE 命令

D. GO 命令

【答案】C

【解析】LOCATE 是按条件定位记录位置的命令,常用命令格式是:

```
LOCATE FOR lExpression1
```

其中 lExpression1 是查询或定位的表达式。该命令执行后将记录指针定位在满足条件的第一条记录上,如果没有满足条件的记录则指针指向文件结束位置。如果要使指针指向下一条满足 LOCATE 条件的记录,使用 CONTINUE 命令,如果没有记录再满足条件,则指针指向文件结束位置。

(20) 数据表文件"工资.DBF"共有 10 条记录,当前记录号为 5。用 SUM 命令计算工资总和,如果不给出范围短句,那么命令（　　）。

A. 计算后 5 条记录工资值之和

B. 计算后 6 条记录工资值之和

C. 只计算当前记录工资值

D. 计算全部记录工资值之和

【答案】D

【解析】SUM 命令在不给出范围和条件语句的时候,将自动统计数据表中所有的记录。

(21) 有如下命令序列:

```
USE ORDERS
LIST OFF
AVERAGE QTY TO AQTY FOR ITEM = "奔腾 Ⅱ"
INDEX ON ITEM TO XRD
TOTAL ON ITEM TO TTT FIELDS QTY
? AQTY
```

其中 LIST 命令显示的结果是：

```
ITEM        QTY
奔腾Ⅱ       150
HP 打印机   260
奔腾Ⅱ       220
华硕主板    314
HP 打印机   380
奔腾Ⅱ       122
```

执行以上命令序列,? AQTY 命令显示的值是(　　　)。

A. 241　　　　　　B. 220　　　　　　C. 164　　　　　　D. 150

【答案】C

【解析】AVERAGE 命令是一个求平均值的命令,运行结果为将所有 ITEM 为"奔腾Ⅱ"的 QTY 值求平均值,将平均值保存到 AQTY 中。

(22) 下列索引中,不具有"唯一性"的是(　　　)。

A. 主索引　　　　B. 候选索引　　　C. 唯一索引　　　D. 普通索引

【答案】D

【解析】Visual FoxPro 中包括 4 种索引：主索引、候选索引、唯一索引和普通索引。主索引和候选索引都要求字段值的唯一,不允许出现重复记录,在唯一索引中,它的"唯一性"是指索引项的唯一,而不是字段值的唯一。普通索引只用来处理记录的物理顺序,不仅允许字段中出现重复值,并且允许索引项中也出现重复值。

(23) 执行下列命令,最后一个命令 LIST 显示记录的顺序是(　　　)。

```
USE STU
INDEX ON 姓名 TO XM
INDEX ON 性别 TO XB
INDEX ON 生日 TO SR
INDEX ON 婚否 TO HF
    INDEX ON 分数 TO FS
    LIST
```

A. 按姓名索引的顺序　　　　　　B. 按性别索引的顺序

C. 按分数索引的顺序　　　　　　D. 按数据库文件原顺序

【答案】C

【解析】在为表建立多个索引时,当前所操作的索引表为最后一个建立索引的表。

(24) 在创建数据库表结构时,为该表中一些字段建立普通索引,其目的是(　　　)。

A. 改变表中记录的物理顺序

B. 为了对表进行实体完整性约束

C. 加快数据库表的更新速度

D. 加快数据库表的查询速度

【答案】D

【解析】建立索引可对表中的记录进行逻辑排序,以提高查询速度,但索引会降低插入、删除和修改等操作的速度。建立物理排序应使用 sort 命令,设置表的实体完整性约束是通过主关键字或候选关键字实现的。

（25）执行下列一组命令之后,选择"职工"表所在工作区的错误命令是(   )。

```
CLOSE ALL
USE 仓库 IN 0
USE 仓库 IN 0
```

A. SELECT 职工　　　　　　　　B. SELECT 0

C. SELECT 2　　　　　　　　　　D. SELECT B

【答案】B

【解析】SELECT 0 表示工作区号最小的工作区,若指定"职工"表所在的工作区可以用 A、C、D 的方法,而选项 B 表示选择编号最小的可用工作区,即编号为 3 的尚未使用的工作区。

（26）设有两个数据库表,父表和子表之间是一对多的联系,为控制子表和父表的关联,可以设置"参照完整性规则",为此要求这两个表(   )。

A. 在父表连接字段上建立普通索引,在子表连接字段上建立主索引

B. 在父表连接字段上建立主索引,在子表连接字段上建立普通索引

C. 在父表连接字段上不需要建立任何索引,在子表连接字段上建立普通索引

D. 在父表和子表的连接字段上都要建立主索引

【答案】B

【解析】参照完整性与表之间的联系有关,它的大致含义是:当插入、删除或修改一个表中的数据时,通过参照引用相互关联的另一个表中的数据,来检查对表的数据操作是否正确。在数据设计器中设计表之间的联系时,要在父表中建立主索引,在子表中建立普通索引,然后,通过父表的主索引和子表的普通索引建立起两个表之间的联系。

（27）如要设定学生年龄有效性规则在 18～20 岁之间,当输入的数值不在此范围内时,则给出错误信息,因此必须定义(   )。

A. 实体完整性　　　　　　　　B. 域完整性

C. 参照完整性　　　　　　　　D. 以上各项都需要定义

【答案】B

【解析】定义域完整性,可以通过指定不同的宽度说明不同范围数值的数据类型,从而可以限定字段的取值类型和取值范围。包括"规则"、"信息"和"默认值"3 个项的定义。

（28）数据库的字段可以定义规则,规则是(   )。

A. 逻辑表达式　　　　　　　　B. 字符表达式

C. 数值表达式　　　　　　　　D. 前三种说法都不对

【答案】A

【解析】在 Visual FoxPro 数据库表中,建立字段有效性规则时,要注意"规则"是逻辑表达式,"信息"是字符串表达式,"默认值"的类型则由字段的类型决定。

（29）数据库表可以设置字段有效性规则,字段有效性规则属于(   )。

A. 实体完整性范畴　　　　　　B. 参照完整性范畴

C. 数据一致性范畴　　　　　　D. 域完整性范畴

【答案】D

【解析】定义域的完整性,可以通过指定不同的宽度说明不同范围的数值的数据类型,从而可以限定字段的取值类型和取值范围。域完整性也称做字段效性规则,可在表设计器

的字段选项卡中完成定义。

(30) 在 Visual FoxPro 中进行参照完整性设置时,要想设置成:在删除父表中的记录时,如果子表中有相关的记录,那么自动删除子表中相关的所有记录。应选择删除规则中的(　　)。

A. 限制(Restrict)

B. 忽略(Ignore)

C. 级联(Cascade)

D. 级联(Cascade)或限制(Restrict)

【答案】C

【解析】删除规则中的"级联"规定:删除父表中的记录时,相关子表中的记录将自动删除;"限制"规定:如果子表中有相关记录则不可以删除;"忽略"规定:不管子表中是否有相关记录都可以删除。

2.9　两级测试题

2.9.1　基本测试题

(1) .DBC 文件是指(　　)。

A. 数据库文件　　　　　　　　　B. 数据库表文件

C. 自由表文件　　　　　　　　　D. 数据库表备注文件

(2) 在 Visual FoxPro 中存储图像的字段类型应该是(　　)。

A. 字符型　　　B. 通用型　　　C. 备注型　　　D. 双精度型

(3) Visual FoxPro 6.0 中,"数据库"和"表"的关系是(　　)。

A. 两者是同一概念

B. 两者概念不同,"表"是一个或多个"数据库"的容器

C. 两者概念不同,"数据库"是一个或多个"表"的容器

D. 两者概念不同,但两者是等价的

(4) 数据库中可以存放的是(　　)。

A. 数据库文件　　　　　　　　　B. 数据库表文件

C. 自由表文件　　　　　　　　　D. 查询文件

(5) Visual FoxPro 6.0 中的表主要有两种存在方式,即数据库表和(　　)。

A. 二维表　　　B. 数据库　　　C. 关系型表　　　D. 自由表

(6) 向数据库中添加的表(　　)表。

A. 可以是任意的　　　　　　　　B. 不属于其他数据库的

C. 必须是属于其他数据库的　　　D. 不属于两个以上数据库的

(7) 在 Visual FoxPro 中,下列各项的数据类型所占字符的字节数相等的是(　　)。

A. 日期型和逻辑型　　　　　　　B. 日期型和通用型

C. 逻辑型和备注型　　　　　　　D. 备注型和通用型

(8) 在 Visual FoxPro 中,下列不能用来修改数据表记录的命令是(　　)。

A. EDIT　　　　　　　　　　　　B. CHANGE

C. BROWSE　　　　　　　　　D. MODIFY STRUCTURE

(9) 有关 ZAP 命令的描述,正确的是(　　)。

A. ZAP 命令只能删除当前表的当前记录

B. ZAP 命令只能删除当前表的带有删除标记的记录

C. ZAP 命令能删除当前表的全部记录

D. ZAP 命令能删除表的结构和全部记录

(10) 以下关于自由表的叙述,正确的是(　　)。

A. 全部是用以前版本的 FoxPro(Visual FoxPro)建立的表

B. 可以用 Visual FoxPro 建立,但是不能把它添加到数据库中

C. 自由表可以添加到数据库中,数据库表也可以从数据库中移出成自由表

D. 自由表可以添加到数据库中,但数据库表不可以从数据库中移出成自由表

(11) 下列说法中正确的是(　　)。

A. 从数据库中移出来的表仍然是数据库表

B. 将某个表从数据库中移出的操作不会影响当前数据库中其他表

C. 一旦某个表从数据库中移出,与之联系的所有主索引、默认值及有关的规则都随之消失

D. 如果移出的表在数据库中使用了长表名,那么表移出数据库后仍然可以使用长表名

(12) 在 Visual FoxPro 中,数据库表与自由表相比具有很多优点,以下所列中不属于其优点的是(　　)。

A. 可以命名长表名和表中的长字段名

B. 可以设置字段的默认值和输入掩码

C. 可以设置字段级规则和记录级规则

D. 可以创建表之间的临时关系

(13) 用户(　　)对数据库文件进行修改。

A. 可以直接在"资源管理器"窗口中

B. 可以直接在 Visual FoxPro 的命令窗口中

C. 必须在数据库设计器中

D. 既可以直接在"资源管理器"窗口中也可以在数据库设计器中

(14) 在 Visual FoxPro 中,菜单程序文件的默认扩展名是(　　)。

A. .mnx　　　　B. .mnt　　　　C. .mpr　　　　D. .prg

(15) 下列创建数据库的方法错误的是(　　)。

A. 在项目管理器中建立数据库

B. 通过"新建"对话框建立数据库

C. 使用命令 CREAT DATABASE [DatabaseName]

D. 使用命令 USE DATABASE [DatabaseName]

(16) 要限制数据库表中字段的重复值,可以使用(　　)。

A. 主索引或候选索引　　　　　　B. 主索引或唯一索引

C. 主索引或普通索引　　　　　　D. 唯一索引或普通索引

(17) 以下关于主索引的说法正确的是(　　)。

Visual FoxPro 数据库及其操作

A. 在自由表和数据库表中都可以建立主索引

B. 可以在一个数据库表中建立多个主索引

C. 数据库中任何一个表只能建立一个主索引

D. 主索引的关键字值可以为 NULL

(18) 在建立唯一索引时,出现重复字段值时,存储重复出现记录的(　　　)。

A. 第一个　　　　B. 最后一个　　　C. 全部　　　　D. 几个

(19) 在表的索引类型中,主索引可以在(　　　)中建立。

A. 自由表　　　　B. 数据库表　　　C. 任何表　　　D. 自由表和视图

(20) 在 Visual FoxPro 的数据库中可以包括(　　　)。

A. 表单　　　　　B. 查询　　　　　C. 视图　　　　D. 报表

(21) 在 Visual FoxPro 中主索引字段(　　　)。

A. 不能出现重复值或空值　　　　B. 能出现重复值或空值

C. 能出现重复值,不能出现空值　　D. 能出现空值,不能出现重复值

(22) 采用(　　　)类型时,指定字段或表达式中不允许出现重复值的索引,且该种索引只能用在数据库表中,而不能在自由表中建立。

A. 主索引　　　　B. 候选索引　　　C. 唯一索引　　　D. 普通索引

(23) 下列叙述中含有错误的是(　　　)。

A. 一个数据库表只能设置一个主索引

B. 唯一索引不允许索引表达式有重复值

C. 候选索引既可以用于数据库表也可以用于自由表

D. 候选索引不允许索引表达式有重复值

(24) 在 Visual FoxPro 中,使用 LOCATE ALL 命令按条件对表中的记录进行查找,若查不到记录,函数 EOF() 的返回值应是(　　　)。

A. .T.　　　　　　B. .F.　　　　　C. 0　　　　　　D. 1

(25) 可以伴随着表的打开而自动打开的索引是(　　　)。

A. 单一索引文件(.1DX)　　　　　B. 复合索引文件(.CDX)

C. 结构化复合索引文件　　　　　D. 非结构化复合索引文件

(26) 在 Visual FoxPro 的数据工作期窗口,使用 SET RELATION 命令可以建立两个表之间的关联,这种关联是(　　　)。

A. 永久性关联　　　　　　　　　B. 永久性关联或临时性关联

C. 临时性关联　　　　　　　　　D. 永久性关联和临时性关联

(27) 在数据库表上的字段有效性规则是(　　　)。

A. 逻辑表达式　　　　　　　　　B. 字符表达式

C. 数字表达式　　　　　　　　　D. 以上三种都有可能

(28) 永久关系建立后(　　　)。

A. 在数据库关闭后自动取消　　　B. 如不删除将长期保存

C. 无法删除　　　　　　　　　　D. 只供本次运行使用

(29) 在设置数据库中的表之间的永久关系时,以下说法正确的是(　　　)。

A. 父表必须建立主索引,子表可以不建立索引

B. 父表、子表都必须建立主索引

C. 父表必须建立主索引,子表必须建立候选索引

D. 父表必须建立主索引,子表可以建立普通索引

(30) 下列说法中错误的是(　　)。

A. 永久性关系定义了两个表格之间的各种关系,每次打开表时,Visual FoxPro 会自动使用这些关系

B. 临时性关系在退出 Visual FoxPro 时就会失效

C. 使用 SET RELATION 命令创建的是永久性关系

D. 永久性关系是作为数据库的一部分保存起来的

(31) 在数据库设计器中,建立两个表之间的一对多联系是通过以下索引实现的(　　)。

A. "一方"表的主索引或候选索引,"多方"表的普通索引

B. "一方"表的主索引,"多方"表的普通索引或候选索引

C. "一方"表的普通索引,"多方"表的主索引或候选索引

D. "一方"表的普通索引,"多方"表的候选索引或普通索引

(32) 下列叙述中错误的是(　　)。

A. 一个表可以有多个外部关键字

B. 数据库表可以设置记录级的有效性规则

C. 永久性关系建立后,主表记录指针将随子表记录指针相应移动

D. 对于临时性关系,一个表不允许有多个主表

(33) 要控制两个表中数据的完整性和一致性可以设置"参照完整性",要求这两个表(　　)。

A. 是同一个数据库中的两个表　　B. 不同数据库中的两个表

C. 两个自由表　　　　　　　　　D. 一个是数据库表,另一个是自由表

(34) Visual FoxPro 参照完整性规则不包括(　　)。

A. 更新规则　　B. 查询规则　　C. 删除规则　　D. 插入规则

(35) 下列关于空值的说法中正确的是(　　)。

A. 空值与 0、空字符串等具有相同的含义

B. 空值就是缺值或还没有确定值

C. 可以把空理解为任何意义的数据

D. 设有一个表示价格的一个字段值,空值表示免费

(36) 在 Visual FoxPro 中进行参照完整性设置时,要想设置成:当更改父表中的主关键字段或候选关键字段时,自动更改所有相关子表记录中的对应值。应选择(　　)。

A. 限制(Restrict)　　　　　　　B. 忽略(Ignore)

C. 级联(Cascade)　　　　　　　D. 级联(Cascade)或限制(Restrict)

(37) 自由表中字段名长度的最大值是(　　)。

A. 8　　　　　B. 10　　　　　C. 128　　　　　D. 255

(38) 在设计数据库表时,若在"工号"字段的"输入掩码"文本框中输入 GH999,则在输入时输入的格式是(　　)。

A. 由字母 GH 和三个 9 组成

B. 由两个任意的字母和三个 9 组成

C. 由字母 GH 和一到三位数字组成

D. 由字母 GH 和三位数字组成

(39) 在 Visual FoxPro 中,可以对字段设置默认值的表( )。

A. 必须是数据库表　　　　　　B. 必须是自由表

C. 自由表或数据库表　　　　　D. 不能设置字段的默认值

(40) 使用数据字典可以( )。

A. 保证主关键字字段内容的唯一性

B. 方便输入数据

C. 保证字段内容的安全性

D. 保证字段内容的完整性

(41) 以下叙述中正确的是( )。

A. 删除一个数据库后,其内的表也一定被删除

B. 任何一个表只能为一个数据库所有,不能同时添加到多个数据库

C. 候选关键字的值不能有重复的数据,但可以有空值

D. 可为自由表设置主索引、普通索引、唯一索引

(42) 两表之间"临时性"联系称为关联,在两个表之间的关联已经建立的情况下,有关"关联"的正确叙述是( )。

A. 建立关联的两个表一定在同一个数据库中

B. 两表之间"临时性"联系是建立在两表之间"永久性"联系基础之上的

C. 当父表记录指针移动时,子表记录指针按一定的规则跟随移动

D. 当关闭父表时,子表自动被关闭

(43) 打开数据库设计器的命令是( )。

A. CREATE DATABASE　　　　B. OPEN DATABASE

C. SET DATABASE TO　　　　D. MODIFY DATABASE

(44) 在表设计器的( )选项卡中,可以设置记录验证规则、有效性出错信息,还可以指定记录插入、更新及删除的规则。

A. 字段　　　　B. 规则　　　　C. 索引　　　　D. 表

(45) 为字段设置了( )后,输入的新数据必须符合这个要求才能被接收,否则要求用户重新输入该数据。

A. 有效性规则　　　　　　　　B. 有效性信息

C. 默认值　　　　　　　　　　D. 删除触发规则

(46) 在"数据库设计器"窗口中选择表间关系连线,下列操作中不可以进行的是( )。

A. 删除关系　　B. 添加关系　　C. 编辑关系　　D. 编辑参照完整性

(47) 要同时打开多个数据表文件,选择不同的工作区可使用的命令是( )。

A. USE　　　　B. OPEN　　　　C. SELECT　　　D. 以上命令均可

(48) 在 Visual FoxPro 的主窗口中显示当前表记录的命令是( )。

A. CHANGE　　B. USE　　　　C. LIST　　　　D. MODIFY

(49) SELECT 命令进行工作区切换时,不能选取的参数是( )。

A. 1～32 767   B. A～J

C. 已打开的数据表别名   D. 已打开的数据表名

（50）多表操作中，分别在 1,3,5 号工作区中打开数据表，此时若执行命令 SELECT 0 后，当前的工作区号是（   ）。

A. 0 号   B. 1 号   C. 2 号   D. 无工作区打开

2.9.2　综合测试题

（1）在"职工档案"表文件中，婚否是 L 型字段，性别是 C 型字段，若检索"已婚的女同志"，应该用的逻辑表达式是（   ）。

A. 婚否. OR. (性别＝'女')

B. (婚否＝. T.). AND. (性别＝'女')

C. 婚否. AND. (性别＝'女')

D. 已婚. OR. (性别＝'女')

（2）在命令窗口中执行下列命令：

```
SJKM = "HYGS"
USE &SJKM
```

已打开的数据表文件是（   ）。

A. HYGS. DBF   B. HJKM. DBF

C. &SJKM. DBF   D. HYGS. TXT

（3）一个数据表文件有 10 条记录，用函数 EOF()测试为. T. ，此时当前记录号为（   ）。

A. 10   B. 11   C. 0   D. 1

【提示】在表中的所有记录之后有一个文件结束标识，此标识记录号为表中总记录条数加 1。

（4）与命令"LIST FIELDS 姓名,性别,出生日期"不等效的命令是（   ）。

A. LIST 姓名,性别,出生日期

B. LIST ALL FIELDS 姓名,性别,出生日期

C. DISPLAY FIELDS 姓名,性别,出生日期

D. DISPLAY ALL 姓名,性别,出生日期

（5）在当前表查找少数民族学生的学生记录，执行"LOCATE FOR 民族!＝"汉""命令后，应紧接短语（   ）。

A. NEXT   B. LOOP   C. SKIP   D. CONTINUE

（6）下列命令中，可以用来对索引快速定位的是（   ）。

A. LOCATE FOR   B. SEEK

C. FOUND   D. GOTO

（7）在当前表中，查找第 2 个男同学的记录，应使用命令（   ）。

A. LOCATE FOR 性别＝"男"
　　NEXT 2

B. LOCATE FOR 性别＝"男"

C. LOCATE FOR 性别＝"男"

  CONTINUE

D. LIST FOR 性别＝"男"

  NEXT 2

(8) 要将数据库"考生库"文件及其所包含的数据库表文件直接物理删除,下列命令正确的是(　　)。

A. DELETE DATABASE 考生库

B. DELETE DATABASE 考生库 RECYCLE

C. DELETE DATABASE 考生库 DELETETABLES

D. DELETE DATABASE 考生库 DELETETABLES RECYCLE

(9) 设有表示学生选课的三张表,学生 S(学号,姓名,性别,年龄,身份证号),课程 C(课号,课名),选课 SC(学号,课号,成绩),则表 SC 的关键字(键或码)为(　　)。

A. 课号,成绩   B. 学号,成绩

C. 学号,课号   D. 学号,姓名,成绩

(10) 将学生表按籍贯字段升序排列,如果籍贯(C,10)相等,则按学号(N,4)升序排列,下列语句正确的是(　　)。

A. INDEX ON 籍贯,学号 TO JGXH

B. INDEX ON 籍贯＋学号 TO JGXH

C. INDEX ON 籍贯,STR(学号,4)TO JGXH

D. INDEX ON 籍贯＋STR(学号,4)TO JGXH

(11) 在超市营业过程中,每个时段要安排一个班组上岗值班,每个收款口要配备两名收款员配合工作,共同使用一套收款设备为顾客服务,在超市数据库中,实体之间属于一对一关系的是(　　)。

A. "顾客"与"收款口"的关系

B. "收款口"与"收款员"的关系

C. "班组"与"收款口"的关系

D. "收款口"与"设备"的关系

(12) 要为当前表所有性别为"女"的职工增加 100 元工资,应使用命令(　　)。

A. REPLACE ALL 工资 WITH 工资＋100

B. REPLACE 工资 WITH 工资＋100 FOR 性别＝"女"

C. REPLACE ALL 工资 WITH 工资＋100

D. REPLACE ALL 工资 WITH 工资＋100 FOR 性别＝"女"

(13) MODIFY STRUCTURE 命令的功能是(　　)。

A. 修改记录值

B. 修改表结构

C. 修改数据库结构

D. 修改数据库或表结构

(14) 设有关系 SC(SNO,CNO,GRADE),其中 SNO、CNO 分别表示学号、课程号(两者均为字符型),GRADE 表示成绩(数值型),若要把学号为"S101"的同学,选修课程号为

"C11",成绩为98分的记录插到表SC中,正确的语句是(　　)。

    A. INSERT INTO SC(SNO,CNO,GRADE)VALUES('S101','C11','98')

    B. INSERT INTO SC(SNO,CNO,GRADE)VALUES(S101，C11，98)

    C. INSERT ('S101','C11','98') INTO SC

    D. INSERT INTO SC VALUES ('S101','C11',98)

(15) 如果希望用户在输入"年龄"字段值时,要求数值必须大于0,应在下列(　　)中设置。

    A. 字段类型　　　　B. 信息　　　　　C. 规则　　　　　D. 默认值

(16) 如要设定学生年龄有效性规则在18～20岁之间,当输入的数值不在此范围内,则给出错误信息,必须定义(　　)。

    A. 实体完整性　　　　　　　　　B. 域完整性

    C. 参照完整性　　　　　　　　　D. 以上各项都需要定义

正确答案:B

(17) 命令 SELECT 0 的功能是(　　)。

    A. 选择编号最小的空闲工作区

    B. 选择编号最大的空闲工作区

    C. 随机选择一个工作区的区号

    D. 无此工作区,命令错误

(18) 执行以下命令,先后显示了两个各包含10个记录的记录清单,这说明当前表达中(　　)。

```
USE  学生
LIST  NEXT  10  FOR 性别 =［男］
LIST    WHILE  性别 =［男］
```

    A. 至少有10个记录,并且这头10个记录被显示了两遍

    B. 至少有19个记录,并且头19个记录的性别字段值为"男"

    C. 只有20个记录,并且段有记录的性别的值都为"男"

    D. 只有19个记录,并且头19个记录的性别字段值都为"男"

(19) 设当前表中有20条记录,当前记录号10,有以下各组命令,在没有打开索引的情况下,两条命令执行结果相同的是(　　)。

    A. GO RECNO( )＋5 与 LIST NEXT 5

    B. GO RECNO( )＋5 与 SKIP 5

    C. SKIP RECNO( )＋5 与 GO RECNO( )＋5

    D. GO 5 与 SKIP 5

(20) 当前表的职工编号字段为(C,6),若要逻辑删除职工编号中第3位是"5"的职工记录,应该使用命令(　　)。

    A. DELETE FOR SUBSTR(职工编号,3)＝＝［5］

    B. DELETE FOR SUBSTR(职工编号,3,1)＝＝5

    C. DELETE FOR SUBSTR(职工编号,3,1)＝＝［5］

    D. DELETE FOR AT(5,职工编号)＝3

(21) 在 Visual FoxPro 中,SEEK 和 LOCATE 命令都可以用于查找记录,但在使用上有所不同,下面表述正确的是(　　)。

　A. SEEK 命令可以一次查找到全部记录,LOCATE 命令只能找到一条记录

　B. SEEK 命令只能查找字符串,LOCATE 命令可以查找任何类型字段

　C. SEEK 命令需要打开相应索引文件才能使用,LOCATE 命令不需要索引文件

　D. SEEK 命令可以和 COUTINUE 命令联合使用,而 LOCATE 命令不可以

(22) 在下面命令中,使"性别"字段值不为空,执行效果一定相同的是(　　)。

① SUM 基本工资　FOR 性别=［男］　　② SUM 基本工资　WHILE 性别=［男］

③ SUM 基本工资　FOR！性别=［女］　④ SUM 基本工资　WHILE 性别<>［女］

　A. ①和④、②和③　　　　　　　　　B. ①和③、②和④

　C. ①和②、③和④　　　　　　　　　D. 四条命令执行结果相同

(23) 在没有打开索引文件的情况下,若使用 APPEND 命令追加 1 条记录,其功能等同于命令序列(　　)。

　A. GOTO EOF　　　　　　　　　　B. GOTO BOTTOM
　　 INSERT　　　　　　　　　　　　　 INSERT BEFORE

　C. GOTO BOTTOM　　　　　　　　D. GOTO BOTTOM
　　 INSERT AFTER　　　　　　　　　 INSERT

(24) 当前表的出生日期字段为日期型(MM/DD/YY),年龄字段为数值型,现要根据出生日期按年计算年龄,并写入年龄字段,应使用命令(　　)。

　A. REPLACE ALL 年龄 WITH YEAR (DATE( ))－YEAR(出生日期)

　B. REPLACE ALL 年龄 WITH DATE( )－出生日期

　C. REPLACE ALL 年龄 WITH DTOC(DATE( ))－DTOC(出生日期)

　D. REPLACE ALL 年龄 WITH VAL(DTOC(DATE( )))－VAL(DTOC(出生日期))

(25) 以下关于 TOTAL 命令的表述中,正确的是(　　)。

　A. 命令的执行结果不生成另一个新表

　B. 所操作的表文件不必按关键字段索引或排序

　C. 表中的关键字段必须是数值型字段

　D. 只能对数值型字段进行汇总

(26) 设在 1、2 号工作区分别打开两个表,内存变量 MN 的内容为两个表的公共字段名,内存变量 DBN 的内容为新表名,在 1 号工作区执行连接操作正确的是(　　)。

　A. JOIN WITH B TO DBN FOR &MN=&MN

　B. JOIN WITH B TO DBN FOR MN=B->&MN

　C. JOIN WITH B TO &DBN FOR &MN=B->MN

　D. JOIN WITH B TO &DBN FOR &MN=B->&MN

(27) 设职工表和按"工作日期"索引文件已经打开,要把记录指针定位到工作刚好满 90 天的职工,应当使用命令(　　)。

　A. FIND DATE( )－90　　　　　　　B. SEEK DATE( )＋90

　C. FIND DATE( )＋90　　　　　　　D. SEEK DATE( )－90

(28) 下列命令在不带任何子句(短语)时,可对当前表中所有记录操作的命令是(　　)。

A. DISPLAY   B. RECALL

C. DELETE   D. COUNT

(29) Visual FoxPro 中,使用 SET RELATION 命令可以建立两个表之间的联系,这种联系是(   )。

A. 永久联系   B. 临时联系或永久联系

C. 临时联系   D. 普通联系

(30) 通过指定字段的数据类型和宽度来限制该字段的取值范围,这属于数据完整性中的(   )。

A. 参照完整性   B. 实体完整性

C. 域完整性   D. 字段完整性

第3章 SQL 语言、视图和查询

3.1 知 识 要 点

3.1.1 基本内容

(1) 数据库的定义,表的定义和修改,视图的定义;

(2) 查询的基本操作,单表查询,多表查询,嵌套查询,简单的计算和统计;数据的更新,数据的插入,数据的删除;

(3) 视图生成器的使用,视图的建立方法;

(4) 查询生成器的使用,查询文件的建立、运行和修改。

3.1.2 重点与难点

SQL 结构化查询语言是关系数据库的标准操作语言,包含数据定义、数据操纵、数据查询和数据控制四个部分,SQL 语言使用广泛,功能强大,且语句简洁,层次清楚,接近人语言方式,掌握了 SQL 语言,就等于掌握了数据库操作的钥匙,也为下阶段的程序编写、表单的建立和菜单的应用打下坚实的基础。此部分理论概念很少,主要是 SQL 语句的书写格式和用法,重点理解和掌握的内容如下:

1. 数据的定义

(1) 数据库的建立,表结构的建立和视图的建立,使用的命令分别如下:

CREATE DATABASE <数据库名>
CREATE TABLE <表名>
CREATE VIEW AS (…) 括号里为建立视图的 SQL 语句

(2) 表的修改格式如下:

ALTER TABLE <表名> …

(3) 表的删除格式如下:

DROP TABLE <表名>

2. 数据的查询

数据的查询是以 SELECT 语句引导的,包含若干字句,能完成特定查询任务的操作,使用比较多的字句有以下几种。

- SELECT 语句:说明要查询的数据项,可以是字段、表达式和常量,用逗号分隔。
- FROM 子句:确定查询所需数据来源,可以是单表或者多表,用逗号分隔。

- WHERE 子句：说明查询的条件。
- GROUP BY 子句：给出分组依据。
- ORDEY BY 子句：给出排序依据。

3. 数据的操纵

- 数据的更新格式如下：

UPDATE ＜表名＞ SET …

- 数据的插入格式如下：

INSERT INTO 表名(字段列表) VALUES (常量列表)

- 数据的删除格式如下：

DELETE FROM ＜表名＞ FROM ＜条件表达式＞

4. 视图

通过 SQL 查询语句，在当前数据库的物理表中，抽取需要的数据而组成的逻辑表格，一旦建立，就永久的存储在数据库结构中，对视图的操作方法与表的操作类似，可以认为它就是一个单独存在的表。

5. 查询文件

将 SQL 查询语句写入一个可以被运行的文件中，这个文件就是查询文件(扩展名为. qpr)，运行查询文件，就等于运行查询文件中所包含的 SQL 语句。

3.2　实训项目一：数据库和表的定义操作

3.2.1　实训目的与要求

- 掌握使用 CREATE DATABASE-SQL 创建数据库的方法。
- 掌握使用 CREATE TABLE-SQL 语句创建表的方法。
- 掌握使用 INSERT INTO-SQL 语句添加记录的方法。

提要：数据库和表的创建，都可以在前面学习的数据库设计器和表设计器中完成，而 SQL 的方法，不需要打开相关设计器，通过构建一个 SQL 命令语句的方式实现，在程序设计和数据库操作中，更适用和直接。

3.2.2　实训内容与操作步骤

(1) 建立订货管理数据库(DHGL. DBC)，此数据库中包含如下表：
- 仓库表：CK(仓库号 C(3)，仓库名 C(10)，地址 C(4)，面积 I(4))；
- 职工表：ZG(仓库号 C(3)，职工号 C(4)，职工名 C(8)，年龄 N(3)，基本工资 Y)；
- 订货单表：DHD(职工号 C(2)，订货单号 C(4)，订货日期 D，订货金额 Y)。

要求：同时建立相关的主索引、字段有效性原则、默认值和永久关系。

操作步骤如下：

① 建立数据库。

CREATE DATABASE DHGL

② 建立表 CK. DBF。

```
CREATE TABLE CK(仓库号 C(3) PRIMARY KEY,;
        仓库名 C(10),;
        地址 C(4),;
        面积 I(4) CHECK(面积＞0) ERROR("面积大于 0"))
```

提示：CHECK 是建立字段有效性规则，并给出错误提示信息"面积大于 0"。

③ 建立表 ZG. DBF。

```
CREATE TABLE ZG(仓库号 C(3),;
        职工号 C(4) PRIMARY KEY,;
        职工名 C(8),;
        年龄 N(3) CHECK (年龄＞ = 16 AND 年龄＜ = 60),;
        基本工资 Y CHECK(基本工资＜ = 10000) DEFAULT 1200,;
        FOREIGN KEY 仓库号 TAG 仓库号 REFERENCES CK)
```

提示：DEFAULT 是指定默认值，FOREIGN KEY…REFERENCES 以职工号为关键字，建立了与 CK 表的永久关系。

④ 建立表 DHD. DBF。

```
CREATE TABLE DHD(职工号 C(4),;
        订货单号 C(4) NULL,;
        订货日期 D,;
        订货金额 Y)
```

提示：NULL 表示允许为空。

说明：

- 当订货管理数据库建立好后，该数据库已经是打开的，这些新表就成为当前数据库中的表，表中还没有数据，只建立好结构，为了能操作，最好能输入一定的数据，数据输入的时候，一定考虑数据的匹配性问题，也就是说，在一个表中出现的数据，必须和另一个表中出现的相同类的数据一致。
- 若表不是数据库中的表，有些选项是不能成立的，如字段合法性规则，默认值，建立永久关系等，自由表不包含这些约束。

（2）通过 SQL 的数据操纵，向表中添加数据。添加数据的方式很多，既可以通过表设计器完成，又可以通过 APPEND 这样的命令完成，这里只给出 SQL-INSERT 方的有限操作序列。

输入命令如下：

```
INSERT INTO CK VALUES("CK1","小园机电仓库","北京",1000)
INSERT INTO CK(仓库号,地址) VALUES("CK2","重庆")
INSERT INTO ZG VALUES("CK1","Z001","张正林",32,1200.0000)
```

说明：数据的插入操作格式单一，要求字段和数据之间保持：顺序一致、数目一致和类型一致，当表名后没有字段列表的时候，说明插入全部字段的值。

（3）修改表结构。

① 向职工表添加两个新字段"出生日期"和"奖金"，并将"工资"字段改名为"基本工资"。

输入命令如下：

```
ALTER   TABLE   ZG   ADD 出生日期 D
ALTER   TABLE   ZG   ADD 奖金 Y
ATLER   TABLE   ZG   REMANE COLUMN 基本工资   TO   工资
```

② 将仓库表的"面积"字段修改为数值型，小数点位数为 1 位，并添加一个候选索引，索引以仓库号和地址为关键字，索引名为.emp。

输入命令如下：

```
ALTER   ATBLE   CK   ALTER 面积   N(5,1)
ALTER   TABLE   CK   ADD   UNIQUE   仓库号＋地址   TAG   EMP
```

3.3   实训项目二：数据的查询操作

3.3.1   实训目的与要求

- 掌握使用 SELECT-SQL 查询的基本方法。
- 掌握多表查询的方法。
- 掌握 SELECT 嵌套查询的方法。
- 掌握基本的统计查询（SUM、AVG、MIN、MAX）。

提要：数据的查询是 SQL 中最重要的功能，SELECT 语句的结构清晰、层次分明、接近人的描述方式，所以，掌握其规律后，学习并不困难，关键的问题是怎么去理解对求解问题的描述：查询什么，查询的条件是什么，要一个什么样的结果，这几个问题把握好了，构建一个 SQL 的查询也就不困难了，本实训所需要的数据库为第 2 章中所定义的"学生管理"数据库和本章所定义的"订货管理"数据库。

3.3.2   实训内容与操作步骤

（1）基本查询方法，按照要求写出以下查询的 SQL 语句，单表操作。

① 列出 1984 年以前出生的学生的学号，姓名，性别和出生日期。

```
SELECT 学号,姓名,性别,出生日期;
        FROM 学生 WHERE YEAR(出生日期)<1984
```

② 列出理论成绩在 80 到 100 分之间的学生的学号、理论成绩和上机成绩。

```
SELECT 学号,理论成绩,上机成绩;
        FROM 成绩 WHERE 理论成绩 BETWEEN 80 AND 100
```

③ 查询学号和成绩（注明：理论成绩和上机成绩各 50% 之和为成绩），并按照总成绩大小降序排列。

```
SELECT 学号,(理论成绩 * 0.5 + 上机成绩 * 0.5) AS 成绩;
        FROM 成绩 ORDER BY 2 DESC
```

④ 统计每个学生的学号和平均成绩（注意，不是说每科的平均成绩，而是所有科目的平均成绩），并将结果输出到"平均成绩表"中。

```
SELECT 学号,AVG(理论成绩＋上机成绩) AS 平均成绩;
      FROM 成绩 GROUP BY 学号;
      INTO TABLE 平均成绩表
```

⑤ 列出所有姓"张"的同学的姓名、性别和院系。

```
SELECT 姓名,性别,院系 FROM XS WHERE 姓名 LIKE "张 %"
```

(2) 多表查询,查询的数据或者条件在两个或者两个以上的表中,多表操作。

① 统计每门课程的学生选课情况,输出课程名和学习的学生人数。

```
SELECT  课程名 COUNT( * )AS 学生人数;
      FROM 成绩,课程;
      WHERE 成绩.课程号 = 课程.课程号;
      GROUP BY 成绩.课程号
```

② 查询学生学习成绩情况,输出姓名、课程名、理论成绩和上机成绩。

```
SELECT 姓名,课程名,上机成绩,理论成绩;
      FROM 学生,成绩,课程;
      WHERE 学生.学号 = 成绩.学号 AND 成绩.课程号 = 课程.课程号
```

③ 列出比杨乐同学小的同学信息(一个表可以当两个表使用,可以各自命名自己的别名,比如 A,B 等)。

```
SELECT  A. * FROM 学生 A,学生 B;
      WHERE A.出生日期<B.出生日期 AND B.姓名 = "杨乐"
```

(3) 查询的嵌套,以下操作以"订货管理"数据库表为操作数据。

① 列出比平均工资高的职工的清单。

```
SELECT * FROM ZG WHERE 工资>;
      (SELECT AVG(工资) FROM ZG)
```

② 查询至少有一个职工工资多于 1220 元的仓库信息。

```
SELECT   *  FROM  CK  WHERE  仓库号  IN;
      (SELECT 仓库号 FROM ZG WHERE 工资>1220)
```

③ 查询没有职工的仓库信息,有些问题的求解不止一个方法,我们用了两种方式来做。

```
SELECT * FROM CK WHERE NOT EXISTS;
      (SELECT * FROM ZG WHERE 仓库号 = 仓库.仓库号)
SELECT * FROM CK WHERE 仓库号 NOT IN;
      (SELECT 仓库号 FROM ZG)
```

④ 查询有职工的工资大于或者等于 WH1 仓库中任何一名职工工资的仓库号。

```
SELECT DIST 仓库号 FROM ZG WHERE 工资> = ANY;
      (SELECT 工资 FROM ZG WHERE 仓库号 = "WH1")
SELECT DIST 仓库号 FROM ZG WHERE 工资> = ;
      (SELECT MIN(工资) FROM ZG WHERE 仓库号 = "WH1")
```

(4) 自行完成以下查询。

① 查询不及格学生的信息(成绩由上机成绩和理论成绩各占 50％确定)。

② 查询没有成绩的学生信息,并将查询结果输出到表"未考学生表"中。

③ 查询考试科目低于两科同学的学生信息。

④ 统计每门课程的平均成绩。

⑤ 查询成绩在前三位的同学信息(提示:排序后使用 TOP 字句)。

3.4 实训项目三:数据的修改操作

3.4.1 实训目的与要求

- 掌握使用 SELECT-INSERT 数据插入的基本方法。
- 掌握使用 SELECT-UPDATE 数据更新的基本方法。
- 掌握使用 SELECT-DELETE 数据删除的基本方法。

提要:这部分的使用比较简单,主要是对表的数据进行操作,包含数据的插入、数据的更新和数据的删除,这里的删除只是逻辑删除,真的物理删除,需要 PACK 命令;这些操作一般是对单表进行,但是有时操作的条件在其他表中,构造条件字句 WHERE 的时候,也需要涉及其他表。

3.4.2 实训内容与操作步骤

(1) 向职工表(DHD. DBF)插入两条记录("E2","D-01",DATE(),23109),("E1","D-04",DATE(),351);此部分的操作在上个实训中已经涉及,所以要求读者自己给出解决方案。

(2) 完成以下更新操作。

① 在学生管理数据库中,给课程"C 语言程序设计"每个学生的上机成绩加 10 分。(分析:需要更新的表是成绩表,更新的条件在"课程表"中,先在课程表中找到 C 语言课程的课程号,然后以课程号为条件,再到成绩表中更新和这个课程号匹配的数据。)

```
UPDATE  成绩   SET 上机成绩 = 上机成绩 + 10 WHERE 课程号 = ;
    (SELECT  课程号   FROM 课程 WHERE 课程名 == "C 语言程序设计")
```

② 在订货管理数据库中,给订货总金额超过 10 万的职工增加奖金 6000 元(分析:先在订货单表中查找总订货金额超过 10 万的职工号,这个查找结果不唯一,可能有多个,然后依照查找的职工号,再到职工表中更新奖金数据。)

```
UPDATE ZG SET 奖金 = 奖金 + 8000 WHERE 职工号 IN ;
    (SELECT 职工号 FROM DHD ;
    GROUP BY 职工号 HAVING SUM(订货金额) > = 100000)
```

(3) 完成以下删除操作(逻辑删除)。

① 删除成绩表中理论成绩和上机成绩不存在的记录(没有成绩情况一:成绩输入中,没有输入具体的值;其次,成绩全为空)。

```
DELETE FROM 成绩;
    WHERE  (ISNULL(理论成绩) AND ISNULL(上机成绩)) OR ;
    (ALLT(STR(理论成绩)) == "" AND ALLT(STR(上机成绩)) == "")
```

② 删除没有订单的职工信息。

```
DELETE FROM ZG WHERE 职工号 NOT IN ;
        (SELECT 职工号 FROM DHD)
```

（4）自行完成的操作。

① 在订货管理数据库中，向订货单表（DHD.DBF）中插入新记录，自己决定每个数据项的值。

② 在学生管理数据库中，将所有女生的上机成绩增加 5 分。

③ 在学生管理数据库中，删除上机成绩和理论成绩的分数均低于 60 分的学生信息。

3.5 实训项目四：视图的创建和视图设计器

3.5.1 实训目的与要求

- 掌握使用 SELECT-SQL 视图定义的基本方法。
- 在数据库设计器中建立视图。
- 视图的基本应用。

提要：视图是在数据库中存在的逻辑表格，它由 SQL 查询语句在数据库中的物理表中抽取数据，一方面，从视图中，我们可以抽取和查询自己需要的数据，另一方面，从视图中，可以改变视图记录的值，并把更新结果送到基本物理表中，用途十分广泛。视图的建立有两种方法：第一种，用 SQL 的定义语句；第二种，用数据库设计器中包含的视图设计器。

3.5.2 实训内容与操作步骤

（1）用 SQL 的定义语句，在学生管理数据库中，定义视图"成绩查询"，包含姓名、课程名、理论成绩和上机成绩。

① 打开"学生管理"数据库

```
OPEN DATABASE 学籍管理
```

② 构建 SQL 视图定义语句（实质就是一个 SQL 查询语句）

```
CREATE VIEW AS ;
    (SELECT 姓名,课程名,上机成绩,理论成绩 FROM 学生,成绩,课程;
        WHERE 学生.学号 = 成绩.学号 AND 成绩.课程号 = 课程.课程号)
```

（2）在数据库设计器中建立视图"成绩查询一"，比前例多个学号字段。

操作步骤如下：

① 打开"学生管理"数据库，单击右键，在出现的菜单中，选择"新建本地视图"命令，打开学生管理数据库设计对话框，如图 3-1 所示。

② 选择"新建视图"，出现图 3-2 所示的添加表和视图对话框，添加学生表、成绩表和课程表。

③ 在出现的视图设计器对话框中（见图 3-3），确定字段、联接、筛选、排序依据和分组依

据五个选项卡,基本就等于确定数据项、WHERE 条件、ORDER BY 排序和 GROUP BY 分组等。

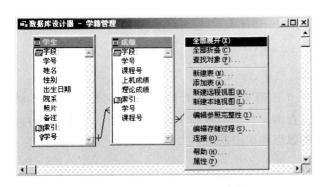

图 3-1　学生管理数据库设计对话框

图 3-2　"添加表或视图"对话框

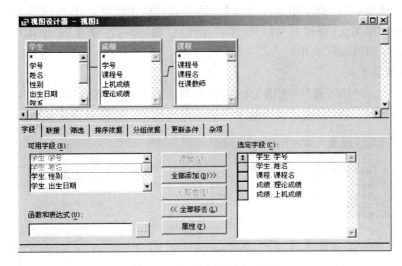

图 3-3　"视图设计器"对话框

④ 分别选定后,右击设计器空白处,在出现的快捷菜单中,选择"查看 SQL"命令,出现构建此视图的 SQL 查询窗口(见图 3-4),确认无误后,再单击右键,在快捷菜单中选择"运行查询"命令,验证结果的正确性。

⑤ 保存为"成绩查询一",就可以在数据库中看到此视图的图标。

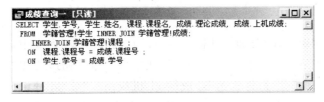

图 3-4　视图的 SQL 窗口

3.6 实训项目五：查询文件的建立和运行

3.6.1 实训目的与要求

- 掌握查询文件的建立方法。
- 学会使用和运行查询文件。

提要：查询文件是一种可视化的 SQL 生成器生成的 SQL 语句文件，运行查询文件，就是执行内含的 SQL 查询语句。不同的是，查询文件中的表格不一定来源于一个数据库，而可以是任意的自由表和数据库中表。基本思想和视图差距不大。

3.6.2 实训内容与操作步骤

利用查询设计器建立一个查询 XSCJD.QPR，列出所有学生的学号，姓名，性别，院系，课程名，上机成绩，理论成绩和总评成绩（计算公式：总评成绩＝上机成绩 * 0.3＋理论成绩 * 0.7），查询结果按"课程名"降序排序，"课程名"相同时按"学号"升序排序，并将结果存储到"学生成绩单.DBF"表中。

操作步骤如下：

① 选择"文件"|"新建"|"查询"命令，在出现的添加表和视图对话框中，选择需要的学生表、成绩表和课程表（和建立视图基本一样），出现的字段选定对话框如图 3-5 所示。

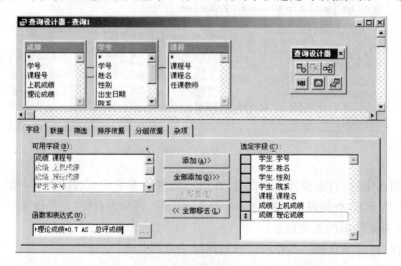

图 3-5　字段选定对话框

② 选定输出字段。在"查询设计器"|"字段"|"可用字段"列表中选择"学生.学号"，然后单击"添加"按钮，将其添加到"选定字段"列表中，使用相同的方法将"学生.姓名"，"学生.性别"，"学生.院系"，"课程.课程名"，"成绩.上机成绩"，"成绩.理论成绩"添加到"选定字段"列表；总评成绩是计算产生的输出列，用鼠标单击"函数和表达式"下的文本框，在这里输入"上机成绩 * 0.3＋理论成绩 * 0.7 AS 总评成绩"，然后单击"添加"按钮，将其添加到"选定字段"列表中。

③ 设置筛选条件。用鼠标单击"筛选"选项卡,在这里设置筛选记录的条件。本实验要求显示所有学生的这些信息,就不用设置筛选条件。这里我们为了训练,就设置条件为"学生.性别="男" OR 学生.性别="女"",设置筛选条件对话框如图 3-6 所示。

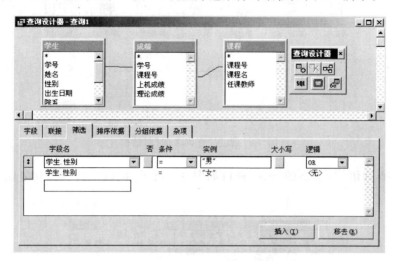

图 3-6　设置筛选条件对话框

④ 设置排序依据。用鼠标单击"筛选"选项卡,在"选定字段"列表中选定"课程.课程名",然后单击"添加"按钮,将其添加到"排序条件"列表中,在"排序条件"列表中选定"课程.课程名",再选择"排序选项"中的"降序";同样的方法将"学生.学号"添加到"排序列表"中,并设置为降序,设置排序依据对话框如图 3-7 所示。

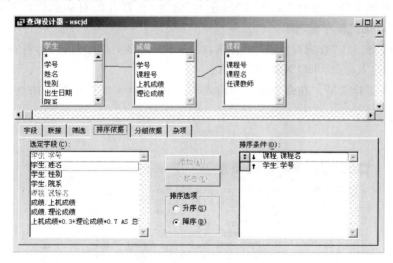

图 3-7　设置排序依据对话框

⑤ 设置查询去向。选择"查询"|"查询去向"命令,在弹出的"查询去向"对话框中单击"表"按钮,填写生成的表名"学生成绩单.DBF",设置查询去向对话框如图 3-8 所示。

⑥ 查看生成的 SQL 语句。选择"查询"|"查看 SQL"命令,可以查看使用"查询设计器"

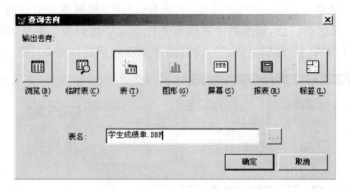

图 3-8 设置"查询去向"对话框

生成的 SQL 查询语句,查询的 SQL 窗口如图 3-9 所示,可以将这些语句复制到程序中再利用。

```
SELECT 学生.学号, 学生.姓名, 学生.性别, 学生.院系, 课程.课程名,;
  成绩.上机成绩, 成绩.理论成绩, 上机成绩*0.3+理论成绩*0.7 AS 总评成绩;
 FROM 学生管理!学生 INNER JOIN 学生管理!成绩;
    INNER JOIN 学生管理!课程 ;
   ON 课程.课程号 = 成绩.课程号 ;
   ON 学生.学号 = 成绩.学号;
 WHERE 学生.性别 = "男";
   OR (学生.性别 = "女");
 ORDER BY 课程.课程名 DESC, 学生.学号;
 INTO TABLE 学生成绩单.dbf
```

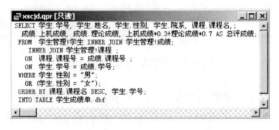

图 3-9 查询的 SQL 窗口

⑦ 保存查询文件。选择"文件"|"另存为"命令,在打开的对话框中填写查询文件名 XSCDJ.QPR,单击"保存"按钮。

⑧ 运行查询。在"查询设计器"中右击,在打开的快捷菜单中选择"运行查询";也可以在命令窗口中输入命令:DO XSCJD.QPR。

⑨ 查看本实验结果。在命令窗口中输入下列命令,就可以看到图 3-10 查询结果窗口。

```
USE 学生成绩单
BROWSE
```

学生成绩单

学号	姓名	性别	院系	课程名	上机成绩	理论成绩	总评成
2003112001	肖远	男	经济政法学院	计算机应用基础	80.0	89.0	86.30
2003112002	李传奇	女	经济政法学院	计算机应用基础	85.0	88.5	87.45
2003131101	张太平	男	教育技术系	计算机应用基础	55.0	79.0	71.80
2003131102	蒋艳娟	女	教育技术系	计算机应用基础	90.0	60.0	69.00
2003141002	张文强	男	外国语学院	计算机应用基础	95.0	80.0	84.50
2003112001	肖远	男	经济政法学院	Visual FoxPro 程序设计	89.0	93.0	91.80
2003112002	李传奇	女	经济政法学院	Visual FoxPro 程序设计	59.0	86.0	77.90
2003141002	张文强	男	外国语学院	Visual FoxPro 程序设计	97.0	90.0	92.10
2003131101	张太平	男	教育技术系	C语言程序设计	90.0	78.5	81.95
2003131102	蒋艳娟	女	教育技术系	C语言程序设计	94.0	87.0	89.10

图 3-10 查询结果窗口

3.7 典型试题剖析

本节例题均基于如图 3-11 所示的数据库表。

S(学生)			
SNO	SNAME	SDEP	SAGE
S1	黎明	计算机系	18
S2	陈俊	计算机系	19
S3	罗云	计算机系	18
S4	韦林	数学系	20
S5	王菱	数学系	19
S6	程雯	物理系	21

C(课程)		
CNO	CNAME	PCNO
C1	高等代数	—
C2	线性代数	C1
C3	离散数学	C1
C4	常微分	C1
C5	数据库原理	C3

PCNO 为先修课

SC(学生成绩)		
SNO	CNO	G
S1	C1	
S1	C2	A
S1	C4	B
S2	C2	C
S2	C3	B
S2	C5	B
S3	C4	A
S3	C5	
S4	C1	C
S4	C2	B
S4	C4	B
S5	C2	A
S5	C4	A
S6	C1	B
S6	C2	A

图 3-11 本节例题用数据库表

（1）求选修了课程号为 C4 的学生学号和姓名。

【答案】

```
SELECT SNO,SNAME FROM S WHERE SNO IN;
(SELECT SNO FROM SC WHERE CNO = 'C4')
```

【解析】每个子查询在上一级查询处理之前求解,嵌套查询是由里向外处理的,这样外层查询可以利用内层查询的结果。本例中内层查询的结果为 S1,S3,S4,S5,原查询可等价于:

```
SELECT SNO,SNAME FROM S WHERE SNO IN ('S1', 'S3', 'S4', 'S5')
```

最后得到结果:

SNO	SNAME
S1	黎明
S3	罗云
S4	韦林
S5	王菱

（2）求选修了 C2 课程的学生姓名。

【答案】

```
SELECT SNAME FROM S WHERE EXISTS;
(SELECT * FROM SC WHERE SNO = S.SNO AND CNO = 'C2')
```

【解析】EXISTS 是存在量词。若内层查询结果非空,则外层查询的 WHERE 后面的条件为真,否则为假。一般来说,在 SQL 中 EXIST(SELECT 字段名表 FROM 表名 WHERE 条件)为真,当且仅当 SELECT 语句查询结果非空。

本例和上例的不同点在于本例中内层查询不是只处理一次,因为内层查询还和变量 S. SNO 有关,外层查询中 S 表的不同的行具有不同的 S. SNO 值。

这类嵌套查询的处理过程是:首先找外层查询中 S 表的第一行,根据它的 SNO 值处理内层查询,若结果非空,WHERE 条件为真,就把它的 SN 值去除。然后找 S 表的第 2 行、第 3 行……,重复上述处理过程直到 S 表所有的行均检索过为止。

最后得到结果:

SNAME
黎明
陈俊
韦林
王菱
程雯

(3) 以下关于查询的描述正确的是( )。

A. 不能根据自由表建立查询　　　B. 只能根据自由表建立查询

C. 只能根据数据库表建立查询　　　D. 可以根据数据库表和自由表建立查询

【答案】D

【解析】数据库表和自由表都可以成为查询的源表。

(4) 查询设计器中包括的选项卡有( )。

A. 字段、筛选、排序依据　　　　B. 字段、条件、分组依据

C. 条件、排序依据、分组依据　　　D. 条件、筛选、杂项

【答案】A

【解析】查询设计器中不包括条件选项卡。

3.8　两级测试题

3.8.1　基础测试题

1. 单项选择题

(1) 在 SQL 查询时,使用 WHERE 子句指出的是( )。

A. 查询目标　　　B. 查询结果　　　C. 查询条件　　　D. 查询视图

(2) 下列有关 SQL 的叙述中错误的是( )。

A. SQL 包括了数据定义、数据查询、数据操纵和数据控制等方面的功能

B. SQL 语言能嵌入到程序设计语言中以程序方式使用

C. SQL 语言非常简洁

D. SQL 语言是一种高度过程化的语言

(3) SQL 语言的核心是( )。

A. 数据定义　　　B. 数据查询　　　C. 数据操纵　　　D. 数据控制

（4）SQL 的数据操作语句不包括（　　　）。

A. INSERT　　　　　B. UPDATE　　　C. DELETE　　　D. CHANGE

（5）SQL 语句中条件短语的关键字是（　　　）。

A. WHERE　　　　　B. FOR　　　　　C. WHILE　　　D. CONDITION

（6）SQL 语句中修改表结构的命令是（　　　）。

A. MODIFY TABLE　　　　　　　B. MODIFY STRUCTURE

C. ALTER TABLE　　　　　　　　D. ALTER STRUCTURE

（7）SQL 语句中删除表的命令是（　　　）。

A. DROP TABLE　　　　　　　　B. DELETE TABLE

C. ERASE TABLE　　　　　　　　D. DELETE DBF

（8）SQL 语句中分组汇总的命令是（　　　）。

A. TOTAL　　　　　B. SUM　　　　C. GROUP BY　D. GATHER

（9）下列有关 SELECT 命令的叙述，错误的是（　　　）。

A. SELECT 语句不会更改数据库中的数据

B. 不一定所有的 SELECT 语句都需要 FROM

C. SELECT 命令的作用是查询数据

D. SELECT 命令的返回结果只能是数据表中的列

（10）下列关于 ALL、DISTINCT、TOP n〔PERCENT〕叙述中错误的是（　　　）。

A. 如果不包含任何一个短语，则默认为 ALL

B. DISTINCT 可省略选择字段中包含重复数据的记录

C. TOP n〔PERCENT〕可指定返回特定数目的记录

D. 当查询使用 DISTINCT 时，可以更新其输出

（11）下列叙述中正确的是（　　　）。

A. HAVING 短语只能在使用了 GROUP BY 短语的情况下使用

B. SELECT 字段列表中的字段不一定全部包含在 GROUP BY 子句中

C. ORDER BY 短语的缺省的排列次序是递减排列

D. 如果未指定 WHERE 子句，则查询将不会返回任何记录

（12）下列关于连接的叙述中，错误的是（　　　）。

A. LEFT JOIN 运算可创建一个左边外部连接。左边外部连接将包含从第一个（左边）开始的两个表中的全部记录，即使在第二个（右边）表中并没有相符值的记录

B. RIGHT JOIN 运算可创建一个右边外部连接。右边外部连接将包含从第二个（右边）开始的两个表中的全部记录，即使在第一个（左边）表中并没有匹配值的记录

C. 使用 INNER JOIN 运算创建的查询只包含在连接字段中有相同数据的记录

D. 在 INNER JOIN 之中可以写一个嵌套的 LEFT JOIN 或一个 RIGHT JOIN，并且在一个 LEFT JOIN 或一个 RIGHT JOIN 之中也可以嵌套 INNER JOIN

（13）下列叙述中错误的是（　　　）。

A. 可以在任何组合、单一的 UNION 运算中，合并两个或多个查询、表及 SELECT 语句的结果

B. 所有在一个联合运算中的查询，必须请求相同数目的字段；但是，字段不必大小相

同或数据类型相同

C. TOP 短语要与 ORDER BY 短语同时使用才有效

D. 并运算的结果可以保存在文件中

(14) 下列 SQL 语句的功能是显示出产品名和相应的类名,请完成该语句。

```
SELECT 分类.类名,产品.产品名 FROM(        );
          ON 分类.类标号 = 产品.类标号
```

A. 分类,产品   B. 分类 INNER JOIN 产品

C. 产品 INNER JOIN 分类   D. 分类 FULL JOIN 产品

(15) 下面关于 SELECT 嵌套语句的叙述中,错误的是(   )。

A. 首先应对子查询求值   B. 外部查询依赖于子查询的求值结果

C. 子查询必须被括在圆括号中   D. 子查询的结果会被显示出来

(16) 下列 SQL 语句的功能是向学生信息表中插入一条新记录,请完成该语句。

```
INSERT INTO 学生信息(        )。
```

A. (姓名,性别,学号)('陈明','男','2001102211')

B. VALUE ('陈明','男','2001102211')(姓名,性别,学号)

C. (姓名,性别,学号) VALUE ('陈明','男','2001102211')

D. ('陈明','男','2001102211')(姓名,性别,学号)

(17) 下列命令中不属于数据查询命令的是(   )。

A. INSERT   B. SELECT   C. GROUP BY   D. WHERE

(18) 查询得到的结果可以(   )。

A. 直接输出到打印机   B. 保存在文本文件中

C. 输出到屏幕上   D. 以上均可

(19) 下列关于量词和谓词的叙述中,错误的是(   )。

A. 用 IN 在主查询能检索的记录是:在子查询中的某些记录也包含和它们相同的值

B. EXISTS 谓词可以返回子查询中的结果

C. ANY 或 SOME 谓词是同义字,检索主查询中的记录要满足在子查询中检索的任何记录的比较条件

D. ALL 谓词检索主查询中的记录,应满足在子查询中检索的所有记录的比较条件

(20) 以下关于视图的描述正确的是(   )。

A. 可以根据自由表建立视图   B. 可以根据查询建立视图

C. 可以根据数据库表建立视图   D. 可以根据数据库表和自由表建立视图

(21) 实现多表查询的数据可以是(   )。

A. 远程视图   B. 数据库   C. 数据表   D. 本地视图

(22) 查询设计器与视图设计器的主要区别在于(   )。

A. 查询设计器没有"更新条件"选项卡,有"查询去向"选项

B. 查询设计器有"更新条件"选项卡,没有"查询去向"选项

C. 视图设计器没有"更新条件"选项卡,有"查询去向"选项

D. 视图设计器有"更新条件"选项卡,也有"查询去向"选项

(23) 如果要在屏幕上直接看到查询结果,"查询去向"应该选择(　　　)。

A. 屏幕　　　　　　　　　　　　　B. 屏幕或浏览

C. 临时表或屏幕　　　　　　　　　D. 浏览

(24) 视图不能单独存在,它必须依赖于(　　　)。

A. 视图　　　　　B. 数据库　　　　C. 数据表　　　　D. 查询

(25) 在视图设计器的"添加表和视图"窗口,"其他"按钮的作用是让用户选择(　　　)。

A. 数据库表　　　　　　　　　　　B. 视图

C. 不属数据库的表　　　　　　　　D. 查询

(26) 设有关系 SC(SNO,CNO,GRADE),其中 SNO、CNO 分别表示学号、课程号(两者均为字符型),GRADE 表示成绩(数值型),若要把学号为"S101"的同学,选修课程号为"C11",成绩为 98 分的记录插到表 SC 中,正确的语句是(　　　)。

A. INSERT INTO SC(SNO,CNO,GRADE) valueS('S101','C11','98')

B. INSERT INTO SC(SNO,CNO,GRADE) valueS(S101, C11, 98)

C. INSERT ('S101','C11','98') INTO SC

D. INSERT INTO SC valueS ('S101','C11',98)

(27) 以下有关 SELECT 语句的叙述中错误的是(　　　)。

A. SELECT 语句中可以使用别名

B. SELECT 语句中只能包含表中的列及其构成的表达式

C. SELECT 语句规定了结果集中的顺序

D. 不能缺少 FORM 子句

(28) 在 SQL 语句中,与表达式"年龄 BETWEEN 12 AND 46"功能相同的表达式是(　　　)。

A. 年龄>=12 OR<=46　　　　　　B. 年龄>=12 AND<=46

C. 年龄>=12 OR 年龄<=46　　　　D. 年龄>=12 AND 年龄<=46

(29) 在 SQL 的 SELECT 查询的结果中,消除重复记录的方法是(　　　)。

A. 通过指定主索引实现　　　　　　B. 通过指定唯一索引实现

C. 使用 DISTINCT 短语实现　　　　D. 使用 WHERE 短语实现

(30) 在 Visual FoxPro 中,对于字段值为空值(NULL)叙述正确的是(　　　)。

A. 空值等同于空字符串　　　　　　B. 空值表示字段还没有确定值

C. 不支持字段值为空值　　　　　　D. 空值等同于数值 0

(31) 在 SQL SELECT 语句中为了将查询结果存储到临时表应该使用短语(　　　)。

A. TO CURSOR　　　　　　　　　B. INTO CURSOR

C. INTO DBF　　　　　　　　　　D. TO DBF

(32) 在 SQL 的 ALTER TABLE 语句中,为了增加一个新的字段应该使用短语(　　　)。

A. CREATE　　　　B. APPEND　　　　C. COLUMN　　　　D. ADD

(33) 计算刘明同学选修的所有课程的平均成绩,正确的 SQL 语句是(　　　)。

A. SELECT AVG(成绩) FROM 选课 WHERE 姓名="刘明"

B. SELECT AVG(成绩) FROM 学生,选课 WHERE 姓名="刘明"

C. SELECT AVG(成绩) FROM 学生,选课 WHERE 学生.姓名="刘明"

D. SELECT AVG(成绩) FROM 学生,选课 WHERE 学生.学号＝选课.学号 AND 姓名＝"刘明"

(34) 将学号为 02080110、课程号为 102 的选课记录的成绩改为 92,正确的 SQL 语句是(   )。

A. UPDATE 选课 SET 成绩 WITH 92 WHERE 学号＝"02080110" AND 课程号＝"102"

B. UPDATE 选课 SET 成绩＝92 WHERE 学号＝"02080110" AND 课程号＝"102"

C. UPDATE FROM 选课 SET 成绩 WITH 92 WHERE 学号＝"02080110"AND 课程号＝"102"

D. UPDATE FROM 选课 SET 成绩＝92 WHERE 学号＝"02080110" AND 课程号＝"102"

(35) 设有订单表 order(其中包括字段:订单号,客户号,客户号,职员号,签订日期,金额),删除 2002 年 1 月 1 日以前签订的订单记录,正确的 SQL 命令是(   )。

A. DELETE TABLE order WHERE 签订日期＜{^2002-1-1}

B. DELETE TABLE order WHILE 签订日期＞{^2002-1-1}

C. DELETE FROM order WHERE 签订日期＜{^2002-1-1}

D. DELETE FROM order WHILE 签订日期＞{^2002-1-1}

(36) 关于视图和查询,以下叙述正确的是(   )。

A. 视图和查询都只能在数据库中建立

B. 视图和查询都不能在数据库中建立

C. 视图只能在数据库中建立

D. 查询只能在数据库中建立

(37) 在 SQL SELECT 语句中与 INTO TABLE 等价的短语是(   )。

A. INTO DBF   B. TO TABLE

C. TO FOEM   D. INTO FILE

注意:(38)～(40)题使用如下关系:

客户(客户号,名称,联系人,邮政编码,电话号码)

产品(产品号,名称,规格说明,单价)

订购单(订单号,客户号,订购日期)

订购单名细(订单号,序号,产品号,数量)

(38) 查询单价在 600 元以上的主机板和硬盘的正确命令是(   )。

A. SELECT * FROM 产品 WHERE 单价＞600 AND (名称＝'主机板' AND 名称＝'硬盘')

B. SELECT * FROM 产品 WHERE 单价＞600 AND (名称＝'主机板' OR 名称＝'硬盘')

C. SELECT * FROM 产品 FOR 单价＞600 AND (名称＝'主机板' AND 名称＝'硬盘')

D. SELECT * FROM 产品 FOR 单价＞600 AND (名称＝'主机板' OR 名称＝'硬盘')

(39) 查询客户名称中有"网络"二字的客户信息的正确命令是(　　)。

A. SELECT ＊ FROM 客户 FOR 名称 LIKE "％网络％"

B. SELECT ＊ FROM 客户 FOR 名称 ＝"％网络％"

C. SELECT ＊ FROM 客户 WHERE 名称 ＝"％网络％"

D. SELECT ＊ FROM 客户 WHERE 名称 LIKE "％网络％"

(40) 查询尚未最后确定订购单的有关信息的正确命令是(　　)。

A. SELECT 名称,联系人,电话号码,订单号 FROM 客户,订购单;

　　WHERE 客户.客户号＝订购单.客户号 AND 订购日期 IS NULL

B. SELECT 名称,联系人,电话号码,订单号 FROM 客户,订购单;

　　WHERE 客户.客户号＝订购单.客户号 AND 订购日期 ＝ NULL

C. SELECT 名称,联系人,电话号码,订单号 FROM 客户,订购单;

　　FOR 客户.客户号＝订购单.客户号 AND 订购日期 IS NULL

D. SELECT 名称,联系人,电话号码,订单号 FROM 客户,订购单;

　　FOR 客户.客户号＝订购单.客户号 AND 订购日期 ＝ NULL

(41) 查询订购单的数量和所有订购单平均金额的正确命令是(　　)。

A. SELECT COUNT(DISTINCT 订单号),AVG(数量＊单价);

　　FROM 产品 JOIN 订购单名细 ON 产品.产品号＝订购单名细.产品号

B. SELECT COUNT(订单号),AVG(数量＊单价);

　　FROM 产品 JOIN 订购单名细 ON 产品.产品号＝订购单名细.产品号

C. SELECT COUNT(DISTINCT 订单号),AVG(数量＊单价);

　　FROM 产品,订购单名细 ON 产品.产品号＝订购单名细.产品号

D. SELECT COUNT(订单号),AVG(数量＊单价);

　　FROM 产品,订购单名细 ON 产品.产品号＝订购单名细.产品号

(42) 假设客户表中有客户号(关键字)C1～C10 共 10 条客户记录,订购单表有订单号(关键字)OR1～OR8 共 8 条订购单记录,并且订购单表参照客户表。如下命令可以正确执行的是(　　)。

A. INSERT INTO 订购单 VALUES('OR5','C5',{^2008/10/10})

B. INSERT INTO 订购单 VALUES('OR5','C11',{^2008/10/10})

C. INSERT INTO 订购单 VALUES('OR9','C11',{^2008/10/10})

D. INSERT INTO 订购单 VALUES('OR9','C5',{^2008/10/10})

2. 填空题

(1) 完成以下 SQL 语句,使其可选择工资超过"￥21 000"的所有雇员。

SELECT 姓名,工资 FROM 工人信息 _____。

(2) 有如下 SQL 语句:

SELECT 读者.姓名,读者.职称,图书.书名,借阅.借书日期;

FROM 图书管理! 读者,图书管理! 借阅,图书管理! 图书;

WHERE 借阅.借书证号 ＝ 读者.借书证号 AND 图书.总编号 ＝ 借阅.总编号

其中 WHERE 子句中的"借阅.借书证号 ＝ 读者.借书证号"对应的关系操作

是_____。

（3）如果要在藏书中查询"高等教育出版社"和"科学出版社"的图书，请对下面的 SQL 语句填空。

SELECT 书名,作者,出版单位 FROM 图书管理！图书；
WHERE 出版单位_____

（4）如果要查询所藏图书中，各个出版社的图书最高单价、平均单价和册数，请对下面的 SQL 语句填空。

SELECT 出版单位,MAX(单价),_____,_____；
FROM 图书管理！图书_____出版单位

（5）如果要查询借阅了两本和两本以上图书的读者姓名和单位，请对下面的 SQL 语句填空。

SELECT 姓名,单位 FROM 图书管理！读者；
（SELECT _____ FROM 图书管理！借阅；
CROUP BY 借书证号_____ COUNT(*)＞＝2)

3.8.2 综合测试题

（1）如下的"客户服务"数据库中，包含订购表、客户表和货物表，按照要求完成以下查询操作。客户服务数据库表见图 3-12。

订购

客户 ID	订购日期	货物 ID	数量
10101	09-01-2001	1015	5
10315	09-18-2001	1015	2
10329	10-28-2001	1017	1
10315	11-01-2001	1029	6
10315	11-02-2001	1017	4
10101	12-15-2001	1028	8
10101	12-22-2001	1017	3
10330	06-01-2002	1001	4
10330	06-18-2002	1029	3
10329	06-30-2002	1029	2
10101	07-08-2002	1008	2
10330	07-19-2002	1028	3
10101	08-13-2002	1001	1
10315	08-14-2002	1008	3
10101	08-18-2002	1009	1

客户

客户 ID	姓名	城市
10101	黎明	北京
10299	陈俊	广州
10315	罗云	广州
10325	韦林	上海
10329	王菱	深圳
10330	柳琴	上海

货物

货物 ID	货物名	单价
1001	睡袋	568.00
1008	充气垫	898.00
1009	帐篷	768.00
1015	罗盘	26.00
1017	军刀	58.00
1028	手套	38.00
1029	雪靴	298.00

图 3-12　客户服务数据库表

① 求在 2002 年 8 月份已售货物的销售总数。

② 求在 2001 年订购了货物的客户的信息。

③ 求每个货物 ID 及购买该货物数量最多的客户的 ID。

④ 求购买了货物的客户信息。

⑤ 在货物表中增加售出量字段(N/3/0)，并汇总货物的售出总数。

（2）在学生管理数据库中,完成以下查询操作。

① 求选修 C1 课程的学生学号和得分,结果按分数降序排列。

② 求年龄在 20 岁与 22 岁之间(包括 20 岁和 22 岁)的学生学号和年龄。

③ 求下列各系的学生:计算机系、数学系。

④ 求缺少学习成绩的学生学号和课程号。

⑤ 求选修 C1 课程且成绩为 B 以上的学生及成绩。

⑥ 求每一课程的间接先行课(即先行课的先行课)。

⑦ 求没有选修 C3 课程的学生姓名。

⑧ 求计算机系的学生以及年龄小于 18 岁的学生。

⑨ 求课程号及选修该课程的学生人数。

⑩ 求选修课程超过 3 门的学生学号。

（3）以"订货管理"和"学生管理"数据库中的表为基础,完成以下操作。

① 利用查询设计器建立一个含有仓库号、职工号、姓名、年工资信息的查询,要求按照仓库号升序排列,仓库号相同,按职工号降序排列。

② 在学生管理数据库中,建立一个有姓名、学号和平均成绩的视图文件。用视图设计器和 SQL 定义语句分别完成。

第4章 结构化程序设计

4.1 知 识 要 点

4.1.1 基本内容

结构化程序设计通常采用自顶向下、逐步求精和模块化的分析方法。

在编制一个较复杂的程序时，大致可分为5个步骤：

① 审题；

② 划分处理模块；

③ 数据库结构的设计；

④ 画流程图；

⑤ 编写程序。

（1）在结构化程序设计中，把所有程序的逻辑结构归纳为3种：顺序结构、选择结构（也叫分支结构）和循环结构。对应这三种结构，Visual FoxPro的语句分为三大类型：

① 顺序语句：包括程序文件中的各种辅助命令，赋值语句和各种输入输出语句。

② 分支语句：IF分支语句和DO CASE分支语句。

③ 循环语句：DO WHILE循环，FOR循环和SCAN循环语句。

（2）Visual FoxPro程序模块化可以由子程序或过程或函数的方式实现。

4.1.2 重点与难点

1. 程序文件中的辅助命令

（1）程序注释命令，格式如下：

NOTE| * ［注释］
&& ［注释］

（2）清屏命令，格式如下：

CLEAR

（3）置会话状态命令，格式如下：

SET TALK ON|OFF

（4）置打印状态命令，格式如下：

SET PRINT ON|OFF

（5）置屏幕状态命令，格式如下：

`SET CONSOLE ON|OFF`

（6）置默认驱动器和目录命令，格式如下：

`SET DEFAULT TO [盘符:][路径]`

2．交互式输入命令

（1）字符串接收命令，格式如下：

`ACCEPT [<提示信息>] TO <内存变量>`

（2）任意数据输入命令，格式如下：

`INPUT [<提示信息>] TO <内存变量>`

（3）单个字符接收命令，格式如下：

`WAIT [<提示信息>][TO <内存变量>][WINDOW [NOWAIT]][TIMEOUT <数值表达式>]`

（4）三种键盘输入命令的比较。

WAIT、ACCEPT 和 INPUT 三种键盘输入命令的异同点见表 4-1。

表 4-1　键盘输入命令对照表

命　　令	提 示 信 息	内 存 变 量	数 据 类 型	是 否 回 车
WAIT	原有	可选	单个字符	否
ACCEPT	可选	必须有	多个字符	是
INPUT	可选	必须有	C、N、D、L	是

3．格式输入/输出命令

（1）格式输出命令，格式如下：

`@<行,列> SAY <表达式>`

（2）格式输入命令，格式如下：

`@<行，列> SAY [<表达式>] GET <变量>`
`READ`

4．分支结构程序设计

（1）IF 分支语句，语句格式如下：

```
IF <条件>
    <命令序列 1>
  [ ELSE
        <命令序列 2>]
ENDIF
```

功能：若条件为真，执行命令序列 1 后，执行 ENDIF 的后继命令；否则如果有 ELSE 子句，则执行命令序列 2 后，执行 ENDIF 的后继命令，如果无 ELSE 子句，则直接转到 ENDIF 之后的语句。其工作方式见图 4-1。

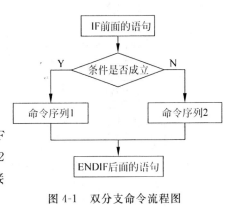

图 4-1　双分支命令流程图

（2）DO CASE 多分支结构，语句格式如下：

```
DO CASE
    CASE <条件 1>
        <命令序列 1>
    CASE <条件 2>
        <命令序列 2>
    ⋮
    CASE <条件 n>
        <命令序列 n>
    [OTHERWISE
        <命令序列 n+1>]
ENDCASE
```

功能：在可供选择的多条路径中选择一条执行，其执行方式如图 4-2 所示。

5. 循环结构程序设计

（1）DO WHILE 循环，语句格式如下：

```
DO WHILE <条件>
    <命令组>
    [EXIT]
    ⋮
    [LOOP]
    ⋮
ENDDO
```

功能：当条件满足时，反复执行 DO WHILE 和 ENDDO 之间的语句。其执行过程如图 4-3 所示。

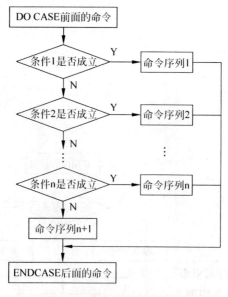

图 4-2　多分支命令流程图

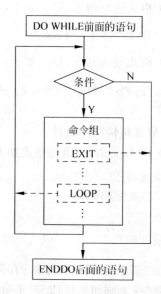

图 4-3　DO WHILE 循环执行流程

（2）FOR 循环语句格式如下：

```
FOR ＜循环变量＞ = ＜初值＞ TO ＜终值＞［STEP ＜步长值＞］
    ＜命令组＞
    ［EXIT］
      ⋮
    ［LOOP］
      ⋮
ENDFOR|NEXT
```

功能：重复执行若干次循环体。

执行过程：

① 计算初值、终值和步长值，并将初值赋给循环变量。

② 将循环变量的值与终值比较，如果循环变量的值不在初值与终值范围内，则跳出循环体，转到 ENDFOR（或 NEXT）后面的语句；否则执行 FOR 与 ENDFOR 之间的命令。

③ 遇到 ENDFOR（或 NEXT）时，循环变量按步长值增加或减小，再转到第②步。

图 4-4 给出了 FOR 循环的执行流程。

（3）SCAN 循环语句格式如下：

```
SCAN ［＜范围＞］［FOR ＜条件＞］［WHILE ＜条件＞］
    ＜命令组＞
    ［EXIT］
      ⋮
    ［LOOP］
      ⋮
ENDSCAN
```

功能：在表中指定范围内，依次对满足条件的记录执行相应的操作。

执行过程：遇到 SCAN 语句时，系统在范围内顺序查找第一条满足条件的记录，找到后，即执行循环体，然后自动将指针移到下一条满足条件的记录，再执行循环体……搜索完范围内最后一条记录后，SCAN 语句执行完毕。

图 4-5 给出了 SCAN 循环的执行流程。

（4）三种循环的比较。

适用范围：FOR 循环通常用于运行次数已知的情况，FOR 循环称为固定次数循环；若无法告知运行的次数，则常使用 DO WHILE 循环，因此 DO WHILE 循环又叫做条件式循环；SCAN 循环是专为数据库操作而设计的，又叫做数据库扫描循环；DO WHILE 可以完全实现 FOR 循环和 SCAN 循环的功能。

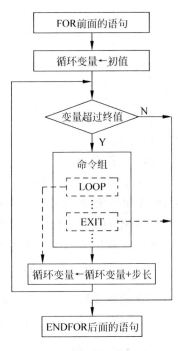

图 4-4　FOR 循环执行流程

💣 提示：SCAN 循环执行完一次循环体是自动将指针指向表中的下一条记录，而使用 FOR 循环或 DO WHILE 循环查询表，必须使用指针定位命令才能移动指针（如 SKIP）。

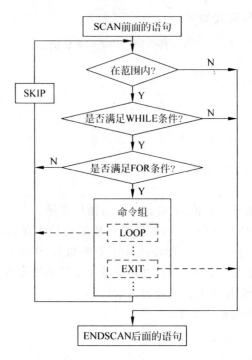

图 4-5　SCAN 循环执行流程

6. 程序的模块化

1）子程序

（1）子程序的建立。

子程序的结构与一般的程序文件一样，而且也可以用 MODIFY COMMAND 命令来建立、修改和存盘，扩展名也默认为 . PRG。

子程序和其他程序文件的唯一区别是其末尾或返回处必须有返回语句。

（2）子程序的调用。格式如下：

DO ＜程序文件名＞|＜过程名＞［WITH ＜参数表＞］

（3）返回主程序语句。格式如下：

RETURN［TO MASTER|TO ＜程序名＞］

2）自定义函数

（1）自定义函数的结构，格式如下：

［FUNCTION ＜函数名＞］
［PARAMETERS ＜参数表＞］
＜命令组＞
RETURN［＜表达式＞］

（2）自定义函数的调用，格式如下：

＜函数名＞（＜自变量表＞）

3）过程及过程文件

（1）过程。其结构一般如下：

```
PROCEDURE <过程名>
[PARAMETER <参数表>]
      <命令序列>
RETURN [TO MASTER| TO <过程名>]
```

（2）过程文件。将多个过程放在一个文件中，这个文件就叫过程文件。

```
PROCEDURE <过程名 1>
      <命令序列 1>
RETURN
PROCEDUBE <过程名 2>
      <命令序列 2>
RETURN
      …
```

（3）过程文件的打开与关闭。过程文件的打开格式如下：

```
SET PROCEDURE TO <过程文件名>
```

关闭过程文件可以使用下列两条命令：

```
SET PROCEDURE TO
CLOSE PROCEDURE
```

（4）过程的调用。格式如下：

```
DO <过程名> [WITH <参数表>]
```

7. 内存变量的作用域

1）全局内存变量

全局内存变量是指在上、下各级程序中都有效的内存变量。若欲清除这种变量，必须用RELEASE命令。定义全局变量需用下面的命令。

（1）格式 1：

```
PUBLIC <内存变量表>|ALL|ALL LINK <通配符>|ALL EXCEPT <通配符>
```

（2）格式 2：

```
PUBLIC [ARRAY] <数组名>(<下标上界 1>[,<下标上界 2>])[,<数组名>(<下标上界 1>
[,<下标上界 2>]),…]
```

定义后尚未赋值的全局变量其值为逻辑值.F.。

2）局部内存变量

局部内存变量只能在定义它的程序及其下级程序中使用，一旦定义它的程序运行结束，它便自动被清除。

程序中未作声明的变量均是局部变量。

3）隐藏内存变量

命令格式：

PRIVATE ＜内存变量表＞|ALL|ALL LIKE ＜通配符＞|ALL EXCEPT ＜通配符＞

4.2 实训项目一：程序控制结构

4.2.1 实训目的与要求

- 掌握建立、修改和运行程序的方法。
- 基本掌握程序设计中的一些命令的用法。
- 熟练掌握基本控制结构中选择结构的使用方法。
- 熟练掌握基本控制结构中循环结构的使用方法。
- 体会程序设计的思想。

4.2.2 实训内容与操作步骤

（1）建立程序文件 JJ.prg，显示所有男生的信息。

命令方式如下：

```
MODIFY COMMAND JJ
```

或者

```
MODIFY FILE JJ.PRG
```

菜单方式的操作步骤：选择"文件"|"新建"|"程序"命令，单击"新建文件"按钮，如图 4-6 所示，在打开的程序编辑窗口中输入命令序列。

图 4-6 程序编辑窗口和命令窗口

结束文件编辑有两种方法：方法一是存盘退出，按组合键 Ctrl＋W 或单击编辑窗口的关闭按钮，或在系统菜单"文件"中选择"保存"；另一方法是不存盘退出，按 Esc 键。

Visual FoxPro 程序的执行有命令方式和菜单方式两种。

命令方式执行时在命令窗口中输入：

```
DO JJ.PRG
```

.PRG 可以不输入。

菜单方式的操作步骤如下：

① 选择"程序"|"运行"命令，出现对话框。

② 在"执行文件"的文件名输入框中直接输入 JJ.PRG，或在文件列表中单击所需命令文件名 JJ.PRG，单击"运行"按钮。

执行程序文件时，将依次执行文件中的命令，直到所有命令执行完毕，或者执行以下命令：

- CANCEL：终止程序的运行，清除所有的私有变量，返回命令窗口。
- RETRUN：结束本程序的运行，返回调用它的上级程序，若无上级程序则返回命令窗口。
- QUIT：结束程序运行并退出 Visual FoxPro 系统，返回操作系统。

（2）编写一程序 PROG4-1.PRG，其功能是根据用户从键盘输入的成绩，给出相应的等级，标准如下：

60 分以下	不及格
60～75	合格
75～85	良好
85～100	优秀

```
* 参考程序：PROG4－1.PRG
&& 方法一
CLEAR
INPUT "请输入学生的成绩：" TO CJ
DO CASE
    CASE   CJ<60
            ?"不及格"
    CASE   CJ<75
            ?"合格"
    CASE   CJ<85
            ?"良好"
    CASE   CJ<=100
            ?"优秀"
    OTHERWISE
            ?"分数超过100分了!"
ENDCASE
```

```
&& 方法二
CLEAR
INPUT "请输入学生的成绩：" TO CJ
IF CJ<75
    IF CJ<60
        ?"不及格"
    ELSE
        ?"合格"
    ENDIF
ELSE
    IF CJ<85
        ?"良好"
    ELSE
        IF CJ<=100
            ?"优秀"
        ELSE
            ?"分数超过100分了!"
        ENDIF
    ENDIF
ENDIF
```

（3）编写程序 PROG4-2.PRG 计算：$S=1+3+5+\cdots+99$。

```
* 参考程序：PROG4－2.PRG
* 方法一
CLEAR
S = 0
I = 1
```

```
* 方法二
CLEAR
S = 0
```

```
DO WHILE I< = 99                      FOR I = 1 TO 99 STEP 2
   S = S + I                             S = S + I
   I = I + 2                          ENDFOR
ENDDO                                 ?"1 + 3 + … + 99 = " + ALLTRIM(STR(S))
?"1 + 3 + … + 99 = " + ALLTRIM(STR(S))
```

（4）水仙花数是指一个三位数，其各位数字的立方和等于该数本身（如 $153 = 1^3 + 5^3 + 3^3$），求所有的水仙花数。

```
* 参考程序：PROG4 - 3.PRG
CLEAR
FOR I = 100 TO 999
    A = I % 10
    B = INT(I % 100/10)
    C = INT(I/100)
    IF I == A^3 + B^3 + C^3
        ?I
    ENDIF
ENDFOR
RETURN
```

FOR 循环又称为固定次数循环，在循环次数已知的情况下使用它最为方便。若循环次数未知，则最好使用 DO WHILE 循环，因而 DO WHILE 循环也称为条件式循环。

（5）编写程序 PROG4-4.PRG 计算：$K = 1! + 2! + … + 10!$

```
* 参考程序：PROG4 - 4.PRG          NOTE 方法二
NOTE 方法一                        S = 0
S = 0                             M = 1
I = 1                             I = 1
DO WHILE I< = 10                  DO WHILE I< = 10
   M = 1                             M = M * I
   FOR J = 1 TO I                    S = S + M
       M = M * J                     I = I + 1
   ENDFOR                         ENDDO
   S = S + M                      ?"1! + 2! + … + 10!
    I = I + 1                      = " + ALLTRIM(STR(S))
ENDDO
?"1! + 2! + … + 10!
 = " + ALLTRIM(STR(S))
```

（6）求 2～1000 中所有的素数。

数学算法：如果 N 不能被 $2 \sim \sqrt{N}$ 之间的任何整数整除，则 N 是素数。

```
* 参考程序：PROG4 - 5.PRG
FOR N = 2 TO 1000
    FLAG = .T.              && 假设该数为素数，FLAG 标志为.T.
    K = INT(SQRT(N))
    J = 2
    DO WHILE J< = K AND FLAG
        IF N % J = 0
            FLAG = .F.      && 2～K 之间的任何整数整除 N，则 N 不是素数
```

```
        ENDIF
       J = J + 1
    ENDDO
    IF FLAG
         ?N
    ENDIF
ENDFOR
```

（7）对学生表，分别统计少数民族男、女学生的人数。

① 方法一：用 SQL 语句实现：

```
SELECT COUNT( ＊ ) AS 少数民族男生人数 FROM 学生;
WHERE 少数民族否 = .T. AND 性别 = '男'
SELECT COUNT( ＊ ) AS 少数民族女生人数 FROM 学生;
WHERE 少数民族否 = .T. AND 性别 = '女'
```

② 方法二：编程实现

```
＊参考程序：PROG4 – 6.PRG
CLEAR
STORE 0 TO x,y
USE 学生
SCAN FOR 少数民族否
    IF 性别 = "男"
        x = x + 1
    ELSE
        y = y + 1
    ENDIF
ENDSCAN
?"少数民族男生有:" + STR(x,2) + "人"
?"少数民族女生有:" + STR(y,2) + "人"
USE
RETURN
```

（8）编写一个程序 PROG4-7.PRG 实现功能：首先复制"成绩.DBF"表备份为"成绩备份.DBF"，然后在"成绩备份.DBF"表中添加一字段：等级 C(6)，然后根据公式：上机成绩＊0.3＋理论成绩＊0.7＝总评成绩，对每个学生总评成绩按照第一题中的标准填写"等级"字段。

① 方法一：用 SQL 语句实现

```
SELECT   ＊   FROM   成绩 INTO   DBF 成绩备份
ALTER TABLE 成绩备份   ADD COLUMN 等级 C(6)
UPDATE 成绩备份 SET 等级 = "不及格" WHERE 上机成绩＊0.3＋理论成绩＊0.7＜60
UPDATE 成绩备份 SET 等级 = "合格" WHERE 上机成绩＊0.3＋理论成绩＊0.7＞ = 60 AND 上机成绩＊
0.3＋理论成绩＊0.7＜75
UPDATE 成绩备份 SET 等级 = "良好" WHERE 上机成绩＊0.3＋理论成绩＊0.7＞ = 75 AND 上机成绩＊
0.3＋理论成绩＊0.7＜85
UPDATE 成绩备份 SET 等级 = "优秀" WHERE 上机成绩＊0.3＋理论成绩＊0.7＞ = 85 AND 上机成绩＊
0.3＋理论成绩＊0.7＜ = 100
```

② 方法二：编程实现

```
＊参考程序：PROG4 – 7.PRG
USE 成绩
```

```
COPY TO 成绩备份 && 复制"成绩"表到"成绩备份"表
ALTER TABLE 成绩备份 ADD 等级 C(6) && ALTER - SQL 添加"等级"字段
USE 成绩备份
DO WHILE NOT EOF()
    CJ = 上机成绩 * 0.3 + 理论成绩 * 0.7
        DO CASE
        CASE   CJ<60
            REPLACE   等级 WITH"不及格"
        CASE   CJ<75
            REPLACE   等级 WITH "合格"
        CASE   CJ<85
            REPLACE   等级 WITH "良好"
        CASE   CJ< = 100
            REPLACE   等级 WITH"优秀"
    ENDCASE
    SKIP
ENDDO
BROWSE
USE
```

(9) 某集团公司下属 6 个分公司,各分公司均已建立了各自的人事档案表,表结构相同,表文件名分别为 rsda1. dbf,rsda2. dbf,…,rsda6. dbf。现要求统计各公司会计师、经济师和其他人员的人数。

① 方法一:用 SQL 语句实现,每一公司写法类似,以第一、二分公司为例

```
SELECT COUNT( * ) AS 第 1 分公司会计师人数 FROM RSDA1 WHERE 职称 = "会计师"
SELECT COUNT( * ) AS 第 2 分公司会计师人数 FROM RSDA2 WHERE 职称 = "会计师"
SELECT COUNT( * ) AS 第 1 分公司经济师人数 FROM RSDA1 WHERE 职称 = "经济师"
SELECT COUNT( * ) AS 第 2 分公司经济师人数 FROM RSDA2 WHERE 职称 = "经济师"
SELECT COUNT( * ) AS 第 1 分公司其他人员人数 FROM RSDA1;
   WHERE 职称<>"会计师" AND 职称<>"经济师"
SELECT COUNT( * ) AS 第 2 分公司其他人员人数 FROM RSDA2;
   WHERE 职称<>"会计师" AND 职称<>"经济师"
```

② 方法二:编程实现

```
* 参考程序: PROG4 - 8.PRG
SET TALK OFF
FOR k = 1 TO 6
    db = "rsda" + STR(K,1)
    USE &db
    STORE 0 TO x,y,z
    SCAN
        DO CASE
            CASE 职称 = "会计师"
                x = x + 1
            CASE 职称 = "经济师"
                y = y + 1
            OTHERWISE
                z = z + 1
        ENDCASE
```

```
ENDSCAN
?"第" + STR(K,1) + "分公司会计师有：" + LTRIM(STR(X)) + "名"
?"第" + STR(K,1) + "分公司经济师有：" + LTRIM(STR(Y)) + "名"
?"第" + STR(K,1) + "分公司其他人员有：" + LTRIM(STR(Z)) + "名"
ENDFOR
SET TALK ON
RETURN
```

4.3 实训项目二：模块化程序设计

4.3.1 实训目的与要求

- 了解模块化程序设计的思想。
- 掌握子程序、自定义函数以及过程的编写方法。
- 掌握子程序调用的方法。
- 掌握变量的作用域的问题。
- 了解子程序调用参数的传递，特别是变量作为参数传递的规则。

4.3.2 实训内容与操作步骤

（1）用自定义函数或子程序的方法编写程序 PROG4-10 实现：输入梯形的上底长、下底长和高，求梯形的面积。

参考程序：

```
* PROG4 - 9 - 1
* 自定义函数的方式
&&MAIN
CLEAR
STORE 0 TO L1,L2,H && 赋初值
@5,10 SAY    "请输入梯形的上底:"GET  L1
@6,10 SAY    "请输入梯形的下底:" GET  L2
@7,10 SAY    "请输入梯形的高:"GET  H
READ
MJ = AREA(L1,L2,H)
@9,10 SAY "梯形的面积为：:" + STR(MJ)
CANCEL
FUNCTION AREA
PARA X,Y,Z  && 接收参数
A = (X + Y) * Z/2 && 梯形面积公式
RETURN A
```

```
* PROG4 - 9 - 2
* 定义子程序的方式
&&MAIN
CLEAR
INPUT    "梯形的上底:"  TO  L1
INPUT    "梯形的下底:"  TO  L2
INPUT    "梯形的高:"  TO  H
MJ = 0
DO AREA WITH L1,L2,H
? "梯形的面积为：:" + STR(MJ)
CANCEL
PROCEDURE AREA
PARA X,Y,Z  && 接收参数
MJ = (X + Y) * Z/2 && 梯形面积公式
RETURN
```

（2）读下面的关于变量作用域问题的程序 PROG4-10，分析程序并写出运行结果，然后上机执行观察结果，理解其中的缘由。

```
* 主程序
CLEAR
SET TALK OFF
PUBLIC  X1,X12,XYZ
```

```
STORE  5  TO  X1,X12,XYZ,A
DO  SUB1
?"X1 = ",X1,"X12 = ", X12,"XYZ = ",XYZ,"A = ",A
    CANCEL
SET TALK ON
* 子程序 SUB1.PRG
    PRIVATE  ALL  LIKE  X1 *
    STORE  0  TO  X1,X12,XYZ
    X1 = X1 + 1
    X12 = X12 + 1
    XYZ = XYZ + 1
    ? "X1 = ",X1,"X12 = ",X12,"XYZ = ",XYZ,"A = ",A
    WAIT
    DO SUB2
    RETURN
* 子程序 SUB2.PRG
    X1 = X1 + 1
    X12 = X12 + 1
    XYZ = XYZ + 1
RETURN
```

（3）读下面的关于参数传递问题的程序，分析程序并写出运行结果，然后上机执行观察结果，思考为什么第一次求面积的长和宽要在调用 QMJ 的过程前输出，而第二次求面积的长和宽却可以在调用 QMJ 的过程后输出。

```
* PROG4 - 11.PRG                    * QMJ.PRG
CLEAR                               PARAMETERS X,Y,A
L = 8                              A = X * Y
W = 10                             X = X + 8
面积 = 0                            Y = Y + 10
?"矩形的长为：",L                   RETURN
?"矩形的宽为：",W
DO QMJ WITH  L,W,面积
?"矩形的面积为：",面积
DO QMJ WITH  (L),(W),面积
?"矩形的长为：",L
?"矩形的宽为：",W
?"矩形的面积为：",面积
CANCEL
```

（4）定义一个判断 *n* 是否素数的函数，然后调用该函数求 2～1000 内的全部素数。

参考程序：

```
* PRIME.PRG   判断 n 是否素数的函数
PARAMETERS n
flag = .T.
k = INT(SQRT(n))
j = 2
DO WHILE j< = k .AND. flag
```

```
        IF n % j = 0
               flag = .F.
        ENDIF
        j = j + 1
    ENDDO
    RETURN flag
    * 4 - 12.PRG   调用 PRIME 函数求 2～1000 内所有的素数
    FOR I = 2 TO 1000
        IF PRIME(I)
             ? I
        ENDIF
    ENDFOR
    RETURN
```

4.4   典型例题剖析

(1) 执行如下程序段：

```
ya = 100
yb = 200
yab = 300
a = "a"
m = "y&a"
? &m
```

最后一条命令的显示值是(   )。

A. 100   B. 200   C. 300   D. Y&M

【答案】A

【分析】用 y&a 代换 ya 的值,ya=100,所以"y&n"代换后为 100。

(2) 执行如下程序段：

```
@ 5,10 SAY "请输入 1 - 4" GET ans
READ
cx = "PG" + ans + ".PRG"
DO &cx
```

其功能是根据用户输入的数字,转去执行子程序 PG1、PG2、PG3、PG4 之一,但此程序段有一个明显的错误,为此应当(   )。

A. 增加 STORE "" TO ans 作为第一条命令

B. 把@ 5,10 SAY "请输入 1-4" GET ans 命令改为：ACCEPT "请输入 1-4" TO ans

C. 把 cx="PG"＋ans＋".PRG"命令中的"＋".PRG""部分去掉

D. 把 DO &cx 命令中的 & 去掉

【答案】A

【分析】在 Visual FoxPro 命令中使用@GET 命令取得变量值,变量必须有初值,否则将报错,此题中可用赋值语句先为变量 ans 赋值,因此应选择 A。

(3) 有下列两个程序,主程序是 MAIN. PRG,子程序是 SUBPRO. PRG,执行主程序后,屏幕第 5 行显示信息为(   ),屏幕第 6 行显示信息为(   )。

```
* MAIN. PRG
   SET TALK OFF
   CLEAR
 p = 100
 q = 100
 DO SUBPRO WITH p
 @6,6 SAY"q = " + STR(q,3)
 CANCEL
* SUBPRO. PRG
   PARAMETERS q
   q = 200
   @5,6 SAY "q = " + STR(q,3)
   RETURN
```

【答案】q＝200；q＝100

【分析】调用 SUBPRO 子程序时，原 p 和 q 变量在此时被隐藏(hidden)，在子程序中的 q 的变量值返回到主程序的变量 p 中。在子程序中显示 q 的值是 200，返回主程序时，q 的值将自动恢复为 100，而此时 p 的值为 200。

（4）有程序段如下：

```
STORE 0 TO x,y
DO WHILE .T.
    x = x + 1
    y = y + x
  IF x> = 100
       EXIT
      ENDIF
ENDDO
? "y = " + STR(y,3)
```

【答案】从 1 到 100 的累加和；y＝ ***

【分析】STR 函数在进行数值转换时，如给出的保留宽度小于数值的整数位时，系统将发生"溢出"的错误，并将转换后的数据用" * "按保留的宽度代替。

程序用于计算从 1 到 100 之间的累加和，结果应该是 5050，但? 命令后的 STR 对 y 变量值转换时，只给出 3 位宽，不足以转换四位整数的 5050。

（5）数据表文件 KS. DBF 中有成绩字段。有如下程序段

```
USE KS
mx = 0
DO WHILE .NOT. EOF( )
    mx = MAX(成绩,mx)
ENDDO
? mx
RETURN
```

执行以上程序后,? 命令显示的数据是(   )。

【答案】考试成绩最高分

【分析】此题中每次 DO WHILE 循环时都将成绩 mx 中的最大值赋值给 mx,所以可知 mx 用于存储考试成绩的最高分。

此题如果用 SQL 语句,相对简单得多:

```
SELE MAX(成绩) AS MX FROM KS
? MX
```

（6）如何建立 Visual FoxPro 程序？怎样执行？

【答案】建立程序可以通过在命令窗口中执行 MODIFY COMMAND ＜程序文件名＞命令打开程序编辑窗口,然后在程序编辑窗口中编写程序代码。或者在项目管理器中选择"代码"选项卡中的程序,然后单击"新建"按钮,进入到程序编辑窗口中编写程序代码,程序编写完成后可用 Ctrl＋W 键保存。

执行程序可以在命令窗口中执行 DO ＜程序文件名＞,或在项目管理器中选择代码选项卡,在程序中选择所要执行的程序,然后单击"运行"按钮。

（7）过程化程序设计的 3 种基本结构是什么？各有何特点？有哪 3 种循环结构？其适用对象分别是什么？

【答案】过程化程序设计的 3 种基本结构是:顺序结构、分支结构、循环结构。

顺序结构中的语句序列是从上向下逐条执行的。

分支结构中的语句序列是有条件地被执行。即在 IF…ELSE…ENDIF 结构中,当条件为真时执行 IF 和 ELSE 之间的语句序列,若没有 ELSE 子句,则执行 IF 和 ENDIF 之间的语句;若条件为假,则执行 ELSE 和 ENDIF 之间的语句,若没有 ELSE 语句,则不执行条件中的语句。对于 DO CASE…ENDCASE 结构,执行第一个 CASE 条件为真的语句序列,若没有一个 CASE 满足条件,则执行 OTHERWISE 后面的语句序列,若没有 OTHERWISE 子句,则不执行条件中的语句。

循环结构是有条件的重复执行循环体中的语句序列。

循环结构有基于条件的循环（DO WHILE…ENDDO）、基于计数器的循环（FOR…ENDFOR）、基于表的循环（SCAN…ENDSCAN）。

（8）试比较 3 种交互式输入语句的优缺点。

【答案】INPUT 语句与 ACCEPT 语句的区别是:ACCEPT 语句只能接受字符串,而 INPUT 语句可以接受任意类型的 Visual FoxPro 表达式;如果输入字符串,ACCEPT 语句不需要使用字符型定界符,而 INPUT 语句必须用定界符定界。WAIT 语句只能接受一个字符,而且不用按 Enter 键。

对于需要输入字符串的,使用 ACCEPT 语句比使用 INPUT 要好,若只接受单个字符,则使用 WAIT 比使用 ACCEPT 好,但对于输入不是字符串的,则只能使用 INPUT 语句。

（9）当执行下面程序后,屏幕上显示出的数据依次是（   ）。

```
SET TALK OFF
N = 546.7562
@2,10 SAY N PICTURE "999.9"
@3,10 SAY N PICTURE "999.999"
@4,10 SAY N PICTURE "$999.9"
RETURN
```

A. 546.8、546.756、$546.8   B. 546.7、546.756、－546.8

C. 546.8、546.756、＋546.8   D. 546.7、546.756、$546.7

【答案】 D

【分析】 在 PICTURE 子句中使用模式符"9",表示它所在位置上的字符型数据只能为数字,数值型数据可含有数字与正负号,连续使用模式符"9"的个数表示了数据的显示宽度,通过此模式符的控制,在执行第 1 个@…SAY 命令时,显示:546.7;在执行第 2 个@…SAY 命令时,显示 546.756;在执行第 3 个@…SAY 命令时,$ 表示在数值型数据之前加 $,因此显示:$546.7。

(10) 下面程序运行结果为(　　　)。

```
STORE 0 TO i,s
DO WHILE .T.
   i = i + 2
   s = s + i
   IF i> = 16
       EXIT
   ENDIF
ENDDO
? 's = ' + STR(s,3)
```

【答案】 s=72

【分析】 i 的初值为 0,每循环一次,i 的值增加 2,当 i>=16 时退出循环程序,s 用于累加 i 的值,本题中当 i=16 时退出循环体,所以 s=2+4+6+8+10+12+14+16=72。

(11) 编程实现以下功能。

某工厂有 8 个车间,分别设有表 P1,P2,…,P8,它们具有相同的表结构:工号(C,5),姓名(C,8),工资(N,7,2),…,下面程序的功能是计算:

① 全厂工资在 1000 元至 1500 元之间的职工总人数,全厂所有车间中工资大于本车间平均工资的职工人数总和。

```
* 参考程序:
CLEAR
SET TALK OFF
S1 = 0
S2 = 0
FOR I = 1 TO 8
    TNAME = 'P' + STR(I,1)
    SELECT COUNT( * ) AS C1 FROM &TNAME ;
    WHERE 工资> = 1000 AND 工资< = 1500 INTO CURSOR A
    S1 = S1 + C1
    SELE COUNT( * ) AS C2 FROM &TNAME ;
    WHERE 工资>(SELE AVG(工资) FROM &TNAME) INTO CURSOR A
    S2 = S2 + C2
ENDFOR
?"全厂工资在 1000 元至 1500 元之间的职工总人数为:" + LTRIM(STR(S1))
?"全厂所有车间中工资大于本车间平均工资的职工人数总和为:" + LTRIM(STR(S2))
CLEAR ALL
SET TALK ON
```

② 编程实现用户输入职工的工号或姓名,删除该职工的相应记录,如没查找成功,作出相应提示。

```
*参考程序一
CLEAR
SET TALK OFF
ACCEPT "请输入离职职工的工号或姓名:" TO GHXM
FLAG = .F.
FOR I = 1 TO 8
TNAME = 'P' + STR(I,1)
USE &TNAME
LOCATE FOR ALLTRIM(工号) == GHXM OR ALLTRIM(姓名) == GHXM
IF FOUND( )
     FLAG = .T.
WAIT "确实要删除该职工信息?(Y/N)" TO YN
     IF YN = 'Y' OR YN = 'y'
        DELETE
        PACK
     ENDIF
EXIT
ENDIF
NEXT
IF NOT FLAG
     ?"查无此人!!"
ENDIF
CLEAR ALL
SET TALK ON


*参考程序二,使用SQL语句
CLEAR
SET TALK OFF
ACCEPT "请输入离职职工的工号或姓名:" TO GHXM
CN = 0
FOR I = 1 TO 8
TNAME = 'P' + STR(I,1)
SELECT COUNT( * ) AS CT FROM &TNAME;
WHERE ALLTRIM(工号) == GHXM OR ALLTRIM(姓名) == GHXM into cursor a
IF CT! = 0
  CN = CN + CT
  DELE FROM &TNAME ;
  WHERE ALLTRIM(工号) == GHXM OR ALLTRIM(姓名) == GHXM
  WAIT "确实要删除该职工信息?(Y/N)" TO YN
  IF YN = 'Y' OR YN = 'y'
    USE &TNAME ;
    PACK
     USE
  ENDIF
    EXIT
ENDIF
NEXT
IF CN = 0
     ?"查无此人!!"
```

```
ENDIF
CLEAR ALL
SET TALK ON
```

4.5　两级测试题

4.5.1　基本测试题

（1）组成 Visual FoxPro 应用程序的基本结构是（　　）。

A. 顺序结构、分支结构和模块结构　　　B. 顺序结构、分支结构和循环结构

C. 逻辑结构、物理结构和程序结构　　　D. 分支结构、重复结构和模块结构

（2）用于建立、修改、运行与打印程序文件的 Visual FoxPro 命令依次是（　　）。

A. CREATE、MODIFY、DO 和 PRINT

B. MODI COMM、MODI COMM、DO 和 PRINT

C. MODI COMM、MODI COMM、RUN 和 TYPE

D. MODI COMM、MODI COMM、DO 和 TYPE

（3）在 Visual FoxPro 中，命令文件的扩展名是（　　）。

A. txt　　　　　　B. prg　　　　　　C. dbf　　　　　　D. fmt

（4）在 SAY 语句中，GET 子句的变量必须用（　　）命令激活。

A. ACCEPT　　　B. INPUT　　　C. READ　　　D. WAIT

（5）用于声明某变量为全局变量的命令是（　　）。

A. WITH　　　　B. PRIVATE　　　C. PUBLIC　　　D. PARAMETERS

（6）能接受一位整数并存放到内存变量 Y 中的正确命令是（　　）。

A. WAIT TO Y　　　　　　　　　B. ACCEPT TO Y

C. INPUT TO Y　　　　　　　　　D. @10,10 SAY Y PICTURE "9"

（7）Visual FoxPro 中的 DO CASE…ENDCASE 语句属于（　　）。

A. 顺序结构　　　B. 循环结构　　　C. 分支结构　　　D. 模块结构

（8）在"先判断后工作"的循环程序结构中，循环体执行的次数最少可以是（　　）。

A. 0　　　　　　　B. 1　　　　　　C. 2　　　　　　D. 不确定

（9）若将过程或函数放在过程文件中，可以在应用程序中使用（　　）命令打开过程文件。

A. SET PROCEDURE TO ＜文件名＞　　B. SET FUNCTION TO ＜文件名＞

C. SET PROGRAM TO ＜文件名＞　　　D. SET ROUTINE TO ＜文件名＞

（10）在 Visual FoxPro 程序中，注释行使用的符号是（　　）。

A. //　　　　　　B. *　　　　　　C. '　　　　　　D. { }

（11）Visual FoxPro 循环结构程序设计中，在指定范围内扫描表文件，查找满足条件的记录并执行循环体中的操作命令，应使用的循环语句是（　　）。

A. FOR　　　　　B. WHILE　　　　C. SCAN　　　　D. 以上都可以

（12）不能输出字符型变量 x 值的是（　　）。

A. @10,10 SAY x　　　　　　　　　B. ? &.x

C. @10,10 GET x　　　　　　　　　D. @10,10 SAY "x=" GET x

(13) 如 a="1", b="2", x12="email", m="my", m+x&a.&b 的显示结果是(　　)。

A. email　　　　　　B. myemail　　　　C. myemail12　　　D. email12

(14) 比较 WAIT、ACCEPT 和 INPUT 三条命令,需要以回车键表示输入结束的命令是(　　)。

A. WAIT、ACCEPT、INPUT　　　　　B. WAIT、ACCEPT

C. ACCEPT、INPUT　　　　　　　　D. INPUT、WAIT

(15) 用于声明所有变量是局部变量的命令是(　　)。

A. PRIV all　　　　　　　　　　　B. PUBLIC all

C. all =0　　　　　　　　　　　　D. STORE 0 TO all

(16) 在程序中用 PRIVATE 语句定义的内存变量具有的特性是(　　)。

A. 可以在所有过程中使用

B. 只能在定义该变量的过程中使用

C. 只能在定义该变量的过程中及本过程所嵌套的过程中使用

D. 只能在定义该变量的过程中及该过程所嵌套的过程中与相关数据库一起使用

(17) 设当前不存在任何内存变量,在命令窗口中执行"PRIVATE X",则 X 变量被定义为(　　)。

A. 全局变量,并自动赋值为.F.　　　B. 区域变量

C. 局部变量,并自动赋值为.F.　　　D. 变量没有产生

(18) 在屏幕的第 5 行 10 列起,显示姓名和年龄两个字段值,在语句@ 5,10 SAY 的后面应写(　　)。

A. 姓名,年龄　　　　　　　　　　B. 姓名+年龄

C. 姓名+STR(年龄,2)　　　　　　D. 姓名+"年龄"

(19) 命令 LOOP 和 EXIT 只能用于(　　)。

A. PROCEDUER…RETURN 中　　　B. DO WHILE…ENDDO 中

C. IF…ENDIF 中　　　　　　　　　D. DO CASE…ENDCASE 中

(20) 若当前记录内容是

```
Record #      姓名      工资
6            王伟      895.78
```

执行 @ 3,10 SAY "工资" GET 工资 PICTURE "999"将显示(　　)。

A. 工资 896　　　　　　　　　　　B. 工资 895

C. 工资 896.00　　　　　　　　　　D. 工资 895.00

(21) 顺序执行下面命令之后,屏幕显示的结果是(　　)。

```
INPUT TO xx
*(运行时输入逻辑常量:.T.)
? xx .AND. xx = xx
```

A. .T.　　　　　　B. .F.　　　　　　C. 0　　　　　　　D. 错误信息

(22) 顺序执行下列命令:

```
t = .F.
```

```
f = .T.
n = t
y = f
? y .AND. .NOT. n
```

最后一条命令的显示结果是（　　　）

A. n　　　　　　　　B. y　　　　　　　　C. .T.　　　　　　　　D. .F.

（23）下列说法中正确的是（　　　）。

A. 自定义函数是由用户编制的程序，可按函数方式调用，但函数后缀名必须是 DBF

B. Visual FoxPro 系统是通过对过程的相互调用建立了应用程序之间的联系

C. RETURN TO MASTER 命令是在自定义函数中使用的一条返回命令

D. 建立过程文件的好处是便于程序的保密

（24）EXIT 命令可以在（　　　）。

A. 顺序程序中使用　　　　　　　　　　B. 分支程序中使用

C. 循环程序中使用　　　　　　　　　　D. 任何状态下使用

（25）对于 IF 语句和 IIF 函数，下列叙述正确的是（　　　）。

A. 用 IIF 函数完成的操作完全可以用 IF 语句完成

B. 用 IF 语句完成的操作完全可以用 IIF 函数完成

C. IIF 函数不能够在程序中使用，IF 语句可以

D. IF 语句可以自身嵌套，IIF 则不可以

（26）可以向变量输入逻辑值的命令是（　　　）。

A. ACCEPT 和@…GET　　　　　　　B. INPUT 和@…SAY

C. INPUT 和@…GET　　　　　　　　D. WAIT 和@…SAY

（27）语句 RETURN TO MASTER 的含义是（　　　）。

A. 返回到主程序　　　　　　　　　　　B. 返回到上级调用

C. 结束程序运行　　　　　　　　　　　D. 挂起正在运行的程序

（28）在永真条件 DO WHILE .T. 的循环中，为退出循环可使用（　　　）。

A. LOOP　　　　　B. EXIT　　　　　C. CLOSE　　　　D. CLEAR

（29）执行下述命令

```
a = "8"
aa = [a] + a
USE &aa
```

问现在打开的表文件是（　　　）。

A. AA　　　　　　　B. AAA　　　　　　　C. 8A　　　　　　　D. A8

（30）以下有关 Visual FoxPro 过程文件的叙述，其中正确的是（　　　）。

A. 先用 SET PROCEDURE TO 命令关闭原来已打开的过程文件，然后用 DO ＜过程名＞执行

B. 可直接用 DO ＜过程名＞ 执行

C. 先用 SET PROCEDURE TO ＜过程文件名＞命令打开过程文件，然后用 USE ＜过程名＞ 执行

D. 先用 SET PROCEDURE TO ＜过程文件名＞命令打开过程文件，然后用 DO ＜过程名＞ 执行

（31）设数据表有 5 个字段，分别是设备编号（字符型），设备名称（字符型），设备类型（字符型），设备数量（数值型），设备单价（数值型），记录指针指向一个非空的记录，顺序执行下列命令后，数组元素的值分别是（　　）。

```
DIMENSION sb(3)
SCATTER TO sb
LIST MEMORY
```

A. 都是一串"＊"号，表示数据溢出

B. 自动重建数组为 sb(5)，各元素值分别是当前记录各字段的值

C. sb(1)，sb(2)，sb(3)分别是当前记录的前 3 个字段值

D. sb(1)，sb(2)，sb(3)分别是从当前记录开始的连续 3 个记录的设备编号

（32）阅读下列程序段，选出正确的结果（　　）。

```
SET TALK OFF
CLEAR
STORE 0 TO a,b,n
f = .T.
DO WHILE f
  a = a + 1
  DO CASE
    CASE INT(a/3)<>a/3
      b = b + a
    CASE a>10
      EXIT
    CASE a< = 10
      n = n + 1
  ENDCASE
ENDDO
? n,b
SET TALK ON
RETURN
```

A. n＝3 b＝48 　　　　　　　　B. n＝4 b＝48

C. n＝3 b＝27 　　　　　　　　D. n＝4 b＝27

（33）读下列程序段：

```
SET TALK OFF
t = "ABCDEFG"
a = 1
DO WHILE a<6
  ?? SUBSTR(t,6 - a) + SPACE(2)
  a = a + 1
ENDDO
SET TALK ON
RETURN
```

执行此程序段后,在屏幕上将显示( )。

A. EFG　DEFG　CDEFG　BCDEFG　ABCDEFG

B. ABCDEFG

C. A　B　C　D　E　F　G

D. DEF　DEF　DEF　DEF　DEF　DEF

(34) 设有如下程序,该程序实现的功能是( )。

```
SET TALK OFF
CLEAR
USE GZ
DO WHILE  ! EOF()
IF 基本工资>=800
   SKIP
   LOOP
ENDIF
DISPLAY
SKIP
ENDDO
USE
RETURN
```

A. 显示所有基本工资大于 800 元的职工信息

B. 显示所有基本工资低于 800 元的职工信息

C. 显示第一条基本工资大于 800 元的职工信息

D. 显示第一条基本工资低于 800 元的职工信息

(35) 在下列程序中,如果要使程序继续循环,变量 M 的输入值应为( )。

```
DO WHILE .T.
WAIT "M=" TO M
IF UPPER(M) $ "YN"
EXIT
ENDIF
ENDDO
```

A. Y 或 y 　　　　　　　　　　　　B. N 或 n

C. Y、y 或者 N、n 　　　　　　　　D. Y、y、N、n 之外的任意字符

(36) 读下列程序段:

```
SET TALK OFF
CLEAR
a=1
DO WHILE .T.
  IF a>=50
       EXIT
  ENDIF
  a=a+1
ENDDO
? a
RETURN
```

① 执行该程序后变量 a 的值是(　　)。

② 执行该程序后,语句 a＝a＋1 共执行了(　　)。

A. 49,49 次　　　　B. 50,49 次　　　　C. 50,51 次　　　　D. 52,52 次

(37) 有如下程序:

```
SET TALK OFF
CLEAR
DIME a(6)
k = 2
DO WHILE k< = 6
        a(k) = 20 - 2 * k
        k = k + 1
ENDDO
k = 5
DO WHILE k> = 2
        a(k) = a(k)/(a(4) - 10)
        k = k - 1
ENDDO
? a(1),a(6)
SET TALK ON
RETURN
```

程序运行后显示的结果是(　　)。

A. 50 4　　　　　　B. 50 8　　　　　　C. .T. 8　　　　　　D. .F. 8

(38) 有以下程序段

```
js = " * + - "
n = 1
DO WHILE n< = LEN(js)
  m = SUBSTR(js,n,1)
  x = 4&m. 2
  y = 2&m. 1
  ? x&m. y
  n = n + 1
ENDDO
RETURN
```

① 当 n＝3 时,m 的值为(　　)。

A. "+"　　　　　　B. "-"　　　　　　C. "3"　　　　　　D. "+- *"

② 执行程序所显示的结果为(　　)。

A. 16,9,1　　　　　B. 24,8,4　　　　　C. 9,12,18　　　　D. 32,24,8

(39) 有一主程序 main. prg 和过程 M1,M2,M3

```
SET TALK OFF              PROCEDURE M2
CLEAR                     PRIVATE j
i = 1                     j = i * 2 + 1
DO M1                     k = 'K'
? i,d                     DO M3 WITH k
j - .T.                   ? j,k
```

```
DO M2                              RETURN
? j,k                              PROCEDURE M3
SET TALK ON                        PARAMETERS k
RETURN                             k = d + ' PRO'
PROCEDURE M1                       RETURN
PUBLIC d
i = i * 2 + 1
d = ' FOX'
RETURN
```

① main. prg 中? i,d 结果为(　　　)。

A. 出错信息　　　　B. 1,FOX　　　　C. 3,FOX　　　　D. 3,'FOX'

② M2. prg 的? j,k 结果为(　　　)。

A. . T. 16/12/99　　　　　　　　B. 7 16/12/99

C. . T. FOXPRO　　　　　　　　D. 7 FOXPRO

③ main. prg 中? j,k 结果为(　　　)。

A. 7 FOXPRO　　　　　　　　B. . T. 错误提示"找不到变量 K"

C. . T. FOXPRO　　　　　　　　D. . T. 16/12/99

④ PRIVATE j 的作用是,定义变量 J 为(　　　)。

A. 字段变量　　　B. 参数　　　C. 全局变量　　　D. 局部变量

⑤ PARAMETERS k 的作用是,定义变量 K 为(　　　)。

A. 字段变量　　　B. 参数　　　C. 全局变量　　　D. 局部变量

(40) 阅读程序,并作选择:

```
SET TALK OFF
USE STUDENT
INDEX ON - 英语 TO STUDENT
CLEAR
i = 1
DO WHILE i < = 5
   IF 性别 = '女'
       ? 学号 + SPACE(5) + 姓名 +  SPACE(5) + STR(英语,4)
   ENDIF
   SKIP
ENDDO
?'I = ' + STR(i,3)
RELEASE ALL
USE
RETURN
```

① 程序的执行结果为,查询 STUDEND 数据表中(　　　)。

A. 前 5 名学生的英语成绩　　　　B. 后 5 名学生的英语成绩

C. 前 5 名女生的英语成绩　　　　D. 后 5 名女生的英语成绩

② 循环结束,循环变量 i 的结果为(　　　)。

A. 0　　　　B. 1　　　　C. 5　　　　D. 6

③ 命令 CLEAR 的作用是（　　　）。

A. 清屏　　　　　　　　　　　　　B. 清除所有内存变量

C. 清除所有字段变量　　　　　　　D. 关闭数据表

④ 命令 RELEASE ALL 的作用是（　　　）。

A. 清屏　　　　　　　　　　　　　B. 清除所有内存变量

C. 清除所有字段变量　　　　　　　D. 关闭数据表

（41）有以下程序段

```
SET TALK OFF
x = 12
y = 23
b = '101011'
n = LEN(b)
i = 1
DO WHILE i< = n
    c = SUBSTR(b,i,1)
    IF VAL(c) = 1
        sf = ' * '
    ELSE
        sf = ' + '
    ENDIF
    ss = 'x' + '&' + 'sf. ' + 'y'
    ? '结果' + STR(&ss,4)
    x = x + 2 * i
    y = y + I
    i = i + 1
ENDDO
SET TALK ON
RETURN
```

① 第一次循环的输出为（　　　）。

A. 276　　　　　　　B. 53　　　　　　　C. 38　　　　　　　D. 458

② 第四次循环 sf 的值为（　　　）。

A. +　　　　　　　　B. *　　　　　　　C. '+'　　　　　　　D. ' * '

③ x 的最后值为（　　　）。

A. 24　　　　　　　　B. 54　　　　　　　C. 12　　　　　　　D. 64

（42）以下程序段的运行结果是（　　　）。

```
SET TALK OFF
clear
DIMENSION a(3,3)
i = 1
DO WHILE i<4
    j = 1
    DO WHILE j<4
        a(i,j) = i * j
        ?? a(i,j)
        j = j + 1
```

结构化程序设计

```
    ENDDO
    ?
    i = i + 1
ENDDO
RETURN
```

A. 1 2 3   B. 3 6 9   C. 1 3 2   D. 1 2 3
   2 4 6   2 4 6   2 6 4   4 6 2
   3 6 9   1 2 3   3 9 6   9 6 3

(43) 有以下程序段,屏幕上输出的最终结果是(   )。

```
SET TALK OFF
CLEAR
STORE 0 TO m,n
DO WHILE .T.
  n = n + 2
  DO CASE
     CASE INT(n/3) * 3 = n
          LOOP
     CASE n > 10
          EXIT
     OTHERWISE
          m = m + n
  ENDCASE
ENDDO
?"m = ",ltrim(str(m)),"n = ",ltrim(str(n))
RETURN
```

A. m=12 n=24   B. m=24 n=12

C. m=24 n=14   D. m=14 n=10

(44) 数据表文件 XSCJ.DBF 中有 8000 条记录,其结构是姓名(C,8),成绩(N,6,2)。
有命令文件如下:

```
SET TALK OFF
USE XSCJ
j = 0
DO WHILE .NOT. EOF( )
  j = j + 成绩
  SKIP
END DO
?"平均分: " + STR(j/8000,6,2)
RETURN
```

运行该程序,屏幕上显示(   )。

A. 平均分: XXX.XX(X 代表数字)   B. 数据类型不匹配

C. 平均分: j/8000   D. 字符串溢出

(45) 设 CJ.DBF 数据表有 2 条记录,内容如下:

```
Record #    XM      EF
     1     李四    500.00
```

```
  2      张三     600.00
```

有程序段如下：

```
SET TALK OFF
USE CJ
M ->EF = 0
DO WHILE .NOT. EOF( )
  M ->EF = M ->EF + EF
  SKIP
END DO
? M ->EF
RETURN
```

该程序执行的结果是（   ）。

A. 1100.00   B. 1000.00   C. 1600.00   D. 1200.00

（46）以下程序段的功能是（   ）。

```
n = 26
DO WHILE n> = 1
    ?? CHR(64 + n)
    n = n - 1
ENDDO
```

A. 正序显示 26 个大写英文字母   B. 逆序显示 26 个大写英文字母
C. 正序显示 26 个小写英文字母   D. 逆序显示 26 个小写英文字母

（47）有以下程序段执行 DO FF1. PRG 命令后，屏幕显示的结果是（   ）。

```
* FF1. PRG
SET TALK OFF
a = 4
b = 5
c = 6
DO FF2 WITH 12,b + c,a
? "a = ",a
* FF2. PRG
PARA l,m,n
l = l + 3
a = m + 4
n = b + 5
? "l = ",l
RETURN
```

A. a＝15   B. l＝15   C. l＝15   D. a＝16
    l＝15   a＝15   a＝10   l＝15

（48）下列是关于条件分支程序段，其中的错误是（   ）。

```
bb = "ASB"
IF .NOT. bb
ELSE
    ? "ASB"
```

ENDIF

A. 缺 IF   B. 条件错

C. IF 和 ELSE 之间缺少命令   D. IF ELSE-ENDIF 格式错

（49）如下命令文件的执行结果是（　　）。

```
* F1.PRG
SET TALK OFF
CLEAR
STORE 1 TO l,k
DO WHILE l<5
        @ k,l+2 SAY "*"
        l=l+1
ENDDO
SET TALK ON
RETURN
```

A. *
     *
     *
      *

B. ****

C. *****

D. ****

（50）有如下主程序和子程序，执行命令 DO MAIN 后，屏幕上显示的结果为（　　）。

```
主程序 MAIN.PRG              子程序 SUB.PRG
SET TALK OFF                PRIVATE k
CLEAR                           k="222"
k="111"                         k=k+"333"
DO SUB                          ? k
? k                         RETURN
SET TALK ON
```

A. 111   B. 222333   C. 111222   D. 333222
   222333   111   333   111

4.5.2 综合测试题

（1）在下面的程序调试中发现：变量的内容无法进行修改，其原因是（　　）。

```
SET TALK OFF
USE STUDENT
APPEND BLANK
@ 10,10 SAY "单位" GET 单位
@ 12,10 SAY "姓名" GET 姓名
@ 14,10 SAY "性别" GET 性别
WAIT "修改后按住一键退出"
USE
RETURN
```

（2）填空完成下面的程序；修改程序，试用 SQL 语句完成查询功能。

```
SET TALK OFF
USE STD
ACCEPT "请输入待查学生姓名："TO xm
DO WHILE .NOT. EOF( )
    IF  (          )
          ?"姓名：",姓名,"成绩：",STR(成绩,3,0)
    ENDIF
       SKIP
ENDDO
SET TALK ON
CANCEL
```

（3）有学生数据表文件STUDENT.DBF,其中编号字段为N型并且其值从1开始连续排列,下面程序的功能是按编号的1,9,17,25,…规律抽取学生参加计算机等级考试,最后在屏幕上显示参考学生的编号和姓名,请进行程序填空；修改程序,试用SQL语句完成查询功能。

```
SET TALK OFF
USE STUDENT
DO WHILE .NOT. EOF( )
    IF MOD(        )
          ?? 编号,姓名
    ENDIF
       SKIP
ENDDO
USE
SET TALK ON
```

（4）有学生数据表文件STUDENT.DBF。笔试成绩（N）和上机成绩（N）字段中的成绩已经录入,另有一个等级字段（C）,如果笔试成绩和上机成绩都达到80分（含80分）,应在等级字段中填入"A"。有如下程序,请填空；修改程序,更新数据功能,使用SQL语句完成。

```
SET TALK OFF
USE STUDENT
DO WHILE .NOT .EOF( )
        IF 笔试成绩＞＝80.AND.上机成绩＞＝80
             (           )
        ENDIF
          SKIP
ENDDO
USE
SET TALK ON
RETURN
```

（5）设共有5个表文件STD1.DBF～STD5.DBF,下面程序的功能是删除每个表文件的末记录,请填空。

```
SET TALK OFF
n = 1
DO WHILE n＜＝5
    m = STR(n,1)
```

```
        db = (            )
        USE &db
        GOTO BOTTOM
        DELETE
        PACK
        n = n + 1
    ENDDO
    USE
    SET TALK ON
    RETURN
```

（6）下面是字符串加密程序。阅读程序后，请指出其加密方法（   ）。

```
SET TALK OFF
aa = SPACE(10)
@ 10,10 SAY "输入字符串" GET aa
READ
?"原数据 = " + aa
eaa = ' '
LONG = LEN(aa)
i = 1
DO WHILE i< = long
   eaa = eaa + CHR(ASC(SUBSTR(aa,i,1)) + i + long)
   i = i + 1
ENDDO
aa = eaa
?"加密后 = " + aa
eaa = ' '
long = LEN(aa)
i = 1
DO WHILE i< = long
   eaa = eaa + CHR(ASC(SUBSTR(aa,i,1)) - i - long)
   i = i + 1
ENDDO
aa = eaa
? "解密后 = " + aa
RETURN
```

（7）如下 3 个程序，用 DO ZZ 命令执行程序后，屏幕上显示的结果为（   ）。

```
 *  主程序：ZZ.PRG
SET TALK OFF
STORE 2 TO x1,x2,x3
x1 = x1 + 1
DO Z1
? x1 + x2 + x3
RETURN
 *  子程序：Z1.PRG
x2 = x2 + 1
DO Z2
? x1 + x2 + x3
RETURN
```

```
*  子程序：Z2.PRG
x3 = x3 + 1
RETURN TO MASTER
```

（8）设有学生表文件 STUDENT.DBF 如下：

学号	姓名	性别	数学	外语
11	李琳	女	80	95
18	赵仪	女	91	88
33	王成	男	96	72
41	钱梅	女	88	71
31	张仁	男	99	80
10	马俊	男	85	81

运行程序：

```
SET TALK OFF
DELETE FROM WHERE 数学>90 WHERE 性别 = '男'
USE STUDENT
PACK
USE
SELE COUNT( * ) AS tb FROM STUDENT
? tb
```

屏幕输出结果是（   　　）。

（9）有一备份成绩，功能是将硬盘上的 9 个班的成绩数据表复制到 A 盘上，数据表分别为 CHJ1.DBF，CHJ2.DBF，…，复制后文件名前面冠以年号，分别为 99BCHJ1.DBF，99BCHJ2.DBF，…。

请完成上列程序：

```
SET TALK OFF
CLEAR
ACCEPT"请输入两位年号" TO  nh
i = 1
DO WHILE i< = 9
        dbn = "CHJ" + STR(i,1,1)
        bdbn = (        )
        SELE * FROM (    ) INTO TABLE (      )
        i = i + 1
ENDDO
USE
SET TALK ON
RETURN
```

（10）有如下工资数据表文件 GZ.DBF：

职工号	姓名	岗位	基本工资	奖金	津贴	扣发	实发工资
1131	张记	高级	1650	200	50	80	
1203	孙之	中级	1306	150	50		

职工号	姓名	岗位	基本工资	奖金	津贴	扣发	实发工资
1936	王成	中级	1300	198	30	33	
1237	赵红	初级	1058	100	40		
1239	程名	工人	1080	60	20		
1301	胡朋	高级	1770	180	50	51	
1302	陆远	初级	978	70	30		
1502	杨清	科员	980	114	40	37	

重新按以下要求发放岗位津贴，分配原则是，高级岗位人员津贴为1200，中级岗位人员的津贴为800，初级岗位人员的津贴为500，对于其他人员，如果基本工资大于1000，津贴为200，低于1000，津贴为300，编写程序，其功能是：

① 按以上要求修改人员的津贴，计算实发工资，并填入相应字段中。

② 输入一种岗位，查找该岗位的全部记录，如果找到则显示，否则显示"没有该岗位人员!"提示信息。

第5章 设计器的应用

5.1 知 识 要 点

5.1.1 基本内容

（1）项目设计器的使用，项目文件的建立，"数据"和"文档"选项卡的使用，应用程序的生成方法；

（2）面向对象程序设计的一般方法和基本概念，表单设计器的使用，表单文件的建立、修改和运行，表单中基本控件的操作，数据环境的设置；

（3）菜单设计器的使用，菜单选项的选定，菜单的设计和菜单文件的建立，菜单程序文件的生成和运行；

（4）报表设计器的使用、快速报表、报表文件的建立和修改、报表的执行。

5.1.2 重点与难点

设计器是 Visual FoxPro 常见的集成环境，以向导和对话框的形式引导设计人员完成相关的任务，使用比较多的设计器有：表设计器、数据库设计器、查询设计器、表单设计器、菜单设计器、报表设计器等，这里重点介绍表单、菜单和报表相关的设计。此部分内容相对较多，涉及以前所学的全部知识，特别是建立以菜单或者表单形式的输入输出等集成环境，既是培养 VFP 综合能力的重要内容，又是建立实用应用程序的必要的方法。重点理解和掌握的概念和内容如下：

1. 面向对象的程序设计方法基础概念

（1）对象：客观世界存在的实体，例如，学生、书籍、树木、按钮、操作窗体、图标。

（2）属性：用来描述对象状态的数据项，例如，对于"学生"对象，可用学号、姓名、专业、年龄等数据项来描述。

（3）事件：对象的行为方式，一种由系统预先定义并可以由用户或者系统发出的动作。事件作用于对象后，对象能识别事件，并做出相应的反应，至于对象能做出什么样的反应，就需要编写程序来实现，这样的程序代码，我们称之为事件代码。例如：我们用鼠标单击一个命令按钮，就引发了 Click 事件，命令按钮识别该事件并执行相关的 Click 事件代码。特别注意的是，同一事件的行为方式是多样的，数据库系统设计人员必须根据实际情况，来编写相应的事件代码。

（4）方法：一组由系统或者用户约定好的，对象能识别执行的一系列操作的描述。例如，Release（关闭）、Show（显示）、Hide（隐藏）、Refresh（刷新）、SetFocus（获得焦点）都属于系统定义好的常见方法,可以随时使用,这些方法屏蔽了操作的具体实现过程,只要能正确引用就行;例如,Form1.Release 功能是关闭表单 Form1.Text1.Hide 相当于隐藏文本框 Text1;用户也可以为一些常见的操作自定义方法,其实质也是一段程序代码。

(5) 类:对一类相似对象的性质描述,这些对象都有相同的属性及方法。类是普遍特性的描述,而对象则是这个普遍性下的特例,如文本框就是类,当属性取值不同时,就形成了不同的文本框对象。

2. Visual FoxPro 基类

在 Visual FoxPro 环境下,系统本身内含的类,不存在于任何其他类文件中,当 VF 启动时,就可以直接通过表单设计器来生成需要的对象,当然,用户也可以根据需要,建立自己的类。习惯上,我们把类称呼为控件,常见的控件有:

(1) 标签(Label):用于显示文本,最多字符为 256 个。

(2) 命令按钮(Command Button):一种可以单击或双击等操作的图标区域,一般用于完成某个动作,例如确认、取消、计算、查找等。

(3) 文本框(text):用于输入、编辑和输出数据的对话框,可以编辑任何类型的数据,长度不超过 256 个字符,若超过 256 个字符,就应该使用编辑框(EditBox),特别提示:文本框和标签的区别,标签只显示文本信息,无编辑功能,而文本框可以显示所有数据信息,且能编辑修改。

(4) 编辑框(EditBox):功能和文本框基本一致,但不同的是:编辑框可以编辑多达 64KB 的文本信息;编辑框只能输入、编辑和输出字符型数据(字符常量、变量、表达式和备注字段)。

(5) 复选框(CheckBox):用于逻辑真(.T.)或者假(.F.)选择的对话框,处于选择状态时,框内为√或者为空白。

(6) 选项按钮组(OptionGroup):用于选中或者不选中的一组按钮,中间出现圆点时,表示选中,否则没有选中。

(7) 列表框(ListBox):提供的一组条目供用户单选或者多选,条目内容事先设定。

(8) 组合框(ComboBox):和列表框类似,不同的是:组合框只能看到若干条目中的一条,要看其他条目,必须用下拉按钮来选择;组合框只能是单选,不能多选。

(9) 表格(Grid):容器类的控件,用行和列这样的表格形式,显示、编辑和输出数据;其内容可以是表(table)、查询文件(.qpr 文件)和 SQL 查询的结果。

(10) 页框(PageFrame):一组页面的容器对象,页面中,可以包含其他所有控件,属于一个高度集成的环境。

(11) 计时器(Timer):提供时钟计时功能,设计时可见,行为时不可见。

3. 菜单

菜单是一种应用程序的集成环境,通过菜单,可以选择不同的操作,菜单让复杂功能的应用程序变得简洁和易于操作。菜单分为两类:下拉菜单与快捷菜单,下拉菜单一般用于列出程序的所有功能操作;快捷菜单一般属于某个对象,通过右键弹出后,列出了该对象的主要操作方法。

4. 报表

报表的目的是以一定格式输出数据的方式,如打印、屏幕显示等,且有一定的统计和计算功能。一个实用的数据库应用程序,都会有大量的各种不同类型的数据输出,报表设计器中,重要的三个问题是：数据、布局和统计。

5. 项目管理器

所谓项目,就是开发一个应用程序所有的文件、数据、文档和对象的集合,项目管理器就是一个集成管理环境,能对程序开发中的各种资源进行有效管理,并能生成应用程序的EXE文件和它们的扩展文件。

💣 提示：在完成以下所有实训操作之前,操作者首先应该再为自己的实训建立一个主目录,方法一：每次启动 Visual FoxPro 后,首先应该设置该目录为默认的工作目录,比如：主目录为"F:\实训",则可以在命令窗口中输入一下命令：SET DEFA TO F:\实训,但是这样的操作每次都要进行,麻烦；方法二：单击"工具"菜单,选择"选项"命令,在出现的对话框中选择"文件位置",然后设置自己的"默认目录",这样的操作完成后,就不需要每次用命令来设定了,所有的资源会自动存储在默认的目录下,便于管理。

5.2 实训项目一：表单的建立方法

5.2.1 实训目的与要求

- 掌握表单文件的建立、编辑和运行方法。
- 熟悉用"表单向导"建立表单的方法和步骤。
- 掌握用"表单设计器"建立表单的基本步骤和方法。

提要：建立表单的常用步骤,第1步,确定控件和基本布局；第2步,确定控件属性；第3步,建立合理的数据环境；第4步,编写事件代码；第5步,运行和调试。不论多么复杂的表单设计,按照合理的工作流程逐步完成,是我们实训中必须掌握的方法。

5.2.2 实训内容与操作步骤

(1) 使用表单向导建立表单,操作简单方便,用来建立格式单一、功能相对固定的表单文件,要求：建立表单"学生信息表维护. SCX",实现对学生信息的浏览、添加、删除和打印等功能。

操作步骤如下：

① 选择"文件"|"新建"|"表单"|"向导"命令,打开"向导选取"对话框,如图 5-1 所示。

② 选择第一项"表单向导",单击"确定"按钮,启动"表单向导",进入向导第一步"字段选取",单击"数据库和表"旁边的按钮,打开表单要使用的数据表"学生.DBF",然后将"可用字段"列表中的需要出现在表单上的字段添加到"选定字段"列表中,如图 5-2 所示。

③ 单击"下一步"按钮,进入第二步"选择表单样式",设置表单的"样式"为"浮雕式","按钮类型"设置为"文本按钮",如图 5-3 所示。

④ 单击"下一步"按钮,进入设置"排序次序"步骤,再单击"下一步"按钮进入"步骤 4-完成",在"请键入表

图 5-1 向导选取

设计器的应用

单标题"文本框中输入"学生信息表维护",再选择"保存并运行表单",如图 5-4 所示。

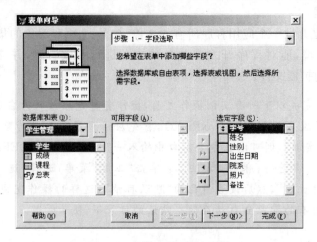

图 5-2　表单向导-字段选取

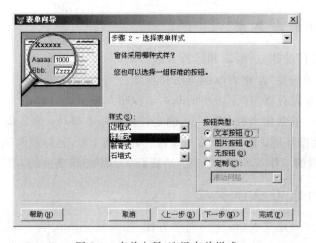

图 5-3　表单向导-选择表单样式

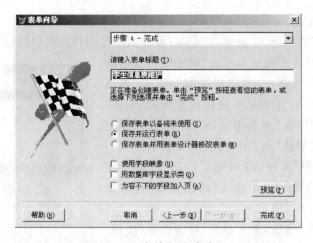

图 5-4　表单向导-完成

⑤ 单击"完成"按钮,在弹出的"另存为"对话框中,保存该表单到表单文件"学生信息表维护.SCX"中。

⑥ 运行。在命令窗口中输入命令:DO FORM 学生信息表维护,运行效果如图 5-5 所示。

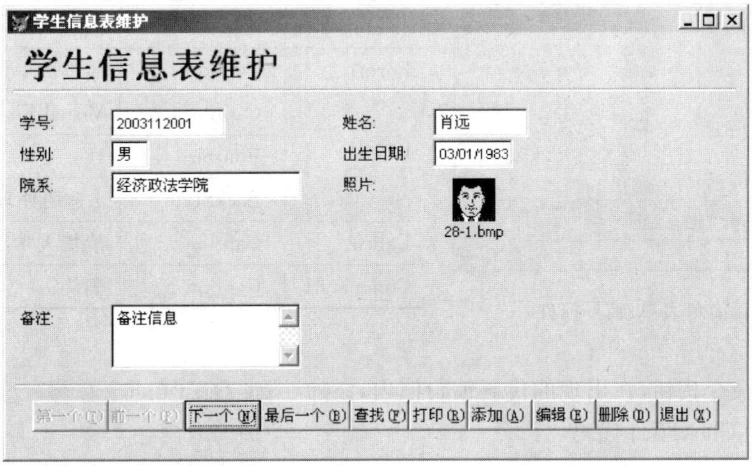

图 5-5　表单向导生成的表单运行效果图

(2) 使用表单设计器建立表单,表单设计器的使用是本章实训中最重要的内容,涉及的知识面广,要求需要有清醒的思路,要求:建立一个简单封面的表单"简单表单设计.SCX"。

操作步骤如下:

① 选择"文件"|"新建"命令,然后在弹出的"新建"对话框中选择"表单",再单击"新建文件"按钮,出现图 5-6 所示的表单设计器主界面,界面包括三部分:表单、常用控件工具栏和属性对话框等。

图 5-6　表单设计器主界面

设计器的应用

② 确定控件类型和布局：两个标签 Label1、Label2，一个命令按钮 Command1，布局如图 5-7 所示。

③ 通过属性对话框，确定相关控件的属性，见表 5-1 的属性设置表。

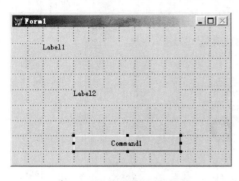

图 5-7　简单表单设计-控件

表 5-1　简单表单设计属性设置表

控　件	属　　性	属　性　值
Form1	Caption	简单表单设计范例
Label1	Caption	Visual FoxPro 实训教程
	FontSize	18
	BackStyle	0-透明处理
Label2	Caption	清华大学出版社
Command1	Caption	确认

④ 双击命令按钮，在出现的代码编辑框内，添加 Command1 的 Click 事件代码：

```
Thisform.release
```

完成后的表单效果如图 5-8 所示。

⑤ 选择"文件"|"保存"命令，在用户磁盘上保存该表单为"简单表单设计.SCX"；然后单击带感叹号的"运行"图标按钮，运行该表单，单击"退出"按钮终止运行。

⑥ 在运行调试过程中，要修改表单，选择"文件"|"打开"命令，在打开的"打开"对话框中，选择打开表单文件，选定该文件后，选择打开，就可以重新编辑修改。

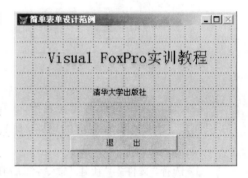

图 5-8　简单表单设计-完成

😊建议：为了让界面更美观，可以设置 Form1 的 Picture 属性，指定表单的背景图形，设置标签 Label1 和 Label2 的 FontName、ForeColor 属性，使显示的文本更丰富。

5.3　实训项目二：常用表单控件(一)

5.3.1　实训目的与要求

- 掌握数据环境的添加方法。
- 掌握表单的基本属性和事件方法。
- 掌握文本框的基本属性和事件方法。
- 掌握命令按钮的基本属性和事件方法。
- 事件代码编写的方法。

提要：本次实训中，涉及 3 个主要对象(数据环境、文本框和命令按钮)的属性和代码设置，应用非常普遍。事件代码的设置是表单技术中最困难的，要编写符合要求的事件代码，需

要做大量的练习和积累,必须掌握的主要属性设置有:

1)命令按钮

- Default 和 Cancel 属性:Default 若为.T.,设置该按钮为操作的"默认"按钮,按 Enter 键确认,执行 Click 操作;Cancel 若为.T.,设置该按钮为操作的"取消"按钮。

- Enabled 属性:指定对象是否能有效被操作,若为.T.,对象操作有效,否则失效。文本框也能指定该属性。

- Visible 属性:指定对象可见还是隐藏,若为.T.,对象可见,否则隐藏。文本框也能指定该属性。

2)文本框

- ControlSource 属性:指定文本框可以绑定的数据源,这个数据源可以是字段、内存变量、数组元素,一旦绑定,文本框内的值就和相关变量的值保持一致。

- Value 属性:返回文本框的数据,未初始化时,为空串;若给定了初始值,其数据类型和初始值的数据类型一致。

- PasswordChar 属性:指定文本框内是显示用户输入的字符还是显示用户事先约定的占位符,比如,在输入密码时,我们不希望显示用户输入的信息内容,而显示"﹡"号,就能用此属性设置。

3)数据环境

数据环境就是设置表单和数据表之间的绑定关系,数据环境包括:表、视图以及它们之间的关联。

- AutoOpenTables 属性:当运行或者打开表单时,是否打开绑定的表和视图。

- AutoCloseTables 属性:当释放或者关闭表单时,是否关闭绑定的表和视图。

5.3.2 实训内容与操作步骤

(1)设计一个加法器表单 ADD.SCX,如图 5-9 加法器表单,当输入两个加数时,单击"求和"按钮,得到结果;单击"清除"按钮,清空文本框的所有值,等待再次输入;单击"退出"按钮,表单关闭。

操作步骤如下:

① 添加控件和属性设置。

进入"表单设计器",在表单上放置三个标签,作为相关的提示;三个文本框,分别显示输出加数、被加数和结果值;三个命令按钮,分别实现"求和"、"清空"和"退出"操作,基本布局如图 5-10 所示,表单控件属性见表 5-2。

图 5-9　加法器表单

表 5-2　加法器表单属性设置表

控件	属性	属性值	控件	属性	属性值
Form1	Caption	加法器	Command1	Caption	求和
Label1	Caption	数据 1	Command2	Caption	清空
Label2	Caption	数据 2	Command3	Caption	退出
Label3	Caption	结果			

设计器的应用

② 编写控件事件代码，双击相关的控件，编写如下的事件代码。

Form1 的 Activate 事件代码（初始化）：

```
ThisForm.Text1.SetFocus        && 获得焦点，让光标处于第一个数据输入位置
```

Command1（求和按钮）的 Click 事件代码：

```
ThisForm.Text3.Value = val(ThisForm.Text1.Value) + val(ThisForm.Text2.Value)
```

说明：使用 val() 函数的目的是让字符串转换为数字后再做加法运算，文本框默认的输入数据类型为字符型。

Command2（清除按钮）的 Click 事件代码：

```
ThisForm.Text1.Value = ""        && 两个单引号连写，表示空字符串，清空已有的数据
ThisForm.Text2.Value = ""
ThisForm.Text3.Value = ""
```

Command3（退出按钮）的 Click 事件代码：

```
ThisForm.release
```

③ 运行调试表单。保存表单名为 ADD.SCX，单击"运行"快捷按钮，运行表单，验证其正确性。

(2) 设计一个用户登录表单 PASSW.SCX，如图 5-10 所示。有一用户表 USE.DBF，当用户输入用户名和密码并按"验证"按钮后，检查其输入的用户名和密码是否和用户表中的数据匹配，若匹配，就显示一个对话框为"欢迎使用学生信息管理系统"；若不匹配，则显示"用户名或密码不正确！"。单击"退出"按钮则关闭表单。（要求将"验证"按钮设置为 Default 按钮。另外，密码输入时显示星号" * "。）

操作步骤如下：

① 建立表 5-3 所示的用户信息表 USE.DBF，用于存储需要验证的用户名和密码信息，内容如表 5-3 所示（均为字符型数据）。

图 5-10 用户登录表单

表 5-3 用户信息表（USE.DBF）

IDNAME	ID
hejin	123456
王平	abcdef
myuser	Tian00

② 添加控件和属性设置。进入"表单设计器"，在表单上放置 Label1、Labe2；文本框 Text1、Text2，分别用于输入用户名和密码；命令按钮 Command1、Command2 分别实现"验证"和"退出"操作，表单控件属性见表 5-4。

③ 添加数据环境。鼠标移动到表单的空白处，右击，在快捷菜单中选择"数据环境"，在出现的对话框中选择表 USE.DBF，对象名为 DataEnvironment.Cursor1，可以添加多个数据对象。

表 5-4　密码验证表单属性设置

控件	属性	属性值	控件	属性	属性值
Form1	Caption	密码验证	Command1	Caption	验证
Label1	Caption	用户名	Command2	Caption	退出
Label2	Caption	密码	Text2	PasswordChar	*

④ 编写控件的事件代码，双击相关控件，添加事件代码。

Command1(验证按钮)的 Click 事件代码：

```
SELECT (Thisform. DataEnvironment. Cursor1. Alias)
 * 打开数据环境中添加的表，若数据环境中只有一个表，可以省略该命令
X1 = allt(Thisform.text1.value)
X2 = allt(Thisform.text1.value)          && 将获得的用户名和密码数据存储到变量 X1,X2
LOCATE ALL FOR idname = X1 AND id = X2    && 和用户表中的数据匹配比较
IF FOUND()
   MessageBox("欢迎使用学生信息管理系统","欢迎窗口")
   ThisForm. release
ELSE
   MessageBox("告警！用户名或密码不正确","警告窗口")
   ThisForm. release
ENDIF
```

Command3(退出按钮)的 Click 事件代码：

```
ThisForm. release
```

⑤ 运行调试，保存表单为 PASSW. SCX，然后运行表单，注意在比较过程中数据类型匹配的问题，在这里，都默认为字符类型，若类型不一致，需要转换。

☺ **建议**：在输入用户名和密码的过程中，一次输入错误就告警，若要允许三次输入都错才告警，需要修改事件代码，方法是：在表单的 LOAD 事件中定义全局变量 I，其初始值为零；在 Command1(验证按钮)的 Click 事件代码中建立一个循环结构，当验证错误发生时，I 累加，然后清空用户名和密码输入文本框，再输入相关数据，一直到 I 的值为 3，若还不正确，就给出警告信息。

5.4　实训项目三：常用表单控件(二)

5.4.1　实训目的与要求

- 掌握复选框的基本属性和事件方法；
- 掌握单选按钮组的常用属性和事件的使用方法；
- 掌握组合框的常用属性和方法以及事件的使用方法；
- 掌握列表框的常用属性和方法以及事件的使用方法。

提要：

(1) 以下的实训中，要使用的数据库为"学籍管理"，包含表格有：学生、成绩和课程，相

关字段如图 5-11 所示。

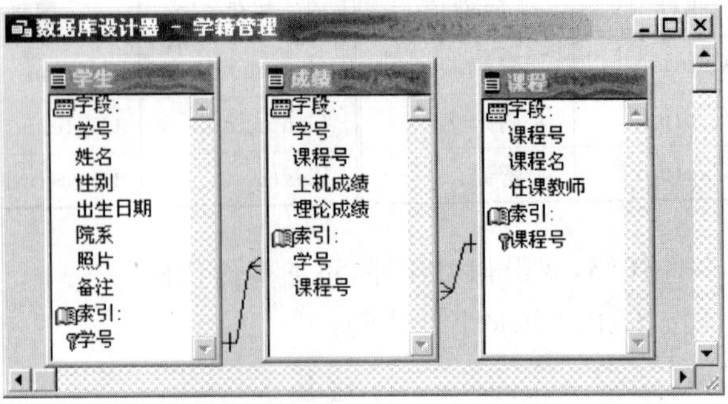

图 5-11　学籍管理数据库图

（2）复选框和单选按钮组的常用属性如下：

- Value 属性　复选框用于返回选中的状态，若被选中为 1，未被选中为 0，不确定为 NULL；单选按钮组返回被选中的按钮序列号（1,2,3,…）。
- ControlSource 属性　确定与控件建立联系和绑定的数据源。
- ButtonCount 属性　确定单选按钮组的按钮的数目。

（3）组合框和列表框的常用属性如下：

- ControlSource 属性　用于保存用户选择结果的字段或者内存变量。
- RowSource 属性和 RowSourceType 属性　指定控件中的数据源和类型。
- ColumnCount 属性　指定组合框和列表框包含的列数。
- Value 属性　返回列表框中被选中的条目。
- List 属性和 Selected 属性　List 属性用于存取列表框中数据的字符串数组。Selected 属性用来判断某条目是否被选中，例如 Selected（3）。

（4）列表框的常用属性方法如下：

- AddItem 方法　给 RowSourceType 属性为 0 的列表添加一项。
- RemoveItem 方法　从 RowSourceType 属性为 0 的列表删除一项。
- Requery 方法　当 RowSource 中的值改变时，更新列表。

提示：在操作过程中，一定注意属性 ControlSource、Value、RowSource 之间的区别和用法的不同。

5.4.2　实训内容与操作步骤

（1）设计一个表格浏览表单 BROWDBF.SCX，如图 5-12 所示，要求通过单选按钮组选择打开的表，通过复选框确定打开是否用只读方式，确认后使用 BROW 命令打开浏览。

操作步骤如下：

① 添加控件和属性设置。新建表单，在表单中放置单选按钮组 OpenGroup1（注意，在布局的时候，可以调整位置

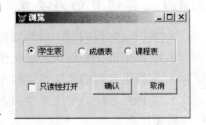

图 5-12　表格浏览表单

成为横向布局），复选框 Check1，命令按钮 Command1、Command2。表单属性设置见表 5-5。

表 5-5　表格浏览表单属性设置表

控件	属性	属性值	控件	属性	属性值
Form1	Caption	浏览	Option3	Caption	课程表
OpenGroup1	Buttoncount	3	Command1	Caption	确认
Option1	Caption	学生表	Command2	Caption	取消
Option2	Caption	成绩表	Check1	Caption	只读性打开

② 添加学生表、成绩表、课程表为数据源。

③ 编写控件的事件代码。

OpenGroup1 的 Click 的事件代码为：

```
DO CASE
  CASE This.value = 1
        SELECT 学生
  CASE This.value = 2
        SELECT 成绩
  CASE This.value = 3
        SELECT 课程
ENDCASE
```

Command1 的 Click 的事件代码为：

```
IF thisform.check1.value = 0
  BROW
ELSE
  BROW NOMODIFY NOAPPEND NODELETE
ENDIF
```

Command2 的 Click 的事件代码为：

```
Thisform.release
```

④ 运行和调试。保存表单名为 BROWDBF. SCX，运行。注意，BROW 的浏览结果在表单中，显示的内容会覆盖表单，按 Esc 键可以关闭浏览。

☺ 建议：当用 BROW 浏览时，浏览以当前表单窗体为界面，能否让浏览在新的窗口显示呢？方法是，建立一个新的表单 BR. SCX，当需要浏览时，调用这个表单，然后在使用 BROW 浏览，浏览完毕后，关闭此窗口，调用表单的命令是：

```
DO  FORM  BR.SCX
```

（2）设计一个选择查询表单 SEARCH. SCX，如图 5-13 所示。要求表单运行时，可以先在右侧下拉列表框中选择要打开并查询的表的文件（此时，表的字段要自动显示在左侧的列表框内）；然后在列表框中选择要输出的字段；最后单击"查询"按钮，显示指定表中的记录在指定字段上的内容。

操作步骤如下：

① 创建表单，然后在表单上添加两个标签 Label1 和 Label2、添加一个列表框 List1、一

设计器的应用

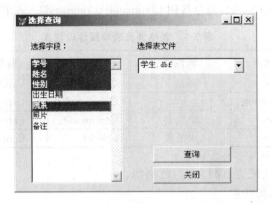

图 5-13　选择查询

个组合框 Combo1 以及两个按钮 Command1 和 Command2。并按表 5-6 设置表单控件属性，MultiSelect 属性表示在列表框内可以多选。

表 5-6　选择查询表单属性设置表

控件	属性	属性值	控件	属性	属性值
Form1	Caption	选择查询		Style	2-下拉列表框
Label1	Caption	选择字段	Combo1	RowSourceType	7-文件
Label2	Caption	选择表文件		RowSource	*.DBF
Command1	Caption	查询	List1	RowSourceType	8-结构
Command2	Caption	关闭		MultiSelect	.T.

② 编写控件的事件代码。

Combo1 的 InteractiveChange 事件代码为：

```
table = This.Value
USE &table
ThisForm.List1.RowSource = This.Value
```

Command1 的 Click 事件代码为：

```
zd = ""
For i = 1 To ThisForm.List1.ListCount
    IF ThisForm.List1.Selected(i)
        zd = zd + "," + ThisForm.List1.List(i)
    ENDIF
ENDFOR        && 循环产生查询要显示的字段信息
zd = SUBSTR(zd,2)        && 去掉多余的第一个逗号","
table = ThisForm.Combo1.Value
SELECT &zd FROM &table        && 利用宏代换技术生成 SELECT-SQL 语句
```

Command2 的 Click 事件代码为：

```
ThisForm.Release
```

(3) 运行调试表单,保存表单到表单文件 SEARCH.SCX。

😊 **建议**:查询的三要素:什么表、什么字段、什么条件。在这里,只提供了前两个,在表单中增加相关的标签和文本框,输入相关查询条件,让其更完美。

5.5 实训项目四:常用表单控件(三)

5.5.1 实训目的与要求

- 掌握表控件的常用属性和事件方法;
- 理解和掌握复杂事件代码的编写方法;
- 表单调试修改的基本方法。

提要:表控件(Grid)是表单中最重要的控件,属于容器类的控件,常用于信息的输出,使用起来相对比较复杂,常见表控件属性有:

- ColumnCount 属性:设置表格的列数(默认为－1,当为默认的设置时,该控件就为基本控件,不能对列设置标题和大小位置),当指定列数后,可以通过拖曳和属性的设置来设置表格的位置和数据源;也可以右击表格,在出现的快捷菜单中,选择“生成器”命令,在图 5-14 所示的表格生成器对话框中实现对表格控件的基本属性和数据源的设定。

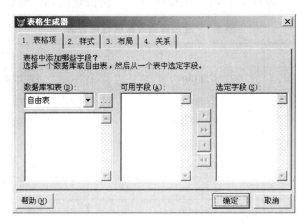

图 5-14 “表格生成器”对话框

- RecordSourceType 属性:指定数据源的数据类型(0—表,1—别名,2—提示,用户在对话框中选定数据源,3—查询,4—SQL 语句)。
- RecordSource 属性:指定数据源的描述,用字符串表达,如“e:\dbf\学生.dbf”。
- ControlSource 属性:列属性中指定数据源的字段。
- Caption 属性:列标头(Header)属性中,显示的列标题文本。

5.5.2 实训内容与操作步骤

设计一个用于学生成绩的查询表单 GRADE.SCX,当输入某学生的姓名或者学号时,在表单上能输入与之匹配的课程名、成绩和任课老师,并显示平均成绩(成绩由理论成绩和上机成绩各占一半组成），若查询成功，显示查询结果；否则，给出信息"没有找到该同学的成绩信息！"，可以再次输入新的姓名或者学号查询，见图 5-15 成绩查询表单所示的样式。

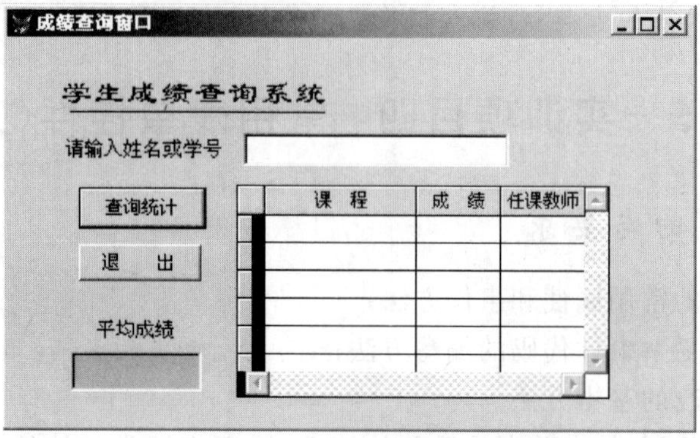

图 5-15 成绩查询表单

操作步骤如下：

① 添加控件和属性设置。在表单上放置标签控件 Label1、Label2、Label3；Line1 线控件；文本框 Text1 用于输入学生姓名或者学号信息、Text2 用于输出平均成绩；表控件 Grid1，用于显示查询结果；命令按钮 Command1、Command2，实现"查询统计"和"退出"。注意，Enabled 属性设置为 .F.，目的是让控件对象不能被修改，表单属性设置见表 5-7。

表 5-7 成绩查询表单属性设置表

控 件	属 性	属 性 值
Form1	Caption	成绩查询窗口
Label1	Caption	成绩查询系统
	FontName	宋体
	FontSize	16
	BackStyle	0
Label2	Caption	请输入姓名或学号
Label3	Caption	平均成绩
Text2	Enabled	. F.
Command1	Caption	查询统计
Command2	Caption	退出
Grid1	ColumnCount	3
	RecordSourceType	4
	Enabled	. F.
Header1	Caption	课程
Header2	Caption	成绩
Header3	Caption	任课教师

② 添加数据环境。右击表单空白处,在出现的快捷菜单中选择"数据环境"命令,在对话框中,选择学生表、成绩表和课程表为绑定的数据源。

③ 编写事件代码。

Form1 的 Activate 事件代码为:

```
Thisform.text1.value = ""
Thisform.text1.setfocus
Thisform.grid1.recordsource = ""
```

Command1 的 Click 事件代码为:

```
inchar = allt(thisform.text1.value)
mysql = "select c.课程名,(b.上机成绩 * 0.5 + b.理论成绩 * 0.5) as 总成绩,c.任课教师 from 学生
a,成绩 b,课程 c where (a.学号 == inchar or a.姓名 == inchar) and (a.学号 = b.学号) and (b.课程
号 = c.课程号) into cursor cjb1"
thisform.grid1.recordsource = mysql
IF cjb1.总成绩 = 0
    thisform.text2.value = ""
    messagebox("没有该同学的成绩信息!","消息窗口")
ELSE
    sele avg(总成绩) as cj from cjb1 into array x        && 求平均成绩
    thisform.text2.value = x(1)
ENDIF
thisform.text1.setfocus
```

Command1 的 Click 事件代码为:

```
Thisform.release
```

④ 运行调试。保存表单文件为 GRADE.SCX,然后运行表单,在运行过程中,可能出现问题,让表单不能正常运行,并出现以下的提示框,见图 5-16 运行出错信息提示框。可以根据自己的需要选择"取消"、"挂起"或"忽略"。

图 5-16　运行出错信息提示框

- 取消:终止表单文件的执行,编程人员自行查找出现的问题。
- 忽略:忽略存在的问题,表单文件继续被执行。
- 挂起:表单文件在问题处暂停执行,但仍然处于执行状态,系统诊断错误后,弹出如图 5-17 程序错误调试窗口,引导编程人员查找问题,问题修改后,可以在"调试"菜单中,选择"继续执行"或者单击"取消"按钮。

😊建议:是否可以按照课程名查询、按照院系查询或者按照任课老师姓名查询,实现查询的多样化? 可以设置一个选项按钮组,先确定查询的方式,再输入查询的条件,最后确认查询。

设计器的应用

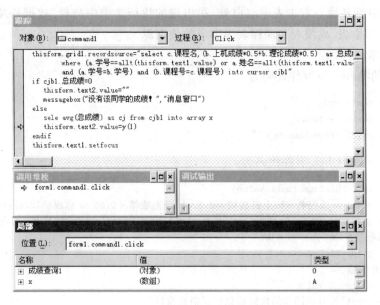

图 5-17　程序错误调试窗口

5.6　实训项目五：常用表单控件（四）

5.6.1　实训目的与要求

- 掌握计时器控件的常用属性和事件方法；
- 掌握页框控件的常用属性和事件方法；
- 超链接控件的使用。

提要：

（1）计时器在程序设计中使用广泛，当计时器达到指定长度的时间间隔后，系统会自动响应由编程人员编写的 Timer 事件，计时器控件中，常见的属性设置有：

- Interval 属性　确定计时器的时间间隔，以毫秒为单位，比如 1000，间隔为 1 秒。
- Enabled 属性　若为.T.,计时器计时，若为.F.,计时器停止计时。
- Timer 事件　计时满后，系统自动响应的事件代码。

（2）页框控件是一个容器类控件，可以容纳几乎所有的控件，使用相对复杂，常见的属性设置有：

- PageCount 属性　指定页框包含的页面数目。
- ActivePage 属性　指定页框中活动的页码。
- Pages 属性　一个数组，用于存储每个页面的标题（Caption）。例如：

Thisform. PageFrame1. pages(1). Caption = "开发团队"

5.6.2　实训内容与操作步骤

（1）设计一个时钟表单 SC. SCX，用于计时，秒数计满 60 为 1 分，分数计满 60 为 1 个小时,满 24 小时,小时数归零,按"暂停"按钮,时钟停止,变成"继续"按钮,单击"继续"按钮,计时继续。时钟表单如图 5-18 所示。

操作步骤如下:

① 添加控件和属性设置。在新建的表单上放置标签 Label1,用于显示时间信息;计时器 Timer1,用于计数;命令按钮Command1、Command2、Command3,实现"开始计时"、"暂停"/"继续"、"退出"功能;属性设置见表 5-8 时钟表单属性设置表。

图 5-18　时钟表单

表 5-8　时钟表单属性设置表

控件	属性	属性值	控件	属性	属性值
Form1	Caption	时钟演示	Timer1	Interval	1000
Label1	FontName	华文彩云		Enabled	. F.
	FontSize	48	Command1	Caption	开始计时
	AutoSize	. T.	Command2	Caption	暂停
	BackStyle	0-透明	Command3	Caption	退出

② 编写事件代码。

Form1 的 Load 事件代码为:

```
PUBLIC rh,rm,rs
rh = 0                          && 时、分、秒初始化成 0
rm = 0
rs = 0
```

Form1 的 Activate 事件代码为:

```
thisform.label1.caption = "00:00:00"
```

Timer1 的 Timer 事件代码为:

```
    IF rs = 59                  && 以下为时、分、秒的进位
      rm = rm + 1
      rs = 0
    ELSE
      rs = rs + 1
    ENDIF
    IF rm = 59
      rh = rh + 1
      rm = 0
    ENDIF
    IF rh = 24
      rh = 0
ENDIF
IF rs<10                        && 时、分、秒的显示都为两位字符串,不足两位前面添 0
      rs1 = "0" + str(rs,1)
```

```
    ELSE
        rs1 = str(rs,2)
    ENDIF
    IF rm<10
        rm1 = "0" + str(rm,1)
    ELSE
        rm1 = str(rm,2)
    ENDIF
    IF rh<10
        rh1 = "0" + str(rh,1)
    ELSE
        rh1 = str(rh,2)
    ENDIF
    ThisForm.label1.caption = rh1 + ":" + rm1 + ":" + rs1
    ThisForm.Refresh
```

Command1 的 Click 事件代码为：

```
Thisform.timer1.enabled = .t.
Thisform.command2.enabled = .t.              && 按钮有效
Thisform.command2.caption = "暂停"
rh = 0
rs = 0
rm = 0
```

Command2 的 Click 事件代码为：

```
IF   Thisform.command2.caption = "暂停"      && 同一按钮,两个功能
     Thisform.timer1.enabled = .f.           && 计时停止
     Thisform.command2.caption = "继续"
ELSE
     Thisform.timer1.enabled = .t.           && 计时启动
     Thisform.command2.caption = "暂停"
ENDIF
```

Command3 的 Click 事件代码为：

```
Thisform.release
```

③ 运行调试，保存表单文件为 SC.SCX，运行表单，注意时间显示的效果，可以根据自己的爱好调整字体、大小、位置和颜色。

😃 **建议 1**：时钟的初始计时为 0 时 0 分 0 秒，是否可以采用当前时间或者指定一个时间作为初始时间呢？核心问题是初始化变量 rs、rm、rh 的值，比如可以获取当前日期的时、分、秒作为它们的初始值：

```
rh = hour(datetime())
rm = minute(datetime())
rs = sec(datetime)
```

注意的是，若使用该初始值，暂停后，显示时间就不会和系统时间匹配了。

😃 **建议 2**：增加控件，显示当前日期。

（2）设计一个表单 ABOUT. SCX,如图 5-19 和图 5-20 所示,表单中有一个页框,其中包含两个页"开发团队"和"推荐搜索引擎",在"开发团队"中实现"制作群"及其以下的文字缓缓的向上移动到一定位置后停下。在"推荐搜索引擎"中添加一张图片,当单击图片时就启动网页浏览器并访问网站 WWW. GOOGLE. COM。单击"确定"按钮就关闭窗口。

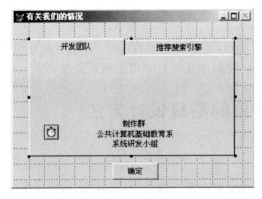

图 5-19 页框第一页图

图 5-20 页框第二页图

操作步骤如下:

① 添加控件和属性设置。新建表单,放置页框 PageFrame1(两个页面)和命令按钮 Command1;并在页框的 Page1 中放置标签 Label1、Label2、Label3 和计时器控件 Timer1;在 Page1 中放置图片控件对象 Image1(图片对象 logo. gif 事先准备好,保存在c:\myfile 文件夹下)和超级链接控件对象 HyperLink1。属性设置见表 5-9。

表 5-9 页框表单属性设置表

控 件	属 性	属 性 值
Form1	Caption	有关我们的情况
PageFrame1	PageCount	2
Page1	Caption	开发团队
Page2	Caption	推荐搜索引擎
Timer1	Interval	100
Image1	Picture	C:\myfile\logo. gif
Label1	Caption	制作群
Label2	Caption	公共计算机基础教育系
Label3	Caption	系统开发小组
Command1	Caption	确定

② 编写事件代码。Timer1 的 Timer 事件代码为:

```
IF This. Parent. Label1. Top>20      && 如果第一个标签的 Top 大于 20 像素继续移动
    This. Parent. Label1. Top = This. Parent. Label1. Top − 1      && 向上移动一个像素
    This. Parent. Label2. Top = This. Parent. Label2. Top − 1
    This. Parent. Label3. Top = This. Parent. Label3. Top − 1
    This. Parent. Label4. Top = This. Parent. Label4. Top − 1
ELSE
    This. Enabled = .F.      && 标签移动到位时,计时器设为不可用,标签不再移动
ENDIF
```

Image1 的 Click 事件代码为：

```
This.Parent.HyperLink1.NavigateTo ("http://www.google.com")
* HyperLink 对象的 NavigateTo 方法指定链接的地址
```

Command1 的 Click 事件代码为：

```
Thisform.release
```

③ 运行调试,保存表单文件为 About.SCX,运行表单。在运行之前,必须准备好相关的图像文件,并以约定的方式存储。其次,要连接网络,能正常打开相关网页文件。

5.7 实训项目六：表单的高级设计方法

5.7.1 实训目的与要求

在前面对各种基本控件熟悉的基础上,可以建立符合要求的达到应用层次的程序模块,这些模块都能以表单的方式来完成,例如：计算器、学生成绩数据录入等。这种应用,需要对每个环节的界面设计和数据设计考虑周全,更符合实际情况的需要。

5.7.2 实训内容与操作步骤

(1) 设计一个功能简单的计算器,能进行加减运算,运算表达式可以通过按钮来建立,也可以用键盘输入建立。单击"结果"按钮,在文本框中显示表达式的值,单击 C 按钮,清除文本框,重新输入数据进行计算,如图 5-21 所示。

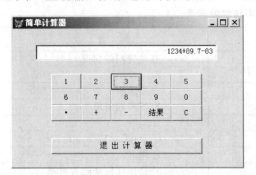

图 5-21 运算器表单

操作步骤如下：

① 添加控件和属性设置。新建表单,放置文本框 Text1(Alignment 属性的值为 1-右),输入运算表达式；命令按钮 Command1 ～ Command10 为数字键按钮,Command11 为小数点"."按钮,Command12～Command16 分别为"＋"按钮、"－"按钮、"结果"按钮、C 按钮和"退出计算"按钮,当然,也可以使用命令按钮组来实现,相关按钮的 Caption 属性设置就是按钮文字,比较简单。

② 编写事件代码。Form1 的 Activate 事件代码为：

```
Public s
s = ""
```

Command1 的 Click 事件代码为：

```
Thisform.text1.value = thisform.text1.value + "1"
Thisform.text1.refresh
```

说明：数字按钮、小数点按钮、加按钮、减按钮的事件代码和以上的代码基本一致,不同的是后面连接的字符做响应改变而已,比如,加号按钮(Command12)的 Click 事件代码为：

```
Thisform.text1.value = thisform.text1.value + " + "
Thisform.text1.refresh
```

Command14(结果按钮)的 Click 事件代码为：

```
s = thisform.text1.value
IF (type(s))! = "N"                          && 判断是否为数字表达式
     Thisform.text1.value = "运算式错误!"
ELSE
     Thisform.text1.value = &s
ENDIF
Thisform.text1.refresh
```

Command15(C 按钮)的 Click 事件代码为：

```
Thisform.text1.value = ""
Thisform.text1.refresh
```

Command16(退出计算器按钮)的 Click 事件代码为：

```
Thisform.release
```

③ 运行调试，保存文件并运行，注意运行中，也可以用键盘输入表达式，系统得到这个表达式后，判断是否为数字表达式，若是，进行计算；若不是，给出错误信息"运算式错误!"。

(2) 设计一个实用的成绩录入表单 CJ. SCX，可以录入指定学号的成绩，并将其相关信息添加到成绩表中。

基本功能如下：第一步，输入学号，单击"验证姓名"按钮，在学生表中查询该学生的姓名并核对，如核对不正确，重新输入学号再验证，若核对正确，横线以下的控件变为有效；第二步，选择课程和录入相关成绩，录入完毕后，单击"确认当前录入"按钮，将相关信息添加到成绩表中，若录入错误，或者成绩已经存在，则给出相关警告信息，要求重新录入；第三步：当录入成绩完毕后，可以单击"录入新成绩"按钮，回到第一步，录入新成绩信息，单击"退出"按钮，关闭表单。成绩录入表单如图 5-22 所示。

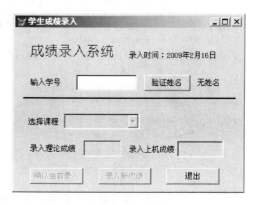

图 5-22　成绩录入表单

操作步骤如下：

① 添加控件和属性设置。新建表单，放置标签，用于显示相关文字提示信息、日期信息和姓名信息，它们是 Label1(成绩录入系统)、Label2(录入时间：)、Label3(显示年月日)、Label4(输入学号)、Label5(无姓名，注意，一旦学号输入正确，就显示对应学号的姓名)、Label6(选择课程)、Label7(输入理论成绩)、Label8(输入上机成绩)，相关的 Caption 属性就不在表 5-10 的属性设置中列出了，BackStyle 属性都设置为 0-透明处理；放置命令按钮Command1、Command2、Command3、Command4；放置文本框按钮 Text1、Text2、Text3 用于学号、成绩信息的输入；放置组合框 Combo1 用于选择课程名；放置线控件 Line1。详细的属性设置见表 5-10。

设计器的应用

表 5-10　成绩录入表单控件属性设置表

控件	属性	属性值	控件	属性	属性值
Form1	Caption	学生成绩录入	Text3	Enabled	.F.
Label1	FontName	幼圆	Text4	Enabled	.F.
	FontSize	16	Command1	Caption	验证姓名
Line1	BorderWidth	2	Command2	Caption	确认当前录入
ComBo1	RowsourceType	6-字段		Enabled	.F.
	Rowsource	课程.课程名	Command3	Caption	录入新成绩
	Enabled	.F.		Enabled	.F.
Text2	Enabled	.F.	Command4	Caption	退出

② 添加数据环境。右击表单空白处,在出现的快捷菜单中选择"数据环境"命令,在对话框中,选择学生表、成绩表和课程表为绑定的数据源。

③ 编写控件事件代码。

Form1 的 Activate 事件代码为:

```
y = allt(str(year(date())))        && 用于得到年月日的三个变量 y,m,d
m = allt(str(mont(date())))
d = allt(str(day(date())))
Thisform.label3.caption = y + "年" + m + "月" + d + "日"        && 在 label3 中显示日期信息
Thisform.label5.caption = "无姓名"        && 没有查询或者查询不成功的姓名显示信息
```

Command1 的 Click 事件代码为:

```
SELECT (Thisform.DataEnvironment.Cursor1.Alias)        && 选择学生表
myid = thisform.text1.value        && 获得输入的学号到变量
LOCATE all for allt(学号) == allt(myid)        && 查找学号是否在学生表中
IF found()        && 若找到
   Thisform.label5.caption = 姓名        && 显示姓名
   Thisform.combo1.enabled = .T.        && 让输入的相关控件有效
   Thisform.text2.enabled = .T.
   Thisform.text3.enabled = .T.
   Thisform.command2.enabled = .T.
   Thisform.refresh
ELSE
   Messagebox("学号信息有误,请输入正确的学号!","警告窗口")
   Thisform.text1.setfocus
   Thisform.text1.value = ""
   Thisform.label5.caption = "无姓名"
   Thisform.refresh
ENDIF
```

Command2 的 Click 事件代码为:

```
Thisform.command3.enabled = .T.
mykc = allt(thisform.combo1.value)        && 获得课程名到变量 mykc 中
mycj1 = val(thisform.text2.value)        && 获得理论成绩
mycj2 = val(thisform.text3.value)        && 获得上机成绩
myid = allt(thisform.text1.value)        && 获得学号,以下检查成绩信息输入的合法性
IF (mykc == "" OR (mycj1<0 OR mycj1>100 OR mycj2<0 OR mycj2>100))
```

```
    Messagebox("课程为空或成绩错误,请重新输入相关数据!","警告窗口")
    Thisform.combo1.setfocus
ELSE
    SELECT (Thisform.DataEnvironment.Cursor3.Alias)
    LOCATE all for allt(课程名) == mykc
    mykch = allt(课程号)
    SELECT (Thisform.DataEnvironment.Cursor2.Alias)
    LOCATE all for allt(学号) == myid and allt(课程号) == mykch
    IF found()                              && 检查成绩是否存在,若存在,不能录入
      Messagebox("该成绩已经存在!","警告窗口")
      Thisform.command2.enabled = .F.
    ELSE
      INSERT INTO 成绩 values(myid,mykch,mycj2,mycj1)    && 若不存在,插入
    ENDIF
ENDIF
```

Command3 的 Click 事件代码为:

```
Thisform.text1.value = ""               && 初始化文本框为空字符
Thisform.text2.value = ""
Thisform.text3.value = ""
Thisform.text1.setfocus
Thisform.label5.caption = "无姓名"
Thisform.combo1.value = ""
Thisform.combo1.enabled = .F.           && 相关控件置为无效
Thisform.text2.enabled = .F.
Thisform.text3.enabled = .F.
Thisform.command2.enabled = .F.
Thisform.command3.enabled = .F.
```

Command4 的 Click 事件代码为:

```
Thisform.release
```

④ 运行调试程序,保存文件为 CJ.SCX,运行表单。

提示:此表单的事件代码是很冗长的,需要考虑和处理的问题比较多,特别是容错处理占据了相当大的篇幅,使用了大量的 Enabled 属性的设置,什么时候让控件有效,什么时候让控件无效,是防止错误操作的最常见的方法,我们的原则是:只有一定的条件满足后,才能允许下一步骤的操作,所以,有些控件在初始化的时候被置为无效,当录入的条件满足后,才能重新置为有效。

5.8 实训项目七:菜单技术

5.8.1 实训目的与要求

- 掌握下拉式菜单的设计和使用方法。
- 掌握顶层菜单的设计和使用方法。
- 了解快捷菜单的设计和运行方法。

提要：

（1）菜单是程序运行的集成环境，目的是使程序操作方便和简洁，几乎所有的程序都提供了完整的菜单操作方法，系统本身提供的菜单称为系统菜单，程序开发人员编写的为用户菜单。VFP 支持两种类型的菜单：条形菜单和弹出式菜单，每个菜单或菜单项有四要素：菜单标题、内部名、键盘快捷方式和菜单选中的动作代码。

（2）菜单设计的基本过程为：第一步，调用菜单设计器；第二步，定义菜单并修改菜单，形成菜单文件（.mnt 文件）；第三步，生成菜单程序文件（.mpr 文件）；第四步，运行菜单文件。菜单制作方法比较单一，严格按照步骤进行，一般都能设计出符合需要的菜单。

（3）顶层表单中添加菜单，也就是将菜单显示在指定的表单中，这样的表单叫顶层表单；在特定对象选定后，或者在一定的环境下，右击鼠标而出现的菜单，叫快捷菜单。

5.8.2 实训内容与操作步骤

（1）设计一个下拉菜单，如图 5-23 所示，在"文件"菜单中打开或者关闭表文件，在"浏览"和"添加"菜单中实现相关操作，并有一定的帮助功能。

操作步骤如下：

① 选择"文件"|"新建"命令，单击"菜单"按钮，出现如图 5-24 所示的"新建菜单"对话框（若选择"快捷菜单"按钮就是建立快捷菜单），弹出菜单设计器，开始菜单的设计。

图 5-23 下拉菜单设计   图 5-24 "新建菜单"对话框

② 设计菜单栏和指定常规选项。在图 5-25 所示的菜单设计器中，设计菜单栏（文件、浏览、添加、帮助），并创建各菜单栏的操作结果和指定选项。单击系统菜单的"显示"，选择"常规选项"命令，弹出"常规选项"对话框，如图 5-26 所示设置菜单属性。

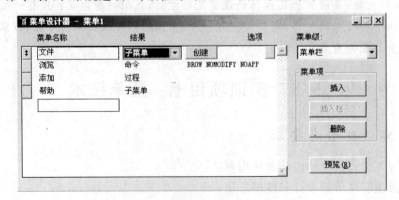

图 5-25 "菜单设计器"对话框

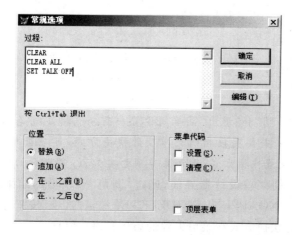

图 5-26 "常规选项"对话框

　　常规选项中的"过程"编辑框：指定菜单执行的初始代码，若未指定，则执行默认的代码；"位置"选择按钮：确定用户菜单和系统菜单的位置关系（替换系统菜单、追加到系统菜单尾部、在某一系统菜单项之前、在某一系统菜单项之后）；若选中顶层菜单，则该菜单只能为顶层菜单（见顶层菜单的设计）。

　　③ 在菜单设计器中，单击"文件"菜单栏的创建按钮，进入"文件"菜单栏子菜单的设计，文件子菜单的设计对话框如图 5-27 所示。

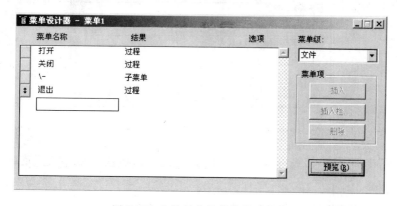

图 5-27 文件子菜单的设计对话框

"打开"菜单的过程：

```
Flilenam = GETfile("DBF","*.DBF")          && 打开表文件,并将其存储到变量 Flilenam 中
Flilenam = Allt(Flilenam)                   && 去掉前后空格
IF file(Flilenam)                           && 判断文件是否存在
        USE &Flilenam
ELSE
        Messagebox("未发现文件","警告窗口")
ENDIF
```

"关闭"菜单的过程：

```
USE
```

Messagebox("文件已关闭","警告窗口")

"退出"菜单的过程：

```
SET SYSMENU NOSAVE
SET SYSMENU TO DEFAULT
```

提示：在"关闭"和"退出"菜单间设置一条分隔横线就是设置菜单"\－"，该菜单的子菜单不用再设置；若要直接指明菜单项的快捷方式，可在菜单名后加括号，指定访问键，比如在"查询"中设置快捷方式，则该菜单项的名称为：查询(\＜S)。

④ 返回图5-25的菜单设计器界面，确定"浏览"菜单项的结果和选项，结果命令为：BROW NOMODIFY NOAPPEND NODELETE；单击"选项"按钮，出现图5-28所示的"提示选项"对话框，确定快捷方式和菜单失效的条件和提示信息。

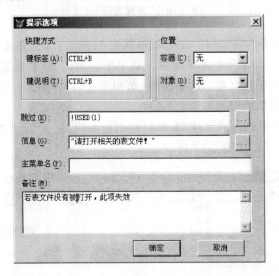

图 5-28 "提示选项"对话框

⑤ 指定"添加"菜单的过程代码和提示选项，提示选项基本和"浏览"菜单一致，过程代码为：

```
p = messagebox("确认在表尾添加新记录吗?",1,"提示窗口")
IF p = 1
    APPEND
ENDIF
```

⑥ 在菜单设计器中，单击"帮助"菜单栏的创建按钮，进入"帮助"菜单栏子菜单的设计，见图5-29帮助子菜单的设计对话框，此栏的子菜单，都可以引用系统菜单，单击"插入栏"按钮，分别插入"Microsoft Visual FoxPro 帮助信息"、"产品信息"、"联机支持"，设计者还可以根据自己的需要加入相关菜单项。

⑦ 保存和生成菜单程序文件。单击"保存"按钮，保存菜单文件为 MAINMENU.MNX，单击"菜单"菜单，选择"生成"命令，生成菜单程序文件 MAINMENU.MPR。

⑧ 运行菜单程序。单击"程序"菜单，选择"运行"，在对话框中找到该菜单程序，运行程序，或者在命令窗口中，键入命令：DO MAINMENU.MPR，运行该程序。

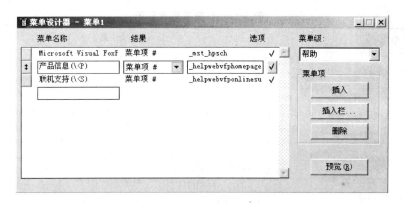

图 5-29　帮助子菜单的设计对话框

（2）设计一顶层菜单，将 MAINEMENU. MPR 菜单程序文件放置到表单 FORM_MENU. SCX 中，作为其顶级菜单。顶层表单如图 5-30 所示。

操作步骤如下：

① 选择"文件"｜"打开"命令，在对话框中选择菜单文件 MAINMENU. MNX，选择"显示"｜"常规选项"命令，出现如图 5-26 常规选项对话框，选中"顶层表单"。然后保存，再生成为菜单程序文件 MAINMENU. MPR。

② 选择"文件"｜"新建"｜"表单"命令，在表单设计器中，建立顶层表单 MAIN_MENU. SCX，将顶层表单的 ShowWindow 属性值设置为"2 - 作为顶层表单"，在表单的 Init 事件中添加命令：Do MAIN_MENU. MPR With This,. T.。在表单的 Destroy 事件中添加命令：RELEASE MENU Main_MENU EXTENDED。然后运行表单。

（3）设计一个在表单（FORM_KJ. SCX）中的快捷菜单（KJCD），其选项有：日期、时间、变大和变小，时间与变大之间用分隔线分隔，如图 5-31 弹出式菜单所示。选中日期或时间选项时，表单标题变成当前日期或时间；选中变大或变小选项时，表单大小缩放 20％。

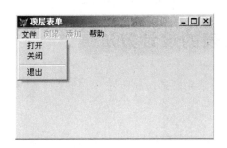

图 5-30　顶层表单

图 5-31　弹出式菜单

操作步骤如下：

① 建立菜单。设计弹出式菜单。选择"文件"｜"新建"｜"菜单"命令，出现如图 5-24 所示的菜单建立对话框。然后选择"快捷菜单"按钮，弹出菜单设计器，格式基本和下拉菜单一致，开始菜单的设计，菜单名和对应的结果以及过程代码见表 5-11 快捷菜单设置表。

表 5-11　快捷菜单设置表

菜单名称	结　　果
日期(\<D)	过程：s＝DTOC(DATE()) mfRef.CAPTION＝s
时间(\<T)	过程：s＝time() ss＝left(s,2)＋'时'＋subs(s,4,2)＋'分'＋right(s,2)＋'秒' mfRef.CAPTION＝s
\－	
变大(\<L)	过程：w＝mfRef.WIDTH h＝mfRef.HEIGHT mfRef.WIDTH＝w＋w∗0.2 mfRef.HEIGHT＝h＋h∗0.2
变小(\<S)	过程：w＝mfRef.WIDTH h＝mfRef.HEIGHT mfRef.WIDTH＝w－w∗0.2 mfRef.HEIGHT＝h－h∗0.2

② 设置菜单属性和选项。选择"显示"→"常规选项"命令，打开"常规选项"对话框，选择"设置"复选框，打开相应代码编辑窗口，输入命令：PARAMETERS mfRef，指定接收当前表单对象引用的参数；选择"清理"复选框，打开相应代码编辑窗口，输入命令：RELEASE POPUPS KJCD，清除快捷菜单。选择"显示"菜单下的"菜单选项"命令项，打开"菜单选项"对话框，在"名称"文本框中输入快捷菜单的内部名字 KJCD。

③ 保存并生成菜单程序文件。单击"常用"工具栏上的"保存"按钮，将结果保存在菜单定义文件 kjcdlx.mnx 和菜单备注文件 kjcdlx.mnt 中；选择"菜单"菜单下的"生成"命令项，生成快捷菜单程序文件 kjcdlx.mpr。

④ 新建并运行表单。新建一个空白表单 FORM_KJ.SCX，设置表单的 Caption 为"快捷菜单练习窗口"，然后在其 RightClick 事件代码中添加快捷菜单调用命令：DO kjcdlx.mpr WITH This。保存表单后运行，在表单窗口上单击鼠标右键，操作快捷菜单观看效果。

5.9　实训项目八：报表的设计方法

5.9.1　实训目的与要求

- 掌握利用报表向导生成报表的方法和步骤；
- 掌握使用快速报表生成报表的方法和步骤；
- 掌握使用报表设计器设计报表的方法和步骤。

提要：报表是一种数据输出方式，在一个实用的程序中，会有很多报表，报表主要由数据、布局和统计三部分构成，这部分内容的实训，主要看重操作，理论概念和程序的编写相对来说比较少。

5.9.2　实训内容与操作步骤

(1) 使用"报表向导"，以"学生"表为基本数据对象，创建输出学生信息的报表，保存为文件"学生基本信息.frx",可以用"报表向导"和"快速报表"两个方式实现。

用报表向导设计的步骤如下：

① 选择"文件"|"新建"|"报表"命令,然后单击"向导"按钮,然后在出现的"向导选取"对话框中选择"报表向导"。

② 报表向导一共有6个步骤,分别如下：

步骤一：字段选取。单击"数据库和表"下拉列表框旁的按钮,打开需要的数据库或者表,在列表中选择"学生"表,"可用字段"列表框中出现表中所有的字段。选中字段名后单击左箭头按钮,或者直接双击字段名,该字段就移动到"选定字段"列表框中,如图5-32字段选取对话框。

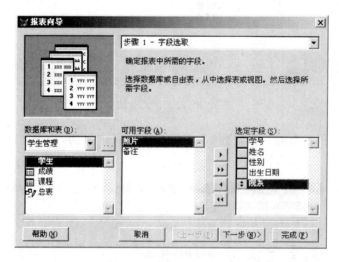

图 5-32　字段选取对话框

步骤二：分组记录。此步骤确定数据分组方式,注意,自由按照分组字段建立索引后才能正确分组,最多可以建立3层分组,本例中没有指定分组选项。分组记录对话框如图5-33所示。

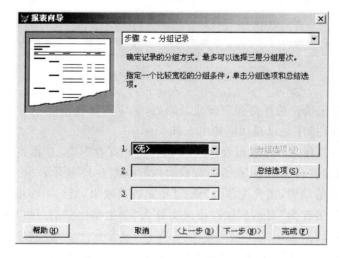

图 5-33　分组记录对话框

步骤三：确定报表样式，报表样式对话框如图 5-34 所示。

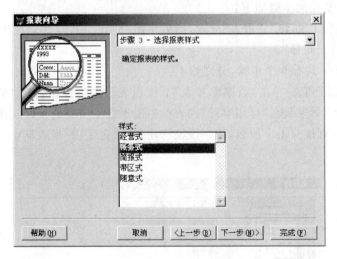

图 5-34　报表样式对话框

步骤四：定义报表布局。指定列数、字段布局和纸张方向，报表布局对话框如图 5-35 所示。

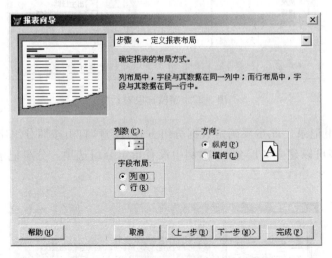

图 5-35　报表布局对话框

步骤五：排序记录。选择排列字段或者索引，确定记录在报表中出现的顺序。本例中指定按"学号"排序，排序记录对话框如图 5-36 所示。

步骤六：完成并预览。设置报表标题；可以选择"保存"｜"保存报表并在'报表设计器'中修改报表"｜"保存并打印报表"命令。完成对话框如图 5-37 所示。

为了查看报表的结果，通常先单击"预览"按钮查看效果，最后单击报表向导上的"完成"按钮，通过弹出的"另存为"对话框保存报表文件为"学生基本信息.frx"。最后完成的预览效果如图 5-38 所示。

用快速报表方式生成报表的步骤：

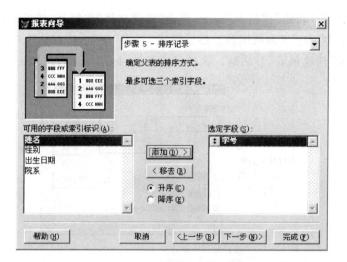

图 5-36 排序记录对话框

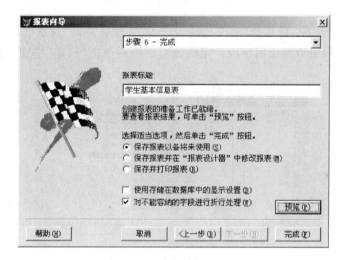

图 5-37 完成对话框

学号	姓名	性别	出生日期	院系
2003112001	肖远	男	03/01/83	经济政法学院
2003112002	李传奇	女	03/16/82	经济政法学院
2003131101	张太平	男	05/30/83	教育技术系
2003131102	蒋艳娟	女	06/14/83	教育技术系
2003141001	吴懋懋	女	07/29/85	外国语学院

图 5-38 向导报表预览

设计器的应用

① 选择"文件"|"新建"|"报表"命令,单击"新建文件"按钮,出现报表设计器主界面,添加数据环境,选择"学生"表为数据源。然后单击"报表"菜单,选择命令项"快速报表",出现如图 5-39 所示的"快速报表"对话框。选择字段布局、标题和别名选项。

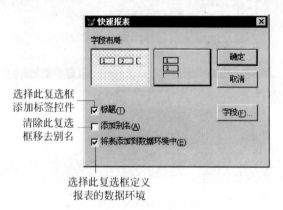

图 5-39 "快速报表"对话框

② 为报表选择字段,请选择"字段"按钮,进入"字段选择器"对话框,如图 5-40 所示,注意,不能向报表布局中添加通用字段。完成该对话框后单击"确定"按钮。回到报表设计的主界面。

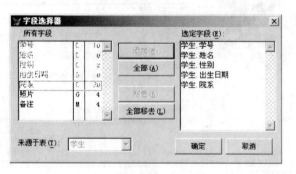

图 5-40 "字段选择器"对话框

③ 核对样式是否符合要求,保存为"学生名单.frx",预览,快速报表设计器如图 5-41 所示,快速报表预览如图 5-42 所示。

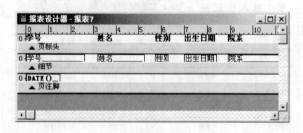

图 5-41 快速报表设计器

(2) 使用报表设计器对"学生名单.frx"进行修改,使之更美观和实用。效果如图 5-43 所示。

图 5-42　快速报表预览

图 5-43　报表修改预览

操作步骤如下：

① 选择"文件"|"打开"命令，打开报表文件"学生名单.frx"，出现图 5-44 所示的报表设计器界面。

图 5-44　报表设计器

② 添加"标题"带区和"总结"带区。从"报表"|"标题/总结"对话框中选择"标题"带区复选框和"总结"带区复选框，按"确定"按钮，"标题"带区出现在报表的顶部，"总结"带区出现在报表的尾部。

③ 调整带区的高度。用鼠标选中"标题"带区表示栏（表示栏变黑），向下拖曳来扩展

"标题"带空间。用同样的方法调整其他带区的空间。

④ 添加标题。单击"报表控件"工具栏中的"标签"按钮,在报表的"标题"带区上单击鼠标,出现一个闪动的光标,输入"学生名单"作为标题。

⑤ 设置标题文字格式:单击标题标签,选中此标签。选择"格式"|"字体"命令,在对话框中选择合适的字体、字型和字号。本例中选择楷体、加粗和一号。

⑥ 移动控件。单击"报表设计器"工具栏上的"布局工具栏"按钮,打开"布局"工具栏。选定标题"标签"控件,然后单击"布局"工具栏上的"水平居中"和"垂直居中"按钮,使其位于"标题"带区的中央。

⑦ 添加线条。单击"报表控件"工具栏上"线条"按钮,在"标题"带区下沿划两条水平线。在"页标头"带区下沿划一条水平线。同时选定这两条线,单击"布局"工具栏上的"相同宽度"按钮,使它们宽度相同。再选定第一条线,在"格式"菜单下选择"绘图笔",从子菜单中选择 4 磅。

⑧ 添加通用字段。在"报表控件"工具栏中单击"图片/ActiveX"控件按钮,在报表的"细节"带区单击鼠标拉出图文框。在弹出的报表图片对话框中图片来源区域选择"字段",单击"表达式"按钮,在"选择字段/变量"对话框中选择照片字段,单击"确定"按钮。再单击"确定"按钮,关闭报表图片对话框。在页标头带区添加照片标签。

⑨ 预览保存。

💣 **提示**:操作过程繁杂,需要仔细和有耐心。

5.10　实训项目九:项目管理器

5.10.1　实训目的与要求

· 掌握项目管理器的基本使用方法和它的组成模块。

· 学会通过项目管理器生成应用程序。

提要:项目管理器是 Visual FoxPro 中提供的一个集成开发环境,能对程序开发过程中的所有资源进行集中管理,并在此基础上进行应用程序的连编。

(1) 在项目管理器中组织应用程序和相关资源,包括:数据的管理、文档的管理、类的管理、程序或者代码的管理、菜单等其他文件的管理,编程人员可以根据自己项目开发的需要,进行资源的添加、新建、修改、移除、删除、浏览、预览和运行操作,也能根据这些资源连编一个应用程序。

(2) 项目文件的连编与运行,主要从主控程序出发,执行一系列操作,最后从主控程序结束,所以,要生成一个应用程序的基本步骤是:第一步,组织好该项目所需的所有资源(程序、表单、菜单和数据等);第二步,确定主控程序文件;第三步,确定文件和数据的"包含/排除"状态;第四步,确定程序和各种资源之间明确的调用关系;第五步,确定程序在连编完毕后的执行路径和文件名。

5.10.2　实训内容与操作步骤

建立一个项目文件"密码创建.PJX",为生成密码验证的应用程序组织相关资源,包括的资源有：用户表文件 USE.DBF；表单文件 PASSW.SCX；主控程序文件 MAIN.PRG，其中，用户表文件和表单文件已经存在，进行"添加"操作即可，主控程序文件需要"新建"。最后将该项目连编为可执行程序(EXE 文件)。

💣 提示：在此实训中，表文件、表单文件、程序文件、项目文件和可执行文件最好存储在设置的同一默认文件夹下。

操作步骤如下：

① 选择"文件"|"新建"|"项目"命令，单击"新建文件"按钮，出现项目创建对话框，指定项目文件的存储路径和文件名"密码创建.PJX"，确认后，出现如图 5-45 所示的"项目管理器"对话框，添加或者新建所需要的资源文件。

② 选择"数据"卡，选中"自由表"项，单击"添加"按钮，出现如图 5-46 所示的数据管理对话框，选中表文件 USE.DBF，将其添加到项目文件中；然后，右击表名，在出现的快捷菜单中，设置为"排除"(排除状态的文件，可以随时修改和更新，如表、数据库等需要在程序运行中更新)。

图 5-45　"项目管理器"对话框

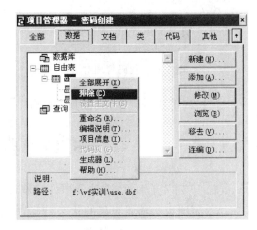

图 5-46　"数据"选项卡

选择"文档"选项卡，选中"表单"项，单击"添加"按钮，打开文档管理对话框，如图 5-47 所示，选中表单 PASSW.SCX，将其添加到项目文件中；然后，右击表单名，在出现的快捷菜单中，设置为"包含"(包含状态的文件，就不能再发生更改和变动，如程序、图形、表单、菜单、报表、查询等)。

③ 选择"代码"选项卡，选中"程序"项，单击"新建"按钮，出现程序输入编辑框，输入如下代码：

```
CLEAR ALL
DO FORM PASSW.SCX
RETURN
```

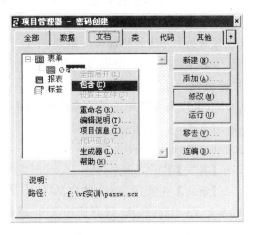

图 5-47　"文档"选项卡

设计器的应用

保存为 MAIN.PRG，打开代码管理对话框，如图 5-48 所示，右击程序名，在出现的快捷菜单中，选中"设置为主文件"命令，主控程序指定，程序在此开始，在此结束。

④ 单击"连编"按钮，出现图 5-49 程序连编对话框，操作选择"连编可执行文件"，并在选项中选中"重新编译全部文件"，然后单击"确定"按钮，在出现的保存对话框中，保存该文件为"密码登录.EXE"。

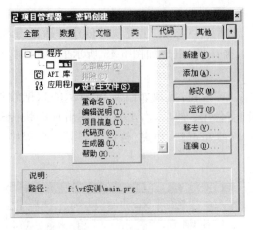

图 5-48　代码管理对话框

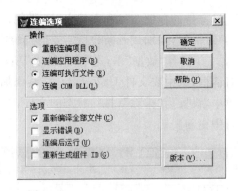

图 5-49　程序连编对话框

⑤ 运行可执行程序，验证其正确性。

5.11　典型试题剖析

（1）下列关于属性、方法和事件的叙述中，错误的是（　　）。

A. 属性用于描述对象的状态，方法用于表示对象的行为

B. 基于同一个类产生的两个对象可以分别设置自己的属性值

C. 事件代码也可以像方法一样被显式调用

D. 在新建一个表单时，可以添加新的属性、方法和事件

【答案】D

【解析】方法和属性可以添加，事件不能添加。

（2）假定一个表单里有一个文本框 Text1 和一个命令按钮组 CornrnandGroup1，命令按钮组是一个容器对象，其中包含 Command1 和 Command2 两个命令按钮。如果要在 Command1 命令按钮的某个方法中访问文本框的 Value 属性值，下面式子正确的是（　　）。

A. This. ThisForm. Text1. Value　　　　B. This. Parent. Parent. Text1. Value

C. Parent. Parent. Text1. Value　　　　D. This. Parent. Text1. Value

【答案】B

【解析】在使用相对应用对象的方法时，要注意 This、This Form、Parent 的层次关系，以及父子的指代关系，没有使用 This 或相关的对象名字指定一个对象，不能使用 Parent。

（3）下面关于数据环境和数据环境中两个表之间关系的陈述中正确的是（　　）。

A. 数据环境是对象，关系不是对象

B. 数据环境不是对象,关系是对象

C. 数据环境是对象,关系是数据环境中的对象

D. 数据环境和关系都不是对象

【答案】B

【解析】数据环境和关系都是对象,它们有自己的属性、方法、事件。

(4) 假定表单中包含一个命令按钮,那么在运行表单时,下面有关事件引发次序的陈述中,正确的是(   )。

A. 先命令按钮的 Init 事件,然后表单的 Init 事件,最后表单的 Load 事件

B. 先表单的 Init 事件,然后命令按钮的 Init 事件,最后表单的 Load 事件

C. 先表单的 Load 事件,然后表单的 Init 事件,最后命令按钮的 Init 事件

D. 先表单的 Load 事件,然后命令按钮的 Init 事件,最后表单的 Init 事件

【答案】D

【解析】Load 事件在表单对象建立之前引发,即运行表单时,先引发表单的 Load 事件,再引发表单的 Init 事件。而 Init 事件在对象建立时发生。在表单对象的 Init 事件引发之前,将先引发它所包含的控件对象(如按钮、文本框)的 Init 事件,所以在表单对象的 Init 事件代码中能够访问它所包含的所有控件对象。

(5) 在表单设计器环境下,要选定表单中某选项组里的某个选项按钮,可以(   )。

A. 单击选项按钮

B. 双击选项按钮

C. 先用鼠标右键单击选项组,并选择"编辑"命令,然后再单击选项按钮

D. 以上 B 和 C 都可以

【答案】C

【解析】单击选项按钮是选中选项按钮,双击选项按钮组会打开代码编辑窗口。

(6) 在 Visual FoxPro 中可以使用命令调用菜单设计器,其命令格式为(   )。

A. MODIFY STRU ＜菜单文件名＞

B. CREATE MENU ＜菜单文件名＞

C. MODIFY MENU ＜菜单文件名＞

D. USE MENU ＜菜单文件名＞

【答案】C

【解析】在 Visual FoxPro 中,完成一种操作的方法可能有很多种:命令方式、菜单命令方式以及程序方式。调用菜单设计器设计菜单的命令为:MODIFY MENU ＜菜单文件名＞,如果该菜单文件已经存在,就调用菜单设计器修改菜单文件;如果不存在,就新建一指定文件名的菜单。

(7) 在 Visual FoxPro 中,用来保存菜单定义的文件的扩展名为(   )。

A. .mnu   B. .mnx   C. .mpr   D. .mnt

【答案】B

【解析】在 Visual FoxPro 中用来保存菜单定义的文件的扩展名为.mnx,这个文件存放着菜单的各项定义,它本身是一个表文件,不能够运行。用来保存对菜单进行说明的信息为菜单的备注文件,其扩展名为.mnt。只有根据菜单定义生成可以执行的菜单程序文件才可

设计器的应用

以运行,该类文件的扩展名为.mpr。

(8) 报表的数据源可以是(　　)。

A. 表、视图或查询　　　　　　　　B. 自由表或其他报表

C. 数据库表、自由表或查询　　　　D. 数据库表、自由表或视图

【答案】A

【解析】设计报表通常包括两个部分的内容:数据源和报表布局。其中数据源可以是表、视图或查询。这里的表既包括自由表又包括数据库表,都可以作为报表的数据源。视图和查询,虽然它们本身不包含数据,但是通过执行视图和查询命令可以得到一个数据集合,他们也能作为报表的数据源。在 A、C、D 选项中 A 选项更加合适。

(9) Visual FoxPro 的报表文件.frx 中保存的是(　　)。

A. 打印报表的预览格式　　　　　　B. 打印报表本身

C. 报表的格式和数据　　　　　　　D. 报表设计格式的定义

【答案】D

【解析】在 Visual FoxPro 中,报表文件.frx 中保存的是报表设计格式的定义,当预览报表或者打印报表的时候,报表从报表定义的数据源中取出相应的数据按照报表定义的格式逐一显示或打印出来。在报表设计的时候,还可以对报表做相关的说明,这些报表说明信息保存在报表备注文件.frt 中。因此,应该选择 D。

(10) "项目管理器"中的"运行"按钮用于执行选定的文件,这些文件可以是(　　)。

A. 查询、视图或表单　　　　　　　B. 表单、报表或标签

C. 查询、表单或程序　　　　　　　D. 以上文件都可以

【答案】C

【解析】在 Visual FoxPro 中,能用 DO 命令执行的文件才能运行,程序执行:DO 程序名;表单执行:DO FORM 表单名;菜单程序文件执行:DO 菜单名.MPR;查询执行:DO 查询文件.QPR。

5.12　两级测试题

分别给出理论测试题和实训操作测试题,作为学习后的简单测试。

5.12.1　基础测试题

1. 单项选择题

(1) 下面选项中不属于面向对象程序设计特征的是(　　)。

A. 继承性　　　　B. 多态性　　　　C. 类比性　　　　D. 封闭性

(2) 在 Visual FoxPro 中,通常以窗口形式出现,用以创建和修改表、表单、数据库等应用程序组件的可视化工具称为(　　)。

A. 向导　　　　　B. 设计器　　　　C. 生成器　　　　D. 项目管理器

(3) 在 Visual FoxPro 中调用表单 mf1 的正确命令是(　　)。

A. DO mf1　　　　　　　　　　　B. DO FROM mf1

C. DO FORM mf1　　　　　　　　D. RUNmf1

(4) 执行命令 MyForm＝CreateObject("Form") 可以建立一个表单,为了让该表单在屏幕上显示,应该执行命令(　　)。

A. MyForm. List　　　　　　　　　B. MyForm. Display

C. MyForm. Show　　　　　　　　　D. MyForm. ShowForm

(5) 以下属于容器类控件的是(　　)。

A. Text　　　　B. Form　　　　C. Label　　　　D. EditBox

(6) 一个对象的名字,由对象的(　　)属性决定。

A. Caption　　　B. Name　　　　C. Value　　　　D. Object

(7) 计时器控件的主要属性是(　　)。

A. Enabled　　　B. Caption　　　C. Interval　　　D. Value

(8) 打开已经存在的表单文件的命令是(　　)。

A. MODIFY FORM　　　　　　　　B. EDIT FORM

C. OPEN FORM　　　　　　　　　　D. READ FORM

(9) 下面关于命令 DO FORM XX NAME YY LINKED 的陈述中,正确的是(　　)。

A. 产生表单对象引用变量 XX,在释放变量 XX 时自动关闭表单

B. 产生表单对象引用变量 XX,在释放变量 XX 时并不关闭表单

C. 产生表单对象引用变量 YY,在释放变量 YY 时自动关闭表单

D. 产生表单对象引用变量 YY,在释放变量 YY 时并不关闭表单

(10) 设置表单标题的属性是(　　)。

A. Title　　　　B. Text　　　　C. Biaoti　　　　D. Caption

(11) 在表单设计中,经常会用到一些特定的关键字、属性和事件。下列各项中属于属性的是(　　)。

A. This　　　　B. ThisForm　　　C. Backstyle　　　D. Click

(12) 释放和关闭表单的方法是(　　)。

A. Release　　　B. Delete　　　　C. LostFocus　　　D. Destory

(13) 在 Visual FoxPro 中,Unload 事件的触发时机是(　　)。

A. 释放表单　　　B. 打开表单　　　C. 创建表单　　　D. 运行表单

(14) 下列表单的(　　)属性设置为真时,表单运行时将自动居中。

A. AutoCenter　　B. AlwaysOnTop　　C. ShowCenter　　D. FormCenter

(15) 若要用文本框来显示数据表中的某一个字段的值,则应将文本框对象的(　　)属性设置为所要显示的字段名。

A. ControlSource　　B. RecordSource　　C. Source　　　D. Text

(16) 在允许多选的列表框中,若要判断当前列表项是否被选中,可通过(　　)属性来实现。

A. Select　　　　B. Selected　　　C. ListIndex　　　D. Value

(17) 假设在表单设计器环境下,表单中有一个文本框且已经被选定为当前对象。现在从属性窗口中选择 Value 属性,然后在设置框中输入:＝{^2001-9-10}-{^2001-8-20}。请问以上操作后,文本框 Value 属性值的数据类型为(　　)。

A. 日期型　　　　B. 数值型　　　　C. 字符型　　　D. 以上操作出错

(18) 页框控件也称作选项卡控件,在一个页框中可以有多个页面,页面个数的属性是( )。

    A. Count   B. Page   C. Num   D. PageCount

(19) 在表单 MyForm 中通过事件代码,设置标签 Lbl1 的 Caption 属性值为"计算机等级考试",下列程序代码正确的是( )。

    A. MyForm. Lbl1. Caption＝"计算机等级考试"

    B. This. Lbl1. Caption＝"计算机等级考试"

    C. ThisForm . Lbl1. Caption＝"计算机等级考试"

    D. ThisForm. Lbl1. Caption＝计算机等级考试

(20) 表单里有一个选项按钮组,包含两个选项按钮 Option1 和 Option2,假设 Option2 没有设置 Click 事件代码,而 Option1 以及选项按钮和表单都设置了 Click 事件代码,那么当表单运行时,如果用户单击 Option2,系统将( )。

    A. 执行表单的 Click 事件代码   B. 执行选项按钮组的 Click 事件代码

    C. 执行 Option1 的 Click 事件代码   D. 不会有反应

(21) 在运行表单时,下列有关表单事件引发次序的叙述正确的是( )。

    A. Activate -> Init -> Load   B. Load -> Activate -> Init

    C. Activate -> Load -> Init   D. Load -> Init -> Activate

(22) 表单名为 myForm 的表单中有一个页框 myPageFrame,将该页框的第 3 页 (Page3) 的标题设置为"修改",可以使用代码( )。

    A. myForm. Page3. myPageFrame. Caption＝"修改"

    B. myForm. myPageFrame. Caption. Page3＝"修改"

    C. Thisform. myPageFrame. Page3. Caption＝"修改"

    D. Thisform. myPageFrame. Caption. Page3＝"修改"

(23) 假定一个表单里有一个文本框 Text1 和一个命令按钮组 CommandGroup1。命令按钮组是一个容器对象,其中包含 Command1 和 Command2 两个命令按钮。如果要在 Command1 命令按钮的某个方法中访问文本框的 Value 属性值,正确的表达式是( )。

    A. This. ThisForm. Text1. Value   B. This. Parent. Parent. Text1. Value

    C. Parent. Parent. Text1. Value   D. This. Parent. Text1. Value

(24) 下面属于表单方法名(非事件名) 的是( )。

    A. Init   B. Release   C. Destroy   D. Caption

(25) 假定一个表单里有一个文本框 Text1 和一个命令按钮组 CornrnandGroup1,命令按钮组是一个容器对象,其中包含 Command1 和 Command2 两个命令按钮。如果要在 Command1 命令按钮的某个方法中访问文本框的 Value 属性值,下面式子正确的是( )。

    A. This. ThisForm. Text1. Value   B. This. Parent. Parent. Text1. Value

    C. Parent. Parent. Text1. Value   D. This. Parent. Text1. Value

(26) 在表单中有命令按钮 Command1 和文本框 Text1,将文本框的 InputMask 属性值设置为 $9 999.9,然后在命令按钮的 Click 事件中输入代码 ThisForm. Text1. Value＝12 3456.789,当运行表单时,单击命令按钮,此时文本框中显示的内容为( )。

    A. $123 456.789   B. $23 456.7   C. 123 456.7   D. ****. *

(27) 将文本框的 PasswordChar 属性值设置为星号（＊），那么，当在文本框中输入"电脑 2004"时，文本框中显示的是（　　）。

A. 电脑 2004　　　　B. ＊＊＊＊＊　　　　C. ＊＊＊＊＊＊＊＊　　　　D. 错误设置，无法输入

(28) 将编辑框的 ReadOnly 属性值设置为.T.，则运行时此编辑框中的内容（　　）。

A. 只能读　　　　　　　　　　　　B. 只能用来编辑

C. 可以读也可以编辑　　　　　　　D. 对编辑框设置无效

(29) 假定表单中包含一个命令按钮，那么在运行表单时，下面有关事件引发次序的陈述中，正确的是（　　）。

A. 先命令按钮的 Init 事件，然后表单的 Init 事件，最后表单的 Load 事件

B. 先表单的 Init 事件，然后命令按钮的 Init 事件，最后表单的 Load 事件

C. 先表单的 Load 事件，然后表单的 Init 事件，最后命令按钮的 Init 事件

D. 先表单的 Load 事件，然后命令按钮的 Init 事件，最后表单的 Init 事件

(30) 在表单中，有关列表框和组合框内选项的多重选择，正确的叙述是（　　）。

A. 列表框和组合框都可以设置成多重选择

B. 列表框和组合框都不可以设置成多重选择

C. 列表框可以设置多重选择，而组合框不可以

D. 组合框可以设置多重选择，而列表框不可以

(31) 在 Visual FoxPro 中，菜单程序文件的默认扩展名是（　　）。

A. .mnx　　　　B. .mnt　　　　C. .mpr　　　　D. .prg

(32) 扩展名为.mpr 的文件是（　　）。

A. 菜单文件　　　B. 菜单程序文件　　　C. 菜单备注文件　　　D. 菜单参数文件

(33) 在菜单设计中，可以在定义菜单名称时为菜单项指定一个访问键。规定了菜单项的访问键为 x 的菜单名称定义是（　　）。

A. 综合查询\＜(x)　　　　　　　　B. 综合查询/＜(x)

C. 综合查询(\＜x)　　　　　　　　D. 综合查询(/＜x)

(34) 执行 SET SYSMENU TO 命令后（　　）。

A. 将当前菜单设置为默认菜单

B. 将屏蔽系统菜单，使菜单不可用

C. 将系统菜单恢复为缺省的配置

D. 将缺省配置恢复成 Visual FoxPro 系统菜单的标准配置

(35) Visual FoxPro 的系统菜单，其主菜单是一个（　　）。

A. 条形菜单　　　B. 弹出式菜单　　　C. 下拉式菜单　　　D. 组合菜单

(36) 在 Visual FoxPro 中，在屏幕上预览报表的命令是（　　）。

A. PREVIEW REPORT　　　　　　B. REPORT FORM…PREVIEW

C. DO REPORT…PREVIEW　　　　D. RUN REPORT…PREVIEW

(37) 在报表设计器中，只需要在每个页面打印一次的信息应该放在（　　）带区中。

A. 标题　　　B. 页标头　　　C. 细节　　　D. 总结

(38) 向一个项目中添加一个数据库，应该使用项目管理器的（　　）。

A. "代码"选项卡　　　B. "类"选项卡　　　C. "文档"选项卡　　　D. "数据"选项卡

第 5 章

设计器的应用

(39) 有报表文件 PP1,在报表设计器中修改该报表文件的命令是（　　）。

A. CREATE REPORT PP1　　　　　　B. MODIFY REPORT PP1

C. CREATE PP1　　　　　　　　　　D. MODIFY PP1

(40) 在连编对话框中,下列不能生成的文件类型是（　　）。

A. .dll　　　　　　B. .app　　　　　　C. .prg　　　　　　D. .exe

2. 填空题

(1) 在将设计好的表单存盘时,系统将生成扩展名分别是 SCX 和_____的文件。

(2) 为使表单运行时在主窗口中居中显示,应设置表单的 AutoCenter 属性值为_____。

(3) 在 Visual FoxPro 表单中,当用户使用鼠标单击命令按钮时,会触发命令按钮的_____事件。

(4) 在 Visual FoxPro 中,假设表单上有一选项组,可选项为"男"和"女",该选项组的 Value 属性值赋为 0。当其中的第一个选项按钮"男"被选中,该选项组的 Value 属性值为_____。

(5) 在表单控件中,用来确定复选框是否被选中的属性是_____。

(6) ButtonCount 属性是用来定义命令按钮组控件的_____个数。

(7) 在表单中设计一组复选框(CheckBox)控件是为了可以选择_____个或_____个选项。

(8) 在程序中为了显示已创建的 Myform1 表单对象,应当使用的命令是_____。

(9) 在一个表单对象 Myform 中添加了两个按钮 Command1 和 Command2,单击每一个按钮会做出不同的操作,我们必须编写的事件过程名字是_____。

(10) 如果要为控件设置焦点,则控件的 Enabled 属性和_____属性必须为.T.。

(11) 为了在文本框输入时隐藏信息(如显示"*"),需要设置该控件的_____属性。

(12) 编辑框控件与文本框控件最大的区别是,在编辑框中可以输入或编辑_____文本,而在文本框中只能输入或编辑_____文本。

(13) 如果程序运行时单击 Command1 按钮,表单的底色改为蓝色,则该 Click 事件过程中的命令是_____,单击 Command2 按钮,Command2 按钮变为不可见,则该 Click 事件过程中的命令是_____。

(14) 若要将输入焦点定位到文本框对象,可利用该对象的_____方法来实现,当该对象失去焦点时,将在该对象上触发_____事件。

(15) 要向列表框或组合框添加列表项,可在该对象的_____事件过程中,利用该对象的_____方法来实现。若要删除列表框中的全部列表项,可通过该对象的_____方法来实现。

(16) 在 Visual FoxPro 中,假设当前文件夹中有菜单程序文件 mymenu.mpr,运行该菜单程序的命令是_____。

(17) 在菜单项中要插入一条水平线,应该在相应行的"菜单名称"列上输入_____。

(18) 在使用 Report Form 命令时,如果需要预览报表效果应该加上_____选项。

(19) 连编应用程序时,如果选择连编生成可执行程序,则生成的文件的扩展名是_____。

（20）将一个项目编译成一个应用程序时，如果应用程序中包含需要用户修改的文件，必须将该文件标为_____。

3. 操作测试（在 VFP 环境下完成）

（1）设计一个表单，显示字体的颜色，如图 5-50 所示的操作实训测试一，当单击颜色按钮时，文字"颜色的设置显示"会显示出相应的颜色。例如，单击"红色"按钮，文字便以红色显示。提示，设置对象颜色为红色的方法是：thisform. label1. forecolor＝RGB(255,0,0)，用三个值表示的颜色分别是红、绿、蓝，最小为 0，最大为 255。

（2）设计一个表单，见图 5-51 所示的操作实训测试二，其功能是：在文本框中输入一个字符串，将其转换为数值，转换的原则是：从第一个字符开始，直到遇见第一个非数字符号结束，若第一个字符是非数值字符，转换后的数就为 0，如：字符串是 345rtd，转换后得到的数是 345；字符串是 abc，转换后得到的数是 0。提示，本例涉及转换函数 VAL()的用法和属性 Value 的值。

图 5-50　操作实训测试一

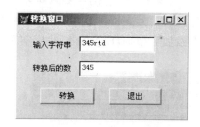

图 5-51　操作实训测试二

（3）设计一个表单，见图 5-52 所示的操作实训测试三，功能是：以"学生"表为数据源，在文本框中输入学生学号，若学号存在，显示该学生的姓名，若学号不存在，则显示"无姓名"。此操作需要添加数据环境，在学生表中查询，查询成功，显示姓名，不成功，显示"无姓名"。提示，添加数据环境，再将文本框的字符和学号进行比较，若成功，显示姓名。

（4）设计一个表单，见图 5-53 所示的操作实训测试四，功能是，当选择两级计分时，组合框中成绩选项为：及格、不及格，当选择五级计分时，组合框中成绩选项为：优、良、中、及格、不及格。提示，可以选择组合框的 rowsourceType 属性为 1-值，rowsource 的属性设置可以为：thisform. combo1. rowsource＝ "及格,不及格"。

图 5-52　操作实训测试三

图 5-53　操作实训测试四

（5）设计一个表单，见图 5-54 所示的操作实训测试五，功能是：单击"开始闪动"，文字闪动（轮换显示和隐藏），按钮变成"停止闪动"，单击后停止，然后按钮又变成"开始闪动"。提示，需要设置计时器控件，设置一个时间间隔为 100，Timer 事件代码为：

```
IF thisform.label1.Visible = .t.        && 可见为.T.
```

```
        Thisform.label1.Visible = .f.
ELSE
        Thisform.label1.Visible = .t.
ENDIF
```

图 5-54　操作实训测试五

（6）以"学生"表为数据源，建立菜单文件 STU.mnx，菜单项包括"操作"和"文件"，每个菜单栏都包含有子菜单，"文件"菜单中包含"打开"和"关闭"子菜单；"操作"菜单包括"输出学生信息"、"输入学生信息"子菜单，其中，"输入学生信息"菜单项可以是空操作。

5.12.2　综合测试题

（1）设计一个表单，见图 5-55 所示的综合测试一，功能是：单击"查询最高分"、"查询最低分"按钮，分别得到相应的姓名信息、课程信息和成绩信息。提示，将学生表、成绩表和课程表添加为数据环境表格，然后实现相关的 SQL 查询。

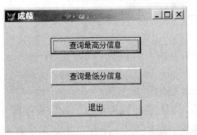

图 5-55　综合测试一

（2）设计一个学生成绩综合查询表单，综合测试二如图 5-56 所示，要求根据对查询依据的选择，文本框前面的标签就显示相应的文字；然后在文本框中输入要查询的信息，单击"查询"按钮就进行模糊查询，并将查询结果显示在表格中。提示，此题可以参考实训项目 4 的范例，在数据环境中添加学生、成绩和课程三个表，主要控件有命令按钮组控件、文本框控件、表控件，表控件的 RecordSourceType 为此 SQL，然后根据输入的相关信息构建 SQL 语句，并以此指定 RecordSource="…"。

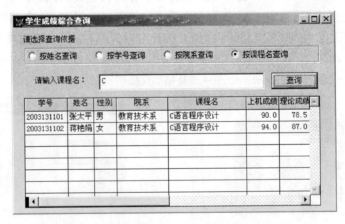

图 5-56　综合测试二

（3）设计一表单，设计一个综合查询的页框，综合测试三选择如图 5-57 所示，图 5-58 为综合测试三条件，图 5-59 为综合测试三结果，主要功能是：对学生表进行操作，选择字段，构建表达式，然后通过 SQL 语句显示查询结果。提示，需要的控件有：页框控件；列表框控件 page1.list1（RowSourceType 属性为"8-结构"，RowSource 为"学生"，MultiSelect

属性设置成.T.)；列表框控件 page1.list2（RowSourceType 属性为"0-无"，MultiSelect 属性设置成.T.，添加条目为 Additem 方法，删除条目为 Removeitem 方法）；组合框控件 page2.Combo1（RecordSourceType 属性为"5-数组"，RecordSource 为 page1.list1.list，得到字段列表框数组的值）；组合框 page2.Combo2（RecordSourceType 属性为值，RecordSource 属性为"=,!=,>=,<=,=="）；表控件 page3.grid1（RecordSourceType 为 SQL 说明）。单击 page2 的查询按钮，指定 RecordSource。

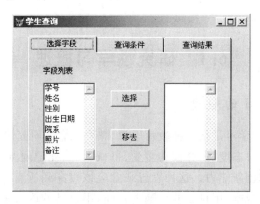

图 5-57　综合测试三选择

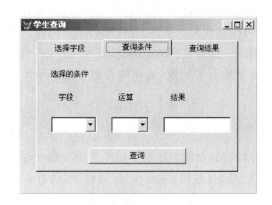

图 5-58　综合测试三条件

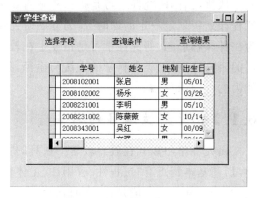

图 5-59　综合测试三结果

设计器的应用

第6章 研究性学习方法和设计：学生成绩管理系统的建立和应用

6.1 研究性学习概述

6.1.1 研究性学习的概念

从广义理解，研究性学习是指一种教育思想、教育观念。研究性学习强调每一位学生都应形成主动探究式的学习态度，摈弃被动接受、机械训练、死记硬背、简单重复的学习方式，培养学生的创业精神和创新能力。这种思想观念应该贯穿到所有的学习活动中，让每个人都能够用自己的眼睛去观察，用自己的头脑去判断，用自己的语言去表达，能够成为一个具有创造性的独特的自我。

从狭义看，研究性学习是指为实施研究性学习而开设的定向型课程。具体地讲，就是在课程计划中划定一定的课时数，为开展研究性学习提供相对独立的、有计划的学习机会。作为一种课程形态，研究性学习是指学生在教师指导下，根据自己的兴趣、爱好和条件，选择不同的研究课题，用类似科学的方法与途径，独立自主地开展研究，从而培养创新精神和实践能力的一门课程。

6.1.2 研究性学习的特点

研究性学习以其在教育教学中独具的特点和特有的功能而区别于接受性学习和互动式学习，其基本特点有"过程性、应用性、主体性、综合性、开放性、生成性、问题性、实践性和创造性"等。其主要功能是，一方面，研究性学习促进了学习方法的模式转换，使受教育者、学习者的学习方式方法跃进到一个新的阶段，这是研究性学习在理论上、方法论上所具有的意义。另一方面，研究性学习促进了教育教学质量的改善和提高，使教育教学紧跟现代化建设的步伐并为其服务，这是研究性学习在实践上、现实上所具有的意义。

6.1.3 研究性学习的目标

1. 获得亲身参与研究探索的体验

研究性学习强调学生通过自主参与类似于科学研究的学习活动，获得亲身体验，逐步形成善于质疑、乐于探究、勤于动手、努力求知的积极态度，产生积极情感，激发他们探索、创新的欲望。

2. 培养发现问题和解决问题的能力

研究性学习通常围绕一个需要解决的实际问题展开。在学习的过程中，通过引导和鼓励学生自主地发现和提出问题，设计解决问题的方案，收集和分析资料，调查研究，得出结论并进行成果交流活动,引导学生应用已有的知识与经验,学习和掌握一些科学的研究方法,培养发现问题和解决问题能力。

3. 培养收集、分析和利用信息的能力

研究性学习是一个开放的学习过程。在学习中,培养学生围绕研究主题主动收集、加工处理和利用信息的能力是非常重要的。通过研究性学习,要帮助学生学会利用多种有效手段,通过多种途径获取信息,学会整理与归纳信息,学会判断和识别信息的价值,并恰当的利用信息,以培养收集、分析和利用信息的能力。

4. 学会分享与合作

合作的意识和能力,是现代人所应具备的基本素质。研究性学习的开展将努力创设有利于人际沟通与合作的教育环境,使学生学会交流和分享研究的信息、创意及成果,发展乐于合作的团队精神。

5. 培养科学态度和科学道德

在研究性学习的过程中,学生要认真、踏实的探究,实事求是地获得结论,尊重他人想法和成果,养成严谨、求实的科学态度和不断追求的进取精神,磨炼不怕吃苦、勇于克服困难的意志品质。

6. 培养对社会的责任心和使命感

在研究性学习的过程中,通过社会实践和调查研究,学生要深入了解科学对于自然、社会与人类的意义与价值,学会关心国家和社会的进步,学会关注人类与环境和谐发展,形成积极的人生态度。

6.1.4 研究性学习的类型

研究性学习既可以表现为一种课程;也可以表现为一种学习方式;既可用于科学探究,又可用于社会探究。因此,可以从不同的角度对研究性学习进行分类。

1. "部分探究"与"完全探究"

从研究性学习能否充分地体现出探究性、实践性、开放性和综合性四大特点,可以划分为"部分探究性学习"和"完全探究性学习"两种类型。这种划分的意义是在于操作层面,不仅有利于使探究性学习成为综合实践活动课程的组成部分,而且有利于研究性学习方式进入学科课堂教学领域。

(1) 部分探究学习。这种类型要求在单科课程(语文、数学、社会、科学等)课堂教学中,体现"探究性"和"实践性"特征。在完成课程教学目标和要求的前提下,在课堂教学中采取探究性学习的方法,引导学生以探究的方式发现问题,获取信息,整合知识,培养能力。由于在当前的课堂教学条件局限下,既不可能实现时间和空间的完全"开放",单科课程的"综合性"也不可充分实现。

(2) 完全探究学习。在实现"探究性"、"实践性"的同时,全面体现"开放性"和"综合性"特点。这种学习,需要突破时间和空间限制,即学习过程不拘泥于课堂,不拘泥于课时,不拘泥于某一学科,也不拘泥于教材和知识点,采取"专题研究学习"的方式实施。

事实上,所谓"完全探究"指的就是"综合实践活动"课程的学习方式;而"部分探究"指的就是在学科课堂采用研究性学习方式来组织教学活动,也是第6章采用的学习方法。

2."课题研究"与"项目（活动）设计"

根据研究性学习的实施层面，根据研究内容的不同，将研究性学习课程划分为"课题研究"与"项目（活动）设计"两种类型。这两种类型都属于我们界定的"完全探究"型。

（1）"课题研究"是以认识和解决某一问题为主要目的，具体包括调查研究、实验研究、文献研究等类型。课题研究实际上就是以"问题解决为中心"的探究学习，可称为"基于问题解决的研究性学习"。

（2）"项目（活动）设计"是以解决一个比较复杂的操作问题为主要目的，一般包括社会性活动的设计和科技类项目的设计两种类型。前者如一次环境保护活动的策划，后者如某一设备、设施的制作、建设或改造的设计等。项目（活动）设计的思想来源于当今国际教育界十分推崇的"项目教学法"，可以称为"基于项目活动的研究性学习"。有关这两种既有联系又有一定区别的研究性学习，需要说明的是，实施一项以专题为任务的研究性学习活动，可以表现为某一类型，也可以表现为多种研究类型，特别是综合性较强的专题，往往涉及多方面的研究内容，不能也不应该截然划分。

3."接受式探究"与"发现式探究"

从自主获取的信息的现成程度划分，可将探究式学习分为接受式探究与发现式探究。

（1）接受式探究学习。信息由学生主动从现有资料或现有资源（如从图书馆、互联网、科技场馆等以相关主题方式储存的资料）中直接搜集，或向有关人士直接询问，所搜集到的信息是现成的，至多只需略加整理即可。

（2）发现式探究学习。不可能直接搜集到现成的信息，而必须由学生经过观察、实验、调查、解读、研讨等活动过程，通过整理分析来获得或发现。

无论上述"接受式探究"还是"发现式探究"，都能够促成学生主动学习的"心向"。这种学习不再是对新知识的被动接受，而是在"再次发现"的体验中，积极主动地从原有知识结构里提取适当的图式来"同化"新的信息，或者扩展或更新已有的图式。正是在这一理念指导下，研究性学习进入课堂，为改革传统教学模式提供一种可行的思路。

4."知识探究型"、"准学术探究型"和"创新研究型"

从"专题研究"的性质可以将研究性学习分为知识探究型、准学术研究型和创新研究型。

（1）知识探究型。学生学到某一方面知识，在教师指定下拓宽学习范围，获得学习体验，形成探究学习报告。这种探究式学习研究，能有效的独立解决"是什么"的知识探究型问题。

（2）准学术研究型。是指学生在各课程学习中，对某一内容发生浓厚兴趣，从而确定专题，在教师指导下，用数周、数月甚至年余时间研究探索，写出"再发现"式学术论文。这种专题研究能有效解决"为什么"的准学术研究型问题，是发展拓展性学习最为有效的手段。

（3）创新研究型。这种类型在研究性学习中属于最高层次，能有效解决"怎样做得更好"的问题，是发展研究性学习最为重要的手段。

这种分类的准则说明，研究性学习主要是为了解决"是什么"、"为什么"还有"怎样做得更好"的问题，类似于科学研究中的"应用研究"、"理论研究"和"发展研究"的范畴。研究性学习中的"知识型探究"和"准学术型探究"，正好对应于"事实知识"和"原理知识"的学习；"创新型研究"的目标则对应于学习"技能知识"和"人力知识"，分别属于对"认知类知识"与"意会类知识"两种不同学习的层次。

Visual FoxPro 程序设计语言作为学习软件编程的一门入门课程，也是培养学生研究能力和实践能力为目标取向的必修课程。本课程强调在实践操作中培养学生科学态度、创新思维和综合应用能力。因此，本书采用的 WebQuset 学习方法正是研究性学习的具体实践和应用。

6.2　WebQuest 学习平台简介和使用方法

6.2.1　WebQuest 的定义

WebQuest 由美国圣地亚哥州立大学教育技术系两位教授伯尼·道格（BernieDodge）和汤姆·马奇（TomMarch）在 1995 年首创，WebQuest 即网络探究式学习，是学生利用网络进行研究性学习的一种形式。WebQuest 是一种新兴的信息化教学模式，其主导思想是教师先创设某个特定的情境，并以一定任务驱动学生进行自主探究式学习。在 WebQuest 教学计划中，呈现给学生的，通常是一个需要完成的、可行的和有吸引力的任务。WebQuest本身要提供一些资源，学生以此为定位，迅速利用网络资源获取有关信息，并且通过对信息的分析和处理得到创造性的解决方案。

WebQuest 是一种概念和方法，每个学科都可以用。WebQuest 网站在 Internet 上不断增多，在它的诞生地美国几乎可以找到涵盖各个学科的优秀案例。目前，WebQuest 在我国也受到重视，越来越多教师的实践，给教学改革带来了全新的气象。

6.2.2　WebQuest 的构成

WebQuest 在使用中往往被设计成网页（Web）形式的 6 大模块：简要的情境；有吸引力的任务；需要的资源；过程的预设描述；行为评价以及总结。

1. 情境模块：对背景和信息活动步骤作介绍，以激发学生的兴趣

在 WebQuest 中，课题背景的提出，目的就是创设情境以便让学生知道将要学习的是什么，并通过各种手段激发学生的学习兴趣。大学生在学习方法、学习动机等方面能力比中小学生更强，因此，教师选择一个开放性课题的难度更大，不仅要求教师非常熟悉专业知识，而且还要对学科的前沿知识了如指掌，才能创建出对学生有吸引力的情景。

2. 任务模块：阐明需要完成的任务

任务是 WebQuest 的重要组成部分，是教学目标的具体化。它不同于传统教学的教学目标，应具有真实性、整体性、层次性、开放性。所设计的任务对学生来说应该具有实际意义，是真实的或接近真实的，能引发学生主动探索的欲望；而且完成这个任务不只需要一个知识点或一点技能，而需要将若干相关的知识技能组合起来，融会贯通、分层推进，有较大的探索空间。

在任务设置时，特别要注意任务的开放性，完成任务的方式尽可能是多种多样的，最后的结果也是多姿多彩的。一个模式、一个标准、千篇一律不可能培养出有创造性的学生，也难以激发学生的兴趣和探索欲望，违背了 WebQuest 教学的初衷。

3. 过程模块：将完成任务的过程分解为循序渐进的步骤

在此模块中，教师把总任务分解为若干子任务，并就每个步骤和每个学生在任务要扮演的角色作出建议，过程描述简洁、明晰。还可以提供一些样例，指导学生召开课题活动方案讨论会,要求各小组写出课题研究活动计划,分工明确又良好合作,按计划有序地开展探究学习。

4. 资源模块:提供一些完成任务的资源

信息资源是完成任务所必需的。虽然大量的资源应由学生自己利用网络收集,但教师本身要提供一些资源,作为学生上网查找资源的定位点,避免产生迷航现象。这些信息包括网络文件,专家的电子信箱或实时会议,网上可查找的数据库、书籍和其他实物文件等。教师提供的资源要便于存取,使学生能较快地收集信息,从而有更多的时间用于对信息的加工和处理。学生在网络环境下探究,而又不局限于网络资源,鼓励学生走出课堂、走出校门,积极开展社会调查和社会实践活动,获得真实的社会生活体验。

5. 评价模块:对任务完成情况进行评价

任何一种教学模式,评价都是十分重要的。不仅要公正检验目标的完成情况,更重要的是给学生以学习的激励。由于 WebQuest 成果的多样性,评价也必须做到评价主体、手段和方法的多样性。可以采取学生自我评价、小组评价和学生教师互评,定量评价与定性评价相结合等方法。总之,教师必须根据具体的研究课题和过程,设置一套客观、公正、全面的评价标准和方法,而且允许学生在完成任务的过程中,修正评价量规以提高他们的独立思考能力。

6. 总结模块:对探究过程进行总结、反思

学生对探究过程有一个总结、反思,知道自己学了什么,拓展和概括所学到的知识,并将这种方法用于别的领域。教师也应该参与其中,对学生特别是传统课堂学习较差的出色表现给予表扬,增强他们的自信心,这将会对他们以后的学习和成长产生正面影响,并且在探究过程中出现的现象,会给教师带来耳目一新的感觉,使教师受益匪浅。

6.2.3 WebQuest 学习平台简介

WebQuest 课程教学使用基于 Web 的网络教学平台,在浏览器中打开教学平台页面,输入用户名和密码登录系统,系统登录界面如图 6-1 所示。用户权限由系统管理员设置,按用户权限及开放功能,系统用户大致可分为教室、学生、课程负责人、系统管理员的角色。下面按教师和学生用户角色简要介绍 WebQuest 网络教学平台的使用方法。

1. 教师界面

教师用户登录系统后,进入网络教学系统主界面,如图 6-2 所示。

1)个人信息界面

该界面显示注册教师用户的基本信息,并为用户提供基本控制功能。该界面包含 2 个功能选项。

(1)个人详细信息。用户可以在"个人详细资料"功能中修改自己的昵称、联系方式等信息,包括用户的联系电话和电子邮件地址,并可插入个人照片。用户的详细信息会在系统主界面中显示,教师用户的个人信息还会在授课班级中学生用户个人界面中显示。

(2)修改密码。用户可以在该选项中修改自己的系统登录密码。

(3)我的消息。用户可以在该选项中给指定的一个或多个用户发送消息。发送对象包括网络教学平台注册的所有角色用户,包括学生、教师、系统管理员。收到消息的用户可以在登录系统后,进入"我的消息"选项查看。

2)教学课堂

单击"教学课堂"选项卡,进入教学课堂功能界面,该界面为任课教师提供教学所需各项

图 6-1　系统登录界面图

图 6-2　网络教学系统主界面

功能,包括指定教学计划、教案管理、在线答疑、学生作业及练习、教学资源管理等,系统界面
如图 6-3 所示。

（1）查看教学计划。该功能为教师提供教学计划查询,教学计划由课程负责人制定,教师
只能查看课程负责人编写的教学计划,没有修改功能。教学计划按课程分别显示,用户单击查
看详细按钮,查看本课程的详细教学计划,包括该课程的教学时间、章节、教学方式等信息。

（2）教师在线课堂。教师可以使用该功能编写本课程的教案,单击该选项进入显示界
面,系统将显示教师所教授的所有课程。单击课程名右侧的"进入"按钮,再点击窗口右侧的
"新建课件"按钮,即可为本课程添加课件。

研究性学习方法和设计:学生成绩管理系统的建立和应用

图 6-3 教学课堂界面图

（3）教学答疑管理。该功能用于教师解答学生在线提出的问题，便于课后教师和学生的沟通。进入答疑界面后，系统按课程名显示该教师所教授的课程。单击课程名右侧的"查看详细"按钮，即可查看该门课程学生的提问情况，包括新问题数、已回答问题数。点击右侧"未解答问题"按钮即可查看未解答问题的详细情况，并对问题做出解答。学生可在登录系统后，在自己的主界面中查看问题解答情况。

（4）学生作业管理。该功能用于教师检查批改学生提交的作业。点击进入该界面后，系统列出课程名表，单击"查看详细"按钮，即可查看该班级的作业情况，包括已发布的作业、待批改和待发布的作业数量。选中班级之后，单击界面右侧的作业管理选项，即可布置作业、查看作业详细情况，并对作业成绩进行统计。

（5）教学资源管理。该功能用于教师发布各种教学资源。本系统支持多种格式教学资源的发布，包括 PPT 文件、PDF 文件、视频文件、图形文件等。教师发布的教学资源可供系统其他用户查看和下载。

2. 学生界面

学生用户登录系统后，进入系统主界面，该页面显示学生用户的姓名、功能模块和系统消息等内容。

1）个人信息界面

（1）个人详细信息。该选项用于学生填写个人信息，包括姓名、电话和邮件联系方式、照片等信息。学生填写的个人信息可供任课教师和班级成员查看。

（2）我的班级。该功能用于学生查看本班级所有成员的详细信息，同时系统将班级成员信息自动生成 Excel 表格文件，可供用户下载查看。

（3）我的消息。该功能用于学生用户查看由任课教师或系统发出的各种消息，还可以给任课教师或其他系统角色发送消息。

2）网络课堂

网络课堂是学生用户进行 WebQuest 学习的主要功能模块，为学生提供课程学习、提问、笔记、完成作业和测验等功能。功能界面如图 6-4 所示。

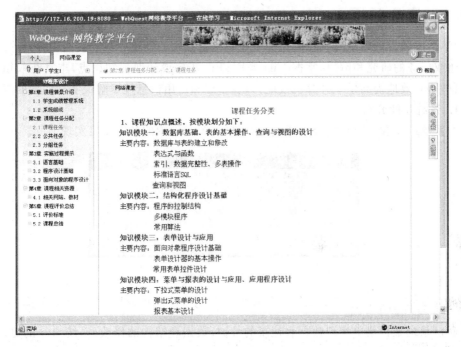

图 6-4　网络课堂界面图

（1）在线学习。单击"在线学习"功能选项，进入学生所学课程列表，该页面以课程名列出学生所学的所有课程，单击课程名右侧的"开始学习"选项，即可进入该课程的 WebQuest 学习过程。

（2）提问答疑。该功能用于学生向教师提问和查看管理提出的问题，单击系统界面右侧的"提出问题"选项即可编写问题，完成后系统会将问题提交给任课老师。任课老师对问题做出解答并提交后，系统会在学生用户登录后自动提醒用户查看。同时学生用户还可查看本班级其他同学提出的问题。系统界面如图 6-5 所示。

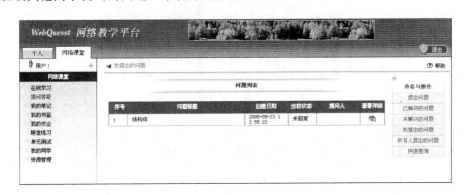

图 6-5　学生提问答疑界面图

6.3　WebQuest 平台下"学生成绩管理系统"设计的实现

6.3.1　情景分析

"学生成绩管理系统"的设计,是让学生在接近真实的情境中进行技能训练,通过对所分解问题或任务的研究和解决,掌握 Visual FoxPro 程序设计课程知识点,丰富获取相关知识的信息量,有效地提高学生计算机技能,以及掌握和运用信息技术解决实际问题的能力。

1. 系统功能介绍

本系统组成和主要功能分别通过主菜单(见图 6-6)中的各子项目实现。

图 6-6　主菜单

1) 系统维护子系统

通过系统维护菜单实现数据表记录的维护、数据表结构的修改、系统口令的更改、表单的修改,如图 6-7 所示。

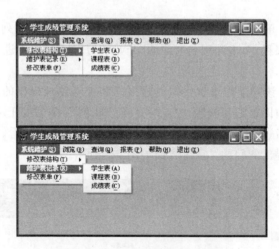

图 6-7　系统维护子系统菜单图

2) 浏览子系统

通过浏览菜单实现对学生表、课程表和成绩表的总浏览和相关统计信息的浏览,如图 6-8 所示。

3) 查询子系统

通过查询菜单实现对学生和成绩的各种查询,如图 6-9 所示。

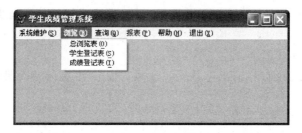

图 6-8　浏览子系统菜单图

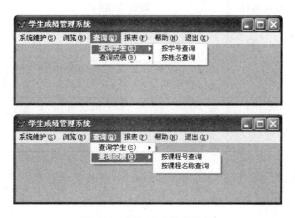

图 6-9　查询子系统菜单图

4）报表子系统

通过报表菜单实现学生、课程和成绩的打印输出，如图 6-10 所示。

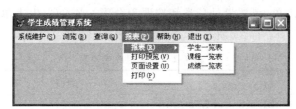

图 6-10　报表子系统菜单图

5）退出

通过退出菜单退出本系统。

2. 系统组成

本系统由 1 个数据库、3 个查询、11 个表单、3 个报表、1 个菜单、6 个程序、2 个自由表和一个项目管理器组成。

1）数据库组成

（1）数据表 3 个

学生表（7 个字段：学号、姓名、性别、出生日期、院系、照片、备注），其中可有多名学生的记录。

课程表（3 个字段：课程号、课程名、任课教师），其中至少有 3 门课程的记录。

研究性学习方法和设计：学生成绩管理系统的建立和应用

成绩表(4 个字段:学号、课程号、上机成绩、理论成绩),其中至少有 10 条学生成绩的记录。

(2)本地视图 1 个

基于以上 3 张表创建,输出字段为:学号、姓名、性别、院系、课程名、上机成绩、理论成绩。

以上数据库组成内容见表 6-1。

表 6-1　数据库组成结构表

数据库名称	数据表名称	数据表结构	记　　录
学生成绩管理	学生.dbf	学号 c10,姓名 c8,性别 c2,院系 c20,照片 Gen,备注 Memo	3 个班,至少 5 名学生
	课程.dbf	课程号 c4,课程名 c30,任课教师 c8,xf n3.1	至少 3 门课
	成绩.dbf	学号 c10,课程号 c4,上机成绩 n5.1	每人至少 2 门课成绩
本地视图:学生成绩表		学号,姓名,性别,院系,课程名,上机成绩,理论成绩	

- 自由表组成:密码表(username,password)、系统信息表。
- 项目管理器:Stu_test.pjx。

2)查询组成

学生信息的查询、按班级查询成绩、按课程查询成绩等。

3)表单组成

表单组成及相关功能见表 6-2,其主要内容包括:主界面表单、密码验证表单、学生表单、课程表单、成绩表单(可按学号分类和按课程分类)、查询学生表单、查询成绩表单、总浏览表单、浏览学生表单、浏览成绩表单、系统信息表单、修改表单界面。

表 6-2　表单组成内容表

表单名称	功　　能
主界面.scx	本系统组成和主要功能主菜单
学生.scx	用于数据表的维护,通过这 3 个表单对 3 个基本数据表进行记录的修改、删除、增加、查看等操作
课程.scx	
成绩.scx	
查询学生.scx	根据用户设置的条件对学生表进行各种情况的查询
查询成绩.scx	根据用户设置的条件对学生成绩表进行查询
总浏览表.scx	以页面形式将 3 张数据表的全部内容集中展现在一个表单中,以便用户了解系统总的情况
浏览学生.scx	以页面形式将学生表的内容按班级分组显示,以便阅览。第 1 页为全体学生概况,第 2 页为各班学生情况
浏览成绩.scx	以页面形式将成绩表的内容按班级和课程分组显示,以便阅览。第 1 页为全体学生成绩概况,第 2 页为按班级显示学生各门课的成绩情况,第 3 页为按课程显示各班学生的成绩情况
密码验证.scx	"学生成绩管理系统"用户统一入口

4) 菜单组成

主菜单由系统维护、浏览、查询、报表、帮助、退出 6 项组成。菜单组成见图 6-3。

5) 报表组成

学生一览表、课程一览表、成绩一览表(可按课程分类和按学号分类)。报表组成及功能见表 6-3。

表 6-3 报表组成表

报 表 名 称	功　　　能
xs.frx	
kc.frx	为用户提供系统数据的书面输出形式
cj.frx	

6) 程序组成

程序文件及作用见表 6-4,其主要内容包括:主程序、统计全体学生概况、按班级统计学生概况、统计全体成绩概况、按班级统计各门课的成绩、按课程统计各班学生的成绩。

表 6-4 程序文件清单表

文　件　名	作　　　用
主程序:sjmain.prg	设置系统环境 调用主界面 确定系统口令 调用主菜单
Sumstud.prg	统计全体学生概况,包括: 学生总数 S1 男生总数 S3 女生总数 S4 各班学生总数 S2、S5、S6、S7
Clastud.prg	根据输入的班级名称 CS1,显示该班学生情况,并统计该班的: 学生总数 CS2 男生总数 CS3 女生总数 CS4
Sumcj.prg	统计全体学生成绩概况,包括: 学生总平均成绩 C1 男生总平均成绩 C3 女生总平均成绩 C4 各班学生总平均成绩 C2、C5、C6、C7
clacj.prg	根据输入班级名称 CC1,统计该班: 学生平均分 CC2 男生平均分 CC3 女生平均分 CC4
Subcj.prg	根据输入课程名称 SC1,统计该课程的平均分 SC2,最高分 SC3,最低分 SC4

研究性学习方法和设计:学生成绩管理系统的建立和应用

6.3.2　任务设计

1. 公共任务

（1）假设你是一名学籍管理员，需要利用计算机建立一个学生成绩管理系统，因此通过网络搜索一些与学籍相关的信息和资料，再结合自己的思考，设计学生成绩管理系统需求分析和功能分析报告。

（2）利用网络搜索或设计一副主界面图画。

（3）建立学生表，课程表和成绩表。

（4）创建"学生成绩管理"数据库，将已知自由表学生、课程、成绩添加。

（5）建立索引和永久关联。

（6）建立域完整性和约束规则，建立参照完整性。

（7）用 SQL 语句在课程. dbf 中插入"学分"字段。

（8）用 SQL 语句创建密码信息表（自由表）。

（9）用 SQL 语句将所有学生年龄增加 1 岁（思考：如果只增加男同学，命令如何设置）。

（10）用查询设计器：查询平均成绩（sub_cj. qpr），分班统计成绩（cla_cj. qpr），（注意：查询结果分别存放在临时文件、永久表和文本文件中）。

（11）创建视图，基于 3 个数据库表创建，输出字段为：学号，姓名，性别，院系，课程名，上机成绩，理论成绩，并按学号排序。

（12）完成如下程序设计：sjmain. prg、Sumstud. prg、clacj. prg、Subcj. prg。

（13）创建表单。

图 6-11　"密码验证"对话框

- 密码验证表单　对话框界面的创建可按照自己的设想完成，参考界面如图 6-11 所示。
- 用表单向导完成表单　成绩. scx、课程. scx、学生. scx。

（14）创建主菜单和子菜单（按照课程情景示例完成）。

（15）创建一个顶层表单（主界面表单），在主界面表单中添加主菜单。

（16）用报表向导创建学生 xs. frx、课程 kc. frx、成绩 cj. frx（任选其中一个报表完成）。

（17）将总浏览表. scx 添加在"浏览"子菜单中，如图 6-5 所示。总浏览表. scx 以页面形式将 3 张数据表（学生. dbf、成绩表. dbf、课程. dbf）全部内容集中展现在一个表单中，以便用户了解系统总的情况。

（18）将报表 xs. frx、kc. frx、cj. frx 添加在"报表"子菜单中，如图 6-7 所示。

（19）创建项目管理器 Stu_test. pjx，并添加所有数据、代码和文档等。

（20）将各项任务完成后，连编应用程序（符合课程情景演示内容）。

2. 进阶任务

学生自主完成上述公共任务的同时，还需要完成下面的进阶任务。这些进阶任务可以根据学生的具体情况部分完成或全部完成，也可以分小组协作完成。另外，学生也可以结合实际应用进行任务扩充并实现。主要内容如下：

（1）完成"系统维护"子菜单中"修改表结构"的内容，如图 6-12 所示。可以任意修改学生表、课程表和成绩表的结构内容。

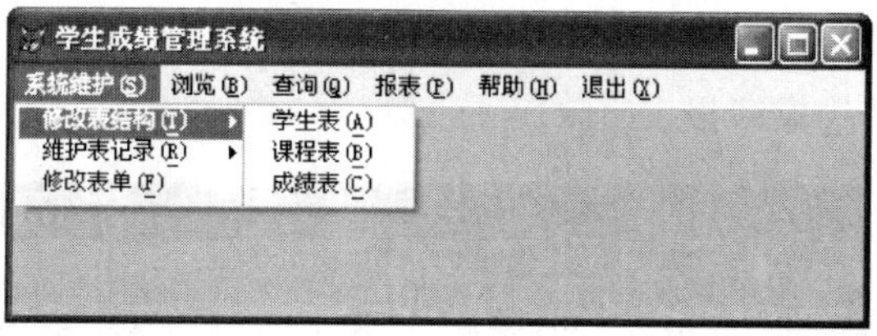

图 6-12 "修改表结构"子菜单

（2）完成"系统维护"子菜单中"维护表记录"的内容，如图 6-13 所示。可以任意修改学生表、课程表和成绩表的记录内容。

图 6-13 "维护表记录"子菜单

（3）完成"系统维护"子菜单中"修改表单"的内容，如图 6-14 所示。

图 6-14 选择"修改表单"

（4）完成查询成绩.scx，并将完成的表单添加在"查询"子菜单中。

学生成绩查询对话框界面情景的创建可按照自己的设想完成，也可以参考图 6-15 和图 6-16 的表单设计。

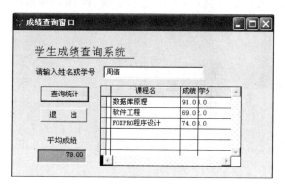

图 6-15 学生成绩查询对话框

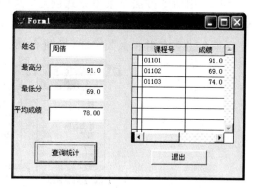

图 6-16 学生成绩查询对话框

研究性学习方法和设计：学生成绩管理系统的建立和应用

（5）完成"查询"子菜单（见图6-17）中"查询学生"对话框表单的设计。读者可以自主设计界面内容。另外，读者可以按学号统计并生成各门课的平均成绩报表.frx（或者,按课程统计并生成各门课的平均成绩报表.frx）。

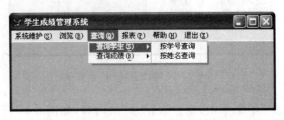

图6-17　"查询"子菜单图

（6）修改"报表"子菜单中各项目报表内容的设计。读者可自主设计报表内容,如：统计全体学生概况报表.frx（按院系分组、按专业分组、按性别分组等）；学生成绩分段统计,并给出统计报表图。

（7）将浏览学生.scx添加在"浏览"子菜单"学生登记表"中,如图6-5所示。浏览学生.scx以页面形式将学生表的内容按班级分组显示,以便阅览。第1页为全体学生概况,第2页为各班学生情况。

（8）将浏览成绩.scx添加在"浏览"子菜单"成绩登记表"中,如图6-5所示。浏览成绩.scx以页面形式将成绩表的内容按班级和课程分组显示,以便阅览。第1页为全体学生成绩概况,第2页为按班级显示学生各门课的成绩情况,第3页为按课程显示各班学生的成绩情况。

6.3.3　过程设计

首先通过教材和教学网站复习Visual FoxPro 6.0的基本知识点,然后再按照本课程的公共任务和进阶任务要求依次完成。下面是完成任务的难点提示。

（1）启动Visual FoxPro 6.0后,首先要设置Visual FoxPro 6.0运行环境,指定文件的默认目录和数据环境,再进行下一步操作。这样能有效保证所完成的数据（作业）能够很好地保存。

（2）用命令方法或菜单方式创建"学生成绩管理"数据库,再创建学生表、课程表和成绩表。（也可以先建立自由表,再建立数据库,然后进行自由表的添加。）

（3）建立索引和永久关联,见图6-18。

图6-18　建立数据库表之间的永久关系

（4）建立域完整性、约束规则和参照完整性。

打开数据库"学生成绩管理.DBC"，设置数据库表"学生.dbf"的"性别"字段的有效性规则为"性别＝'男' OR 性别＝'女'"，错误提示信息为"性别必须为男或者为女"，默认值设置为"'男'"。在成绩.dbf 表中设置记录有效性规则"上机成绩＜＝100 AND 理论成绩＜＝100"，设置错误提示信息为"成绩不能超过 100 分"。再建立参照完整性，如图 6-19 所示。

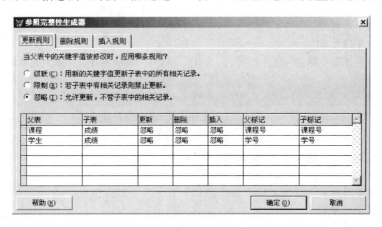

图 6-19　参照完整性图

（5）SQL 语句的完成可参考第 3 章内容和本章相关资源部分。

（6）程序设计方法。

在进行程序设计的时候，尽量将一个问题用多种方法解决。如：程序设计算法、SQL 语句等。相关程序文件设计提示见表 6-5。

表 6-5　程序功能与设计方法提示表

文件名	功　　能	程序内容提示（参考）
主程序： sjmain.prg	• 设置系统环境 • 设计主界面 • 确定口令 • 调用主菜单	注释语句（说明本程序功能） set talk off set safety off set deleted on set defa to（文件保存目录） set sysmenu off ⋮ （主界面设计：可以是静态、动态画面，可以有背景音乐） ⋮ Do form 密码验证 ⋮ （口令调用与验证） ⋮ Do form 主菜单 read events

研究性学习方法和设计：学生成绩管理系统的建立和应用

文件名	功　能	程序内容提示(参考)
在浏览学生表单第1页中调用的程序：Sumstud.prg	统计全体学生概况，包括：学生总数 S1 男生总数 S3 女生总数 S4 各班学生总数 S2、S5、S6、S7	注释语句(说明本程序功能) close data public cs1，s1，s2，s3，s4，s5，s6，s7 open data 学生成绩管理 use 学生 ⋮ (用程序设计的循环和多分支语句完成统计) ⋮ Use
在浏览学生表单第2页中调用的程序：Clastud.prg	根据输入的班级名称，显示该班学生情况，并统计该班的：学生总数 CS2 男生总数 CS3 女生总数 CS4	注释语句(说明本程序功能) close data public cs2，cs3，cs4 open data 学生成绩管理 use 学生 ⋮ (输入班级名称，用程序设计的循环和多分支语句完成统计) ⋮ Use
在浏览成绩表单第1页中调用的程序：Sumcj.prg	统计全体学生成绩概况，包括：学生总平均成绩 C1 男生总平均成绩 C3 女生总平均成绩 C4 各班学生总平均成绩 C2、C5、C6、C7	注释语句(说明本程序功能) close data public cc1，c1，c2，c3，c4，c5，c6，c7 open data 学生成绩管理 ⋮ (用 SQL 语句完成统计并浏览) ⋮ close data
在浏览成绩表单第2页中调用的程序：Clacj.prg	根据输入的班级名称，统计该班的：学生平均分 CC2 男生平均分 CC3 女生平均分 CC4 也可以通过执行查询(clacj.qpr)在表格中显示该班各门课的平均分、最高分、最低分	注释语句(说明本程序功能) close data public cc2，cc3，cc4 open data 学生成绩管理 ⋮ (用 SQL 语句完成查询) ⋮ close data
在浏览成绩表单第3页中调用的程序：Subcj.prg	根据输入的课程名称，统计该课程的：平均分 SC2 最高分 SC3 最低分 SC4 也可以通过执行查询(subcj.qpr)在表格中显示该课程各班的平均分、最高分、最低分	注释语句(说明本程序功能) close data public sc2，sc3，sc4 open data 学生成绩管理 ⋮ (用 SQL 语句完成) ⋮ close data

（7）表单设计方法。

本项目中相关表单文件设计提示见表 6-6。

表 6-6　表单功能与设计方法提示表

表单名称	功　　能	设计方法
学生.scx 课程.scx 成绩.scx	用于数据表的维护,通过这 3 个表单对 3 个基本数据表进行记录的修改、删除、增加、查看等操作	先用表单向导生成基本表单,再在表单设计器中进行适当修改,制作成自己满意的样式
查询学生.scx	根据用户设置的条件对学生表进行各种情况的查询	在表单设计器中利用数据环境生成表格,再从表单控制中调出系统类库,将文本按钮组添加到表单中,去掉多余部分,只留下查找按钮即可
查询成绩.scx	根据用户设置的条件对学生成绩表进行查询	
总浏览表.scx	以页面形式将 3 张数据表的全部内容集中展现在一个表单中,以便用户了解系统总的情况	在表单设计器中利用页框控件生成 3 个页面,再利用数据环境将 3 张数据表分别拖到各页面上,生成相应表格,调至合适大小即可
浏览学生.scx	以页面形式将学生表的内容按班级分组显示,以便阅览。第 1 页为全体学生概况,第 2 页为各班学生情况	在表单设计器中利用页框控件生成 2 个页面,第 1 页设计 8 个标签和 7 个文本框,并在其 Activate 过程中调用程序 sumstud.prg;第 2 页设计 5 个标签,3 个文本框,1 个组合框,1 个表格,在组合框的 InteractiveChange 过程中调用程序 clastud.prg 和查询 student.qpr
浏览成绩.scx	以页面形式将成绩表的内容按班级和课程分组显示,以便阅览。第 1 页为全体学生成绩概况,第 2 页为按班级显示学生各门课的成绩情况,第 3 页为按课程显示各班学生的成绩情况	在表单设计器中利用页框控件生成 3 个页面,第 1 页设计 8 个标签和 7 个文本框,并在其 Activate 过程中调用程序 sumcj.prg;第 2 页设计 5 个标签,3 个文本框,1 个组合框,1 个表格,在组合框的 InteractiveChange 过程中调用程序 clacj.prg 和查询 cla_cj.qpr;第 3 页设计 5 个标签,3 个文本框,1 个组合框,1 个表格,在组合框的 InteractiveChange 过程中调用程序 subcj.prg 和查询 sub_cj.qpr
密码验证.scx	"学生成绩管理系统"用户统一入口	

（8）报表设计方法。

本项目中相关报表文件设计提示见表 6-7。

表 6-7　报表功能和设计方法提示表

报表名称	功　　能	设计方法
xs.frx kc.frx cj.frx	为用户提供系统数据的书面输出形式	先用报表向导生成基本报表,再在报表设计器中进行适当修改,制作成自己满意的样式

6.3.4　评价标准

本课程评价主要包括:测试、自我与小组评价、课程学习总结。课程评价指标见表 6-8。

研究性学习方法和设计:学生成绩管理系统的建立和应用

（1）完成一套理论测试题。

（2）对已完成模块进行自我评价。

198

（3）对已完成模块进行小组评价。

（4）对本课程总结。

表 6-8　课程评价指标

| 序号 | 评价标准 | | | 指标达到度 | | | | 得分 |
	内容	权重	指标要求	完全达到(A)	大部分达到(B)	基本达到(C)	部分达到(D)	
1	公共任务	64	创建"学生成绩管理"数据库,添加 3 个自由表;建立索引和永久关联;建立域完整性和约束规则;建立参照完整性	10,9	8,7	6	4	
			用 SQL 语句完成: 在课程.dbf 文件中插入"学分"字段;创建密码信息表(自由表);将所有学生年龄增加 1 岁	10,9	8,7	6	4	
			查询平均成绩,按课程统计成绩; 基于 3 个数据库表创建视图	6	5,4	3	2	
			能完成如下程序设计: 设置系统环境;确定系统口令;调用主界面;各项统计正确	10,9	8,7	6	4	
			创建表单: 密码验证表单;3 个表单;顶层表单	10,9	8,7	6	4	
			创建主菜单和子菜单	10,9	8,7	6	4	
			创建报表	8	7	6,5	4	
2	分组任务	16	能使用菜单为系统组织模块,用快捷菜单为用户界面增加功能设置:如设置字体,颜色等	8	7	6,5	4	
			用户界面能灵活运用各种表单控件	6	5	4	3	
			用户界面能灵活运用各种表单控件	6	5	4	3	
3	理论测试	10	按实际得分折合,满分为 10 分					
4	平时考评	10	迟到一次扣 1 分,缺勤一次扣 3 分					
总分								

综合评价等级

优秀(100～90)	良好(89～80)	合格(79～65)	不合格(<65)

附录 A 相关资源与参考文献

1. 相关网络资源

(1) 教学网站 http://kc.jpkc.cqit.edu.cn/06/index.asp

(2) http://jsjzx.cqit.edu.cn/Visual FoxPro/index.htm(用户名：student，密码：VFP)

(3) http://www.jyu.edu.cn/jisuancenter/yxkc/Visual FoxPro/jyu_Visual FoxPro_tiku.html

(4) 全国计算机等级考试网站 http://www.ncre.cn

(5) 本课程 WebQuest 教学网站 Http://webquest.cqit.edu.cn（学生用户：t_001，密码：123456）

(6) 全国计算机等级考试上机模拟试题：VFP 上机.exe（在本课程教学网站"资源管理"中下载）

2. 参考文献

[1] 教育部考试中心.全国计算机等级考试二级教程——Visual FoxPro 数据库程序设计(2008 年版).北京：高等教育出版社.ISBN 978-7040229455,2008.

[2] 邱玉辉等.Visual FoxPro 程序设计实验指导与习题.重庆：西南师范大学出版社,2004.

[3] 史济民等.Visual FoxPro 及其应用系统开发.北京：清华大学出版社,2000.

[4] 全国计算机等级考试命题研究中心.全国计算机等级考试一本通二级 Visual FoxPro.北京：金版电子出版社,2009.

本教材参考答案

第1章两级试题参考答案

1. 基本测试题

1	2	3	4	5	6	7	8	9	10
A	C	C	C	D	A	B	C	A	A
11	12	13	14	15	16	17	18	19	20
A	D	A	D	C	A	B	B	B	C
21	22	23	24	25	26	27	28	29	30
B	C	C	A	D	B	A	B	D	D
31	32	33	34	35	36	37	38	39	40
D	B	D	D	C	D	A	C	A	C
41	42	43	44	45	46	47	48	49	50
D	C	B	A	D	B	B	B	D	D
51	52	53	54	55	56	57	58	59	60
D	B	C	B	A	D	A	B	B	A
61	62	63	64	65	66	67	68	69	70
D	D	A	A	B	A	B	B	A	A
71	72	73	74	75	76	77	78	79	80
D	D	C	A	B	B	D	D	D	A
81	82	83	84	85	86	87	88	89	90
A	A	C	B	D	C	C	B	B	D

2. 综合测试题

1	2	3	4	5	6	7	8	9	10
C	A	D	C	B	B	B	A	A	C
11	12	13	14	15					
B	C	D	B	D					

第 2 章两级试题参考答案

1. 基本测试题

1	2	3	4	5	6	7	8	9	10
A	B	C	B	D	B	D	D	C	C
11	12	13	14	15	16	17	18	19	20
C	D	C	C	D	A	C	A	B	C
21	22	23	24	25	26	27	28	29	30
A	A	B	A	C	C	A	B	D	C
31	32	33	34	35	36	37	38	39	40
B	C	A	B	B	C	B	C	A	A
41	42	43	44	45	46	47	48	49	50
B	C	B	D	A	B	C	C	D	C

2. 综合测试题

1	2	3	4	5	6	7	8	9	10
C	A	B	C	D	B	C	C	C	D
11	12	13	14	15	16	17	18	19	20
D	B	B	D	C	B	A	B	B	C
21	22	23	24	25	26	27	28	29	30
C	B	D	A	D	D	D	D	C	C

第 3 章两级试题参考答案

1. 单项选择题

1	2	3	4	5	6	7	8	9	10
C	D	B	D	A	C	A	B	D	D
11	12	13	14	15	16	17	18	19	20
A	D	C	B	C	C	A	C	B	C
21	22	23	24	25	26	27	28	29	30
D	A	D	B	C	D	B	D	C	B
31	32	33	34	35	36	37	38	39	40
B	D	D	B	C	C	A	B	C	A
41	42								
A	C								

2. 填空题

（1）where 工资＞21000

（2）联接操作

（3）出版单位＝"高等教育出版社"OR 出版单位＝"科学出版社"

（4）AVG(单价)，COUNT(＊)

（5）HAVING

第 4 章两级试题参考答案

1. 基本测试题

1	2	3	4	5	6	7	8	9	10
B	B	B	C	C	C	C	A	A	B
11	12	13	14	15	16	17	18	19	20
C	B	B	C	A	C	D	C	B	B
21	22	23	24	25	26	27	28	29	30
A	C	B	C	A	C	A	B	D	D
31	32	33	34	35	36	37	38(1)	38(2)	39(1)
B	A	A	B	D	B	B	B	A	C
39(2)	39(3)	39(4)	39(5)	40(1)	40(2)	40(3)	40(4)	41(1)	41(2)
D	B	D	B	C	D	A	B	A	C
41(3)	42	43	44	45	46	47	48	49	50
B	A	C	A	A	B	C	B	D	B

2. 综合测试题

（1）缺少了 READ 语句

（2）ALLTRIM(XM)＝＝ALLTRIM(姓名)

```
＊参考程序
SET TALK OFF
ACCEPT "请输入待查学生姓名：" TO xm
SELECT 姓名,成绩 FROM STD WHERE ALLTRIM(XM) == ALLTRIM(姓名)
SET TALK ON
CANCEL
```

（3）（编号-1,8)＝0

```
＊参考程序
SET TALK OFF
SELECT 编号,姓名 FROM STUDENT WHERE（编号－1）％8＝0
SET TALK ON
```

（4）REPLACE 等级 WITH "A"

* 参考程序
```
SET TALK OFF
UPDATE STUDENT SET 等级 = "A" WHERE 笔试成绩 > = 80.AND.上机成绩 > = 80
SET TALK ON
RETURN
```

（5）'STD'+M

（6）加密后的字符 ASCII 码值＝原字符的 ASCII 码＋该字符在字符串的顺序号＋字符串长度

（7）9

（8）4

（9）nh+dbn　&dbn　&bdbn

（10）

* 方法一：
```
SET TALK OFF
CLEAR
USE GZ
REPLACE 津贴 WITH 1200 FOR ALLTRIM(岗位) = "高级"
REPLACE 津贴 WITH 800 FOR ALLTRIM(岗位) = "中级"
REPLACE 津贴 WITH 500 FOR ALLTRIM(岗位) = "初级"
SCAN FOR 岗位<>"高级" AND 岗位<>"中级" AND 岗位<>"初级"
   IF 基本工资>1000
          REPLACE 津贴 WITH 200
   ELSE
          REPLACE 津贴 WITH 300
ENDIF
ENDSCAN
REPLACE ALL 实发工资 WITH 基本工资 + 奖金 + 津贴 - 扣发
ACCEPT "请输入要查询的岗位：" TO GW
LOCATE FOR ALLTRIM(岗位) == ALLTRIM(GW)
IF EOF()
   ?"没有设置这种岗位！"
ELSE
   DO WHILE NOT EOF()
       DISP
       SKIP
   ENDDO
ENDIF
USE
RETURN
```

* 方法二：
```
SET TALK OFF
CLEAR
UPDATE GZ SET 津贴 = 1200 WHERE ALLTRIM(岗位) = "高级"
UPDATE GZ SET 津贴 = 800 WHERE ALLTRIM(岗位) = "中级"
UPDATE GZ SET 津贴 = 500 WHERE ALLTRIM(岗位) = "初级"
```

```
UPDATE GZ SET 津贴 = 200 WHERE ALLTRIM(岗位)! = "高级" AND ;
ALLTRIM(岗位)! = "中级" AND ALLTRIM(岗位)! = "初级"
AND 基本工资＞1000
UPDATE GZ SET 津贴 = 300 WHERE ALLTRIM(岗位)! = "高级" AND ;
ALLTRIM(岗位)! = "中级" AND ALLTRIM(岗位)! = "初级" AND 基本工资＜ = 1000
UPDATE GZ SET 实发工资 = 基本工资 + 奖金 + 津贴 - 扣发
ACCEPT "请输入要查询的岗位: " TO GW
SELE * FROM GZ WHERE ALLTRIM(岗位) = ALLTRIM(GW) INTO CURSOR LS
SELECT COUNT( * ) AS RS FROM LS INTO CURSOR A
IF RS = 0
    ?"没有设置这种岗位!"
ELSE
    SELECT * FROM LS
ENDIF
CLEAR ALL
RETURN
```

第 5 章两级试题参考答案

1. 单项选择题

1	2	3	4	5	6	7	8	9	10
C	B	C	C	B	A	C	A	C	D
11	12	13	14	15	16	17	18	19	20
C	A	A	A	A	B	B	B	B	B
21	22	23	24	25	26	27	28	29	30
D	C	B	B	B	D	C	A	C	C
31	32	33	34	35	36	37	38	39	40
C	B	C	D	A	B	B	D	B	C

2. 填空题

(1) SCT

(2) . T.

(3) Click

(4) 1

(5) Value

(6) 按钮个数

(7) 0,多

(8) DO FORM MYform1

(9) Click

(10) SET FOCUS

(11) passwordchar

(12) 字符文本,任何类型的数据

（13）thisform. backcolor＝RGB(0,255,0),this. visible

（14）Setfocus,Lostfocus

（15）ADDitem,AddItem,RemoveItem

（16）DO mymenu. mpr

（17）\－

（18）PREVIEW

（19）EXE

（20）排除

2009 年全国计算机等级考试二级 VFP 大纲

1. 基本要求

(1) 具有数据库系统的基础知识。

(2) 基本了解面向对象的概念。

(3) 掌握关系数据库的基本原理。

(4) 掌握数据库程序设计方法。

(5) 能够使用 Visual FoxPro 建立一个小型数据库应用系统。

2. 考试内容

1) Visual FoxPro 基础知识

(1) 基本概念:

数据库、数据模型、数据库管理系统、类和对象、事件、方法。

(2) 关系数据库:

① 关系数据库:关系模型、关系模式、关系、元组、属性、域、主关键字和外部关键字。

② 关系运算:选择、投影、连接。

③ 数据的一致性和完整性:实体完整性、域完整性、参照完整性。

(3) Visual FoxPro 系统特点与工作方式:

① Windows 版本数据库的特点。

② 数据类型和主要文件类型。

③ 各种设计器和向导。

④ 工作方式:交互方式(命令方式、可视化操作)和程序运行方式。

(4) Visual FoxPro 的基本数据元素:

① 常量、变量、表达式。

② 常用函数:字符处理函数、数值计算函数、日期时间函数、数据类型转换函数、测试函数。

2) Visual FoxPro 数据库的基本操作

(1) 数据库和表的建立、修改与有效性检验:

① 表结构的建立与修改。

② 表记录的浏览、增加、删除与修改。

③ 创建数据库,向数据库添加或移出表。

④ 设定字段级规则和记录规则。

⑤ 表的索引:主索引、候选索引、普通索引、唯一索引。

(2) 多表操作:

① 选择工作区。

② 建立表之间的关联：一对一的关联；一对多的关联。

③ 设置参照完整性。

④ 建立表间临时关联。

（3）建立视图与数据查询：

① 查询文件的建立、执行与修改。

② 视图文件的建立、查看与修改。

③ 建立多表查询。

④ 建立多表视图。

3）关系数据库标准语言 SQL

（1）SQL 的数据定义功能：

① CREATE TABLE

② ALTER TABLE

（2）SQL 的数据修改功能：

① DELETE

② INSERT

③ UPDATE

（3）SQL 的数据查询功能：

① 简单查询。

② 嵌套查询。

③ 连接查询。内连接、外连接、左连接、右连接、完全连接。

④ 分组与计算查询。

⑤ 集合的并运算。

4）项目管理器、设计器和向导的使用

（1）使用项目管理器：

① 使用"数据"选项卡。

② 使用"文档"选项卡。

（2）使用表单设计器：

① 在表单中加入和修改控件对象。

② 设定数据环境。

（3）使用菜单设计器：

① 建立主选项。

② 设计子菜单。

③ 设定菜单选项程序代码。

（4）使用报表设计器：

① 生成快速报表。

② 修改报表布局。

③ 设计分组报表。

④ 设计多栏报表。

（5）使用应用程序向导。

（6）应用程序生成器与连编应用程序。

5）Visual FoxPro 程序设计

（1）命令文件的建立与运行：

① 程序文件的建立。

② 简单的交互式输入、输出命令。

③ 应用程序的调试与执行。

（2）结构化程序设计：

① 顺序结构程序设计。

② 选择结构程序设计。

③ 循环结构程序设计。

（3）过程与过程调用：

① 子程序设计与调用。

② 过程与过程文件。

③ 局部变量和全局变量、过程调用中的参数传递。

（4）用户定义对话框（MESSAGEBOX）的使用。

读者意见反馈

亲爱的读者：

感谢您一直以来对清华版计算机教材的支持和爱护。为了今后为您提供更优秀的教材，请您抽出宝贵的时间来填写下面的意见反馈表，以便我们更好地对本教材做进一步改进。同时如果您在使用本教材的过程中遇到了什么问题，或者有什么好的建议，也请您来信告诉我们。

地址：北京市海淀区双清路学研大厦 A 座 602 室　　计算机与信息分社营销室　收

邮编：100084　　　　　　　　　电子邮件：jsjjc@tup. tsinghua. edu. cn

电话：010-62770175-4608/4409　　邮购电话：010-62786544

教材名称：Visual FoxPro 程序设计实训与应用教程

ISBN 978-7-302-20194-6

个人资料

姓名：＿＿＿＿＿＿　年龄：＿＿＿＿＿所在院校/专业：＿＿＿＿＿＿＿＿

文化程度：＿＿＿＿　通信地址：＿＿＿＿＿＿＿＿＿＿＿＿＿

联系电话：＿＿＿＿　电子信箱：＿＿＿＿＿＿＿＿＿＿＿＿＿

您使用本书是作为：□指定教材 □选用教材 □辅导教材 □自学教材

您对本书封面设计的满意度：

□很满意 □满意 □一般 □不满意　改进建议＿＿＿＿＿＿＿＿＿＿＿

您对本书印刷质量的满意度：

□很满意 □满意 □一般 □不满意　改进建议＿＿＿＿＿＿＿＿＿＿＿

您对本书的总体满意度：

从语言质量角度看　□很满意 □满意 □一般 □不满意

从科技含量角度看　□很满意 □满意 □一般 □不满意

本书最令您满意的是：

□指导明确 □内容充实 □讲解详尽 □实例丰富

您认为本书在哪些地方应进行修改？（可附页）

＿＿＿＿＿＿＿＿＿＿＿＿＿＿＿＿＿＿＿＿＿＿＿＿＿＿＿＿＿＿＿

您希望本书在哪些方面进行改进？（可附页）

＿＿＿＿＿＿＿＿＿＿＿＿＿＿＿＿＿＿＿＿＿＿＿＿＿＿＿＿＿＿＿

＿＿＿＿＿＿＿＿＿＿＿＿＿＿＿＿＿＿＿＿＿＿＿＿＿＿＿＿＿＿＿

21 世纪普通高校计算机公共课程规划教材
系列书目

ISBN	书 名	作 者	定价
9787302173113	3D 动画与视频制作	王明美 等	38.00
9787302173267	C 程序设计基础	李瑞 等	25.00
9787302176855	C 程序设计实例教程	梁立 等	25.00
9787302168133	C 语言程序设计教程	张建勋 等	29.00
9787302132684	Visual Basic 程序设计基础	李书琴 等	26.00
9787302176725	Visual Basic 程序设计学习指导教程	盛明兰	25.00
9787302175025	Visual Basic 程序设计教程	许薇 等	26.00
9787302189725	Visual FoxPro 程序设计基础	梁玉国	29.00
9787302173663	Visual FoxPro 课程设计(第二版)	张跃平	29.00
9787302138389	Visual FoxPro 数据库应用	康萍 等	29.00
9787302191094	毕业设计(论文)指导手册(信息技术卷)	温艳冬 等	20.00
9787302134626	程序设计基础(C 语言版)	赵妮 等	25.00
9787302177012	大学计算机基础	马利	24.00
9787302132325	大学计算机基础(含实验)	王长友 等	29.00
9787302185413	大学计算机基础教程(Windows Vista • Office 2007)	王文生 等	29.00
9787302150565	多媒体技术应用基础	王中生 等	25.00
9787302168195	多媒体技术应用教程	郭丽丽 等	29.00
9787302174585	汇编语言程序设计	宋人杰 等	21.00
9787302175384	计算机常用工具软件教程	王中生 等	32.00
9787302154150	计算机基础	彭澎 等	29.00
9787302133025	计算机网络技术及应用	王中生 等	27.00
9787302174677	计算机网络与多媒体技术	胡虚怀 等	29.00
9787302174677	计算机网络与多媒体技术	李焕 等	29.00
9787302156857	计算机应用基础	刘义常 等	24.00
9787302185055	计算机组装与维护技术实训教程	李恬 等	27.00
9787302152200	计算机组装与维护教程	王中生 等	25.00
9787302183310	数据库原理与应用习题 • 实验 • 实训	鲁艳霞 等	18.00
9787302171805	图形图像技术与应用	王明美 等	22.00
9787302150572	网页设计与制作	付永平 等	26.00
9787302185635	网页设计与制作实例教程	袁磊 等	28.00
9787302158783	微机原理与接口技术	牟琦 等	33.00
9787302153160	信息处理技术基础教程	马崇华 等	33.00